두근거리는
고요

두근거리는 고요

초판 1쇄 인쇄 2023년 3월 15일
초판 1쇄 발행 2023년 3월 22일

지은이 박범신
펴낸이 정해종

펴낸곳 ㈜파람북
출판등록 2018년 4월 30일 제2018-000126호
주소 서울특별시 마포구 토정로 222 한국출판콘텐츠센터 303호
전자우편 info@parambook.co.kr **인스타그램** @param.book
페이스북 www.facebook.com/parambook/ **네이버 포스트** m.post.naver.com/parambook
대표전화 (편집) 02-2038-2633 (마케팅) 070-4353-0561

ISBN 979-11-92964-08-9 03810
책값은 뒤표지에 있습니다.

두근거리는
고요

박범신 산문

파람북

연애 50년

신문이나 잡지에 게재했던 것, 팬클럽 '와사등' 홈페이지 등에 쓴 소소한 것들을 모았다. 소설의 경우보다 한 인간으로서의 내가 더 온전히 드러나니 자못 수줍다. 언어가 가진 한계와 그 함정을 생각해온 나날인바 이 책이 세상에 소음을 보태는 짓이 아니기를 바랄 뿐이다.

작가로 데뷔한 지 올해로 꼭 50년이다. 소설쓰기는 나에게 늘 홀림과 추락이 상시적으로 터져 나오는 투쟁심 가득 찬 연애와 같았다. 먼 것과 가까운 것, 영원과 찰나, 그리운 것과 부족한 것들이 내 안뜰에서 매일매일, 격렬히 부딪치고 껴안고 또 아우성치며 찢어졌다. 더러 황홀했고 자주 무서웠고 많은 순간은 끔찍했다. 영영 익숙해지지 않았다. 수십 권의 소설을 써왔지만, 돌아보면 단 한 번의 미친 연애로 시종해 온 것 같은 세월이었다.

데뷔 50년을 자축하고 싶다고 말하고 싶지만 차마 입이 떨어지지 않는다. '소설'을 펴내는 자리가 아니기 때문이다. 에세이집을 내면서 작가 생활 50년을 말하는 게 왜 이리 부끄러운지. 책이 나오면 인적 없는 봄 강을 따라 오래오래 걸을 생각이다. 스스로 강이 될 수 있으면 참 좋겠다.

2023년 새봄
보현봉 남쪽 기슭에서

차례

1장
홀로 가득 차고 따뜻이 비어있는 집
– '와초재' 이야기

2장
나는 본디 이야기하는 바람이었던 거다
– 문학 이야기

3장
머리가 희어질수록 붉어지는 가슴

– 사랑 이야기

4장
함께 걷되 혼자 걷고, 혼자 걷되 함께 걷는다
– 세상 이야기

1장
홀로 가득 차고 따뜻이 비어있는 집

– '와초재' 이야기

떡국 이야기

논산을 오가며 살기 시작한 후 생긴 관례 중 하나는 양력설은 논산에서, 음력설은 서울에서 쇠는 것이다. 나로서는 양력설엔 세배객을 받는 게 일이고 음력설은 차례를 지내는 게 일이다. 요즘의 명절은 그렇게 지낸다.

대학에 재직하고 있던 시절의 한때는 세배 오는 제자들이 수십 명에 이르러 서울 집 아래 위층을 꽉 채울 정도였다. 떡국을 끓여내고 술상까지 봐야 하니 누가 돕는다고 해도 아내로서는 미상불 힘이 많이 들었을 것이다. 덕분에 십 년 넘게 한결같이 세배 오는 일단의 제자들은 "사모님 떡국을 먹어야 한 살 먹은 기분이 나요" 하고 말할 정도가 되었다.

그런데 올해 설은 세배객을 맞이할 일이 난감했다. 원인불명의 통증에 시달려온 아내의 어깨가 더 나빠져 떡국을 끓일 처지가 되지 못했기 때문이다. "괜찮아. 논산이니 세배객도 얼마 없을 테고, 문 여는 음식점도 있고…." 아내를 다독거렸지만 울적하기론 나 역시 아내 못지않았다. 멀고 먼 논산까지 세배 오는 제자들에게 아내가 끓인 떡국 한 그릇조차 먹일 수 없다니. 아, 이런 날이 오는 것이구나, 하고 나는 탄식했다. 아내의 건강문제로 떡국을 나누어 먹던 신년맞이 관행이 끊길 날이 오리라곤 한 번도 상상해보지 못했다.

두근거리는 고요

나는 아내를 서울집에 두고 혼자 논산으로 내려온 뒤 인터넷에서 곧 떡국 레시피를 찾아보기 시작했다. 먼길을 찾아올 제자들에게 내 손으로나마 관행대로 꼭 떡국을 끓여 먹이고 싶었다. 그런데 인터넷에 올라온 떡국 레시피가 너무 다양해서 문제였다. 가능하면 '아내표 떡국'을 재현하고 싶은데, 무엇이 아내의 그것과 가까운지 판별하기 어려우니 난감한 노릇이 아닐 수 없었다.

다행히 섣달 그믐날 제자들 몇이 선발대로 먼저 내려왔다. 나는 제자들과 함께 장을 보러 갔다. "사모님은 꼭 표고버섯을 넣었어요." 작가인 제자 이^가가 말했고, 내가 검색해 알아본 레시피엔 표고버섯이 없었으므로 나는 이내 고개를 저었다. '아내표 떡국'에 표고버섯이 들어있었는지 어쨌는지조차 기억나지 않았다. "들어있었다니까요. 선생님은 매년 드셨으면서 그것도 기억 안 나요?" 제자가 오금을 탁 박았다. 매년 똑같은 떡국을 끓여냈을 아내에게 미안하고 미안했다.

폐일언하고,

새해 아침, 내가 직접 떡국을 끓여 제자들에게 먹이겠다는 계획은 수포로 돌아갔다. 나 대신 제자들 스스로 아내표 떡국을 재현해 끓였다. 잘게 썬 표고버섯이 떡국 위에 고명처럼 얹혀 나왔다. "맞아. 이랬어!" 내가 말했다. 아내가 끓인 그것과 맛이 거의 같았다. '아내표 떡국'의 레시피가 내 기억과 상상 속에서 비로소 완결됐다. 내년엔 제자들 도움을 받지 않고 나혼자서도 '아내표 떡국'을 끓여낼 자신이 생긴 셈이었다. 더 늙어 움직이는 것조차 어려우면 세배 오는 제자들도 없을 터, 그것을 두고 지금부터 고민할 필요는 없다고 나는 생각했다. 그런 상상은 쓸쓸하고 슬펐다.

가을에 머무는 생각들

논산글방 '와초재臥草齋'에선 혼자 있을 때가 많다. 혼자 있으면 늘 밥이 문제다. 혼자 먹는 밥은 맛이 없어서 설령 냉장고에 반찬이 넉넉해도 꺼내 먹을 마음조차 생기지 않는다. 이른바 '절필'하고 용인 변방의 외딴집에서 혼자 3년여 살 때도 몸무게가 많이 줄었었는데, 지금 생각해보면 그 이유가 모두 밥 때문이다. 혼자 먹을 때는 단지 생존을 위한 식사인지라 김치 한 가지만 내놓고 물 만 밥으로 겨우 공복을 때우기 일쑤다.

아내가 따라 내려와 함께 있으면 식사 시간이 원만하다. 따뜻한 밥과 국을 정갈히 차려주는 건 물론이고 함께 식사할 동행이 있으니 식욕이 상종가로 발휘된다. 결함이 있다면 계속 아내의 잔소리를 들어야 한다는 것이다. 오래 함께 산 아내는 어느덧 그 포즈가 '늙은 어미' 같아져서 철없는 막둥이가 된 듯이 잔소리를 종일 들어야 삼시 세끼 밥을 얻어먹는다. 와초재는 아내가 늘 돌보는 집이 아닌바, 보는 것마다 마음에 차지 않아 더욱 잔소리를 참을 수 없는 모양이다. 이래저래 '논산집' 와초재에서의 아내는 반가우면서 동시에 성가시기도 한 '손님' 같은 존재가 된다.

두근거리는 고요

2박 3일 동안 아내가 내려와 있다가 올라가는 길. 저녁을 먹고 읍내까지 데려가 서울 가는 버스를 태워 보내고 나니 쓸쓸하면서도 홀가분한 기분이다. 차를 몰고 혼자 호숫가 집으로 되돌아오는데 어느새 수북이 깔린 낙엽이 노변에서 밤바람에 들까불며 날린다. 어떤 벚나무는 그 잎이 이미 붉어 단심으로 종언을 고하고 있고, 어떤 낙엽송은 아직 푸른 청춘의 모습을 고집스레 지키고 있다. 그래봤자 도긴개긴이라, 머지않아 낙엽은 다 져서 제 근본인 뿌리로 돌아갈 터이다. 버스 속에서 손을 흔들어주던 아내의 얼굴이 어두운 호수와 낙하하는 나뭇잎들 사이에 잔영으로 남아있다. 그녀에게 "언젠가 네 곁에서 죽을 것"이라고 말한 것이 벌써 사십 몇 년 전의 일이다.

모든 연애는 필연적으로 '일상화'의 과정을 겪는다. 이 수상한 세월 속에서 낭만적 사랑만으로는 아무것도 지킬 수 없다는 것을 나날이 깨달아야 하는 제도권 결혼생활에선 더 말할 나위도 없다. 결혼을 통해 사랑을 지킨다고 생각하는 건 어떤 의미에선 착각에 불과하다. '연애'는 나날이 조금씩 까먹고 그 자리에 '우의友誼'를 더께로 쌓는 것이 결혼생활일는지도 모른다. 그렇다고 꼭 쓸쓸해할 일만은 아니다. '연애'란 고도의 생물학적 긴장 상태일 터, 만약 계속 뜨거운 연애를 지속해야 한다면 일찍 죽게 될 게 확실하다. 연애의 '일상화'는 그러므로 우리를 오래 살게 만든다. 지혜로운 자는 오래 산다고 하지 않던가. '연애'를 '우의'로 바꿔 가는 걸 '지혜'라고 불러도 좋은 이유가 거기에 있다.

순서는 알 수 없으나 아내와 나는, 젊은 날 철없이 맹세했던 대로 '곁에서 죽는 것'을 지켜보게 될 날을 맞이하게 될 것이다. 시간이 얼마나 남아 있는지는 알 수 없다. 감수성이 예민해 아직도 매일 죽고 매일 살아나는 인생을 사는 나 같은 사람이 굴절 많았던 세월 속에서 아내와 함께 이만큼이나마 지내 온 것은 전적으로 아내의 사랑이 나보다 깊고 넓기 때문이다. 그걸 모르지 않지만 그렇다고 이런 걸 성공이라 부를 수는 없다. 물론 실패했다고도 생각하지 않는다. 삶을 성공과 실패로 나누어보는 것은 나쁜 버릇이다. 취향에서 아흔아홉 가지가 다르고 겨우 한두 가지쯤 같은 타인과 만나 이렇게 오래 함께 걸어온 근원적인 힘은 어디에서 연유하는 것일까.

　가을이다. 가을은 초월超越을 생각하게 만든다. 초월은 허황한 것이 아니다. 초월적인 꿈이야말로 최종적으로 주체의 근원과 맞닿아 있다고 믿는다. 나는 어디에서 비롯돼 어디를 어떻게 지나와 오늘, 여기 있는 것일까. 속절없이 나뭇잎 지는 계절과 만나면 생각은 저절로 여기에 이른다. 회자정리會者定離의 인생이다. 오래 함께 걸어와 이제 갈무리의 계절에 당도해 있으니, 아내는 이미 나의 초월적인 꿈속에 깃들어 있다. 삶의 연속성이란 수많은 사람을 만나고 헤어져 온 먼길이려니와 이 가을, 과연 나의 초월적인 꿈속에 들어와 진실로 나와 함께 있는 사람은 얼마나 되며 또 누구누구일까.

두근거리는 고요

가을이잖아요

책을 읽다가 나오는데 복도에 걸린 모니터에 사람의 형상이 보인다. 대문을 향한 카메라가 보내주는 영상이다. 한 시간 전에 대문 앞에서 서성이던 사람이 지금까지 떠나지 않은 모양이다. 벌써 어스레해져 대문 문설주에 기대고 선 사람의 형상은 실루엣뿐이다.

나는 현관 외등을 켜고 슬리퍼를 신은 채 대문간으로 나온다. "어쩜. 선생님이 안에 계셨었네요!" 반색하지만 여자의 눈가가 어쩐지 젖어 있는 것 같다. "무슨 일이신가요?" 내가 묻고 "그냥요. 대문간에서 사진이나 한 장 찍고 돌아갈 생각이었어요. 그런데 막상 여기 오니 외출 나간 선생님이 혹시 곧 돌아오실까, 그런 상상이 들더라고요. 안에 계실 수도 있는데 무조건 읍내로 외출 나가셨다고 생각했어요."

먼 곳 가까운 곳에서 무턱대고 찾아오는 독자들이 더러 있지만 나는 대개 만나지 않는다. 초인종을 누르다가 집이 빈 줄 알고 그냥 돌아가는 독자도 있고 쪽지를 써서 대문 앞 우편함에 넣고 가는 독자도 있다. 그러나 한 시간이나 기다린 데다 얼굴을 마주했으니 매정하게 돌아서기가 난감하다.

"잠깐 들어오시지요. 믹스커피밖에 없지만"

내가 마지못해 말하자 여자가 냉큼 손을 젓는다.

"이렇게 뵌 것으로도 충분해요. 기차표를 끊어놔서 가야 해요." 50대 중반을 넘겼음직한 수수한 인상이다. "어디서 오셨는데요?" "정읍이요. 사실은… 아침에 남편하고 할 말 못 할 말 한바탕하다가… 속이 뒤집혀 그냥 기차역으로 나왔는데, 갑자기 선생님이 논산 산다는 게 생각이 나서요. 이리 뵐 줄은 모르고, 아이고, 선생님 그만 들어가세요. 남편이 아까부터 자꾸 전화해 쌌고… 사는 게 참… 가을이잖아요…."

여자가 내닫는 길가 감나무에서 성미 급한 감잎이 뚝뚝 떨어지고 있다. 가뭄 때문에 말라붙은 호수는 백사장을 드러내고 있는데 건너편 대명산 정수리는 단풍에 놀빛의 잔영이 더해 댕기처럼 붉다. 가을이잖아요, 라는 여자의 말이 속수무책 가슴속으로 쏟아져 들어온다.

나는 그 여자가 그랬듯이 대문 문설주에 등을 기대고 서서 빈 길 끝을 가만히 본다. 길 끝은 먹물에 잠겨 들어 벌써 소실점을 만들고 있다. 욕망을 좇아 외출한 나 자신이 돌아오기를 기다리는 느낌이 이럴 것이다. 정읍 변두리의 조용한 주택가, 어느 집 대문가에서 공연한 일로 다투고 나간 아내를 기다리는 초로의 한 남자도 보일 듯 말 듯 하다.

가을은 모든 게 다 정답다.

두근거리는 고요

결명자 따러 가는 길

'와초재' 앞엔 아름다운 탑정호가 있고 와초재 좌우나 등 뒤엔 다정하기 이를 데 없는 작은 산들과 논밭과 버려진 풀밭 등이 있다. 그중에서 내가 자주 산책하는 야산과 논밭 사이로 난 길가에 자리 잡은 결명자 밭 이야기. 누가 가꾸는 밭이 아니라 바람에 날아온 씨가 떨어지고 떨어지고 해서 저절로 결명자 군락지를 이룬 작은 둔덕이다. 결명자는 차로 끓여 마시면 눈이나 간, 변비 등에 좋다고 알려져 있다.

산책 중 결명자 밭을 처음 발견한 것은 작년 늦가을이다. 눈 밝은 아내가 "이거, 결명자 아냐!" 탄성을 내지르고 나서 결명자를 잔뜩 따 벗어든 윗옷에 싸 온 일이 엊그제 같은데, 그 기억을 안 잊고 아내는 가을 시작될 때부터 와초재에 내려오기만 하면 결명자 타령을 한다. "아직 안 여물었어!" 내가 대답하면 "당신, 그 자리 찾을 수 있지?" 아내는 매번 오금을 박는다.

가을 단풍이 그리 화려한 것은 아마도 아무 미련 없이 홀홀 떠날 수 있는 마음의 준비가 된 자신감 때문이 아닐까 싶다. 절정의 단풍은 황홀하기 이를 데 없으나 한번 잎이 지기 시작하면 그 침몰은 장엄하고 찰나적이다. 그러면서도 아무런 미흡함도 남기지 않는다.

"결명자 있는데 기억한다고 했지?"

아내가 이번엔 비닐봉지와 가위까지 챙겨 들고 나를 재촉한다. 야산을 돌아나가는 길엔 낙엽이 지천이다. 여러 갈래로 흩어져 나가는 시골 논두렁 밭두렁 길이어서 결명자를 찾아가는 길이 사뭇 가물가물하다.

몇 번이나 헛짚고 하면서 아내와 함께 겨우겨우 결명자 야생 밭을 찾아간다. '눈동자를 돌려준다'는 뜻을 가진 '환동자還瞳子'로도 불리는 걸 보면 눈에 있어서만큼은 미상불 결명자의 효과가 남다른 모양이다. "그까짓 한 됫박만 사면 일 년 내내 먹을 텐데." 내가 타박을 하고 "야생이잖아!" 아내는 보물이라도 찾으러 가는 듯 어조가 여전히 상기되어 있다. 오래전 석가모니의 탄생지 '룸비니'에 있는 절에 갔을 때 주지 스님이 결명자를 한 됫박이나 배낭에 넣어주셨던 기억이 잊히지 않는다. 그러고 보면 결명자는 단지 눈만을 밝히는 게 아니라 마음을 밝히는 데도 도움이 되는지 모르겠다.

마침내 전에 왔던 결명자 군락지를 찾아낸다. 전보다 결명자가 훨씬 많아진 것도 같다. "요것들이 그새 새끼를 많이 쳤네!" 늙은 아내의 표정은 새색시의 그것처럼 상기되어 있다. 내 마음에도 덩달아 연지곤지가 찍힌다.

참 좋은 날씨다. 억새들이 바람에 날리는 모습도 참 보기 좋다. 까치밥으로 남긴 홍시들도 예쁘고 발에 밟히는 젊은 낙엽의 빛깔도 여일하게 아름답다. 각자 비닐봉지를 들고 들뜬 마음으로 결명자를 채취하는 중에도 자꾸 젊은 낙엽이 발에 밟혀 바스락바스락 쾌청한 소리를 낸다.

"봄꽃보다 더 예뻐, 이 낙엽들!"

아내의 말이 가슴에 쏙 박혀 든다. 그렇고말고, 봄꽃보다 예쁜 낙엽이 어디 한둘이겠는가. "당신도 뭐 새댁보다 예쁜데!" 내가 추임새를 넣어주었더니 늙은 아내가 볼을 붉히면서 옆구리를 쿡 쥐어박는다. 참 좋은 가을이다.

계백장군과 청풍

그날 논산 '돈암서원'으로 간 것은 '솔바람길'을 걷기 위해서였다. 해가 서녘으로 기울어져 있었지만 돈암서원遯巖書院에서 휴정서원休亭書院 또는 영사암永思庵까지 한 시간이면 넉넉히 닿을 것이니 서둘 것도 없었다. 유네스코 문화유산으로도 지정된 돈암서원은 인적이 없어 넉넉하고 고요했다. 나는 응도당 맞배지붕을 옆으로 밀쳐내면서 수락산을 가로지르는 솔바람길로 방향을 잡았다.

늦가을이라 때마침 길엔 낙엽이 지천으로 쌓여 있었다. 젊은 낙엽이었다. 마지막 남았던 잎들이 간헐적으로 내 어깨 위에 떨어져 내렸다. 바스락바스락 발밑에서 부서지는 낙엽 소리가 사근사근한 것이 듣기에 참 좋았다. 비탈길을 부드럽게 쓸고 내려오는 바람이 낙엽 소리와 만나면서, 낙엽은 그냥 낙엽이 아니라 젊은 바람이고, 바람은 그냥 바람이 아니라 상냥한 낙엽인 것처럼 느껴졌다. 정말 청풍淸風이 아닐 수 없었다.

내가 그 남자를 만난 건 산의 허리쯤을 지날 때였다. 돌부리에 걸려 휘청하고 넘어질 뻔한 순간 누가 어깨를 잡아주었는데, 돌아보니 남자였다. 내 뒤를 바짝 따라오고 있었던가 보았다. 키가 훌쩍 컸다. "근처 사시나 봐요?" 내가 물었고, "아 뭐…." 남자는 우물쭈물했다. 뭉툭한 코와 가늘게 찢어진 눈, 유난히 작은 입술이 인상적인 남자였다. 기이한 느낌마저 들었다. 나는 속으로 고개를 갸웃했다. 평범하지 않은 얼굴인데도 어디선가 본 듯한 느낌을 받았기 때문이었다.

길은 어느새 내리막이었다.

수락산首落山이라니, 이곳 어디쯤에서 계백장군의 머리가 정말 떨어졌는지 알 수는 없지만, 이 길에 서면 언제나 이마가 서늘했다. 식솔을 죽이고 전장으로 떠나는 장수의 비장한 결의가 바람 속에 깃들어 있기 때문일지도 모르겠다. 하기야 이 바람 속에 깃든 푸른 기운이 어찌 그것뿐이겠는가마는.

평소 같았으면 충곡서원을 들렀겠지만, 동행자가 생긴 셈이라 나는 곧장 백제군사박물관 뒤쪽까지 내려왔다. 여기서부터는 고정산이다. 남자와 나는 가던 길 멈춰 서서 박물관 전경과 그 너머의 탑정호를 한참이나 바라보았다. 놀빛을 받은 탑정호 표피엔 벌써 황금색 물비늘이 가득했다. "계백장군님 목이 달아난 곳이라는 설화 때문인지 여기서 보는 저녁놀은 뭐랄까, 늘 처절한 느낌이 있어요." 내가 혼잣말하듯 말했고, "장군님은 목이 떨어져 죽은 게 아니오!" 남자가 뜻밖에 아주 단호히 대꾸했다. 비스듬히 내려다보이는 계백장군 묘소는 상석과 망두석 하나 없이 휑한 민머리여서 더욱더 고독하게 보였다. 장렬히 전사했다는 의미로 들으면 될 것을 구태여 마치 보기라도 했다는 듯 그리 정색을 하고 부정할 일도 아닌 거 같아서, "목이 떨어졌는지 안 떨어졌는지는 아무도 알 수 없을 테고." 내가 토를 달자 남자는 이번엔 아예 싸울 듯한 어조로 "아니오, 목이 떨어진 게 아니라고요!" 아퀴를 짓고 나서 휭, 나보다 앞서 길로 나섰다.

고정산 정상으로 이어지는 오르막이 시작됐다. 뿌리 깊은 광산김씨 가문의 효행이 서린 정사암과 조선 예법을 집대성한 사계沙溪 선생의 묘지로 이어지는 길이다. 계백장군의 비장한 충혼 정신이 백성과 국토를 외침外侵으로부터 지키는 결기라 한다면, 사계 김장생金長生 선생의 유교적 인식론에 따른 예학은 체제 질서와 문화 기틀을 공고히 하는 인문학적 결기라 할 것이다.

그러므로 계백의 충절과 사계의 예법은 다른 게 아니라 본디 밖과 안을 이루는 한 몸체이니, 그 둘의 결합으로 인해 비로소 개인이 완성되고 가정과 나라가 완성되고 우주가 완성된다고 할 수 있다. 솔바람길이라 명명된 이 일대는 그런 의미에서 단지 풍광만 좋은 길이 아니라 밖과 안, 실체적 형식과 형이상학적 내용, 개인과 전체, 자유로움과 틀거지를 아울러 다질 수 있는 상징적 길이라 할 터이다.

내 안의 결핍 때문에 내가 나를 미워하게 될 때, 나와 다른 것들을 받아들이는 품이 좁아서 그것이 나를 더 협소하게 옥죌 때, 나와 환경을 어떻게 조화시킬지 몰라 갈팡질팡하게 될 때, 내가 진실로 불완전하다고 느낄 때, 어디에 있든 만사 뿌리치고 달려와 여기, 솔바람길의 청풍에 몸을 맡기고 걷는 것은 그 때문이다.

영사암까진 남자가 내 앞에서 걷고 있었는데 영사암 뜰로 들어서자 남자가 홀연 보이지 않았다. 남자는 아마도 고정산 너머 황산벌 변방 어

두근거리는 고요

느 마을에 살고 있는 모양이었다. "사람 참!" 영사암 툇마루에 앉아 나는 나도 모르게 중얼거렸다. 계백장군의 목이 떨어진 이야기를 하면서 마음이 엇갈렸는지도 모르겠지만, 한 시간이나 함께 걸었는데 하직 인사도 없이 혼자 가버린 게 괜히 서운하기도 했다. 영사암 뒷길로 나오니 대숲이었다. 떨어진 대나무 잎들이 바람에 배를 들까붙면서 일제히 밀려 나가는 모습이 탑정호 잔물결처럼 오사바사했다.

마애불상이 곧 다가왔다.

영사암 뒤편의 자연 암반에 새겨진 이 마애불상은 고려 때 새겨진 것으로 알려져 있으나 확실한 연대는 알 수 없다. 어깨너비는 1.2미터, 키가 3.5미터나 되는 불상은 계백장군 5천 병사가 신라군 5만과 맞붙어 끝내 모조리 절멸하고 만 황산벌 일대를 엇비스듬히 내려다보고 있는 병풍 같은 암벽에 새겨져 있다. 세월의 풍상으로 이마의 백호도 마멸되고 여기저기 이끼가 끼어 흐릿하지만, 표정과 자태는 여전히 또렷하고 실팍하다. 머리는 높은 육계(肉髻)를 이었고 귀는 이마에서 어깨선까지 길게 늘어졌으며 법의 자락은 자못 소소하다. 전체적으로 아주 투박한 느낌이 든다. 가늘고 길게 찢어진 눈도 그러하고, 뭉툭하게 주먹 쥔 코와 그에 비해 아주 짧은 입술의 길이는 차라리 희극적으로 보인다.

그러나 내가 소스라쳐 놀란 건 마애불상의 그 기이한 부조화 때문이 아니다. 마애불상의 얼굴이 조금 전 영사암까지 함께 걸어왔던 남자와 너무도 많이 닮았다는 걸 비로소 깨달았기 때문이다. 아니 닮은 정도가 아니라 바로 그 남자가 마애불상이 아닌가. 특히 주먹 쥔 코와 아주 작은 입술의 부조화가 그러하다. 놀라운 일이었다. 남자를 처음 볼 때 낯이 익었던 것도 바로 전에 이 마애불상을 보았기 때문이었던 모양이다.

그날 밤 나는 남자의 꿈을 꾸었다. 꿈에 다시 나타난 남자는 마애불상 앞에 서서 나에게 다음과 같이 말했다. 남자의 말은 너무 또렷해서 생시보다도 더 생생했다.

'아버지는 본래 부소산 아래 백마강 강가에서 물고기를 잡고 살았는데, 계백장군님이 신라군과 싸우러 나가면서, 나라가 망하고 나면 살아있어도 그것이 어디 산 것이겠느냐 하시고 당신의 부인과 자식들을 다 죽이고 떠났다는 말을 듣고서, 장군님 뒤를 따라 전쟁터로 떠나간 뒤에 영 돌아오시지 않았고, 나는 아버지의 유복자로 훗날 석수장이가 됐으나, 얼굴 한번 보지 못한 아버지가 자나 깨나 그리워 아버지 육신이 묻혀 있을 이 부근을 헤매고 다니던 중, 여기 암벽에 기대서 잠들었다가, 신라군 모진 칼에 죽었으되 마침내 하늘로 올라간 아버지의 꿈을 꾸고 나서, 이 바위에다가 꿈에 본 아버지의 모습을 내가 새겼소. 당신들이 마애불상이라고 부르는 이것이 실은 죽어 하늘로 간 내 아버지를 내가 새긴 것이오. 당신이 마음 어지러울 때마다 이 길로 찾아와 걷는 걸 나는 매양 보고 있었소!'

두근거리는 고요

관촉사의 아침 빛

밤새 잠을 이루지 못하고 뒤척이다가 누군가에게 이름이라도 불린 듯 불현듯 관촉사에 간 적이 있다. 어릴 적 내가 소풍 가곤 했던 관촉사는 '은진미륵'이 있는 유서 깊은 곳이다. 새벽 어스름의 시각이었다. 워낙 이른 시각이라 텅 빈 줄 알았는데 나보다 먼저 미륵부처 앞에 와 있는 사람이 있었다.

초로의 아낙이었다. 행색은 소박하고 몸집은 둥글었다. 108배를 드리는지 연방 절을 올리고 있었는데 일어날 때마다 기우뚱거리는 것이 어딘지 속병이 든 사람 같기도 했다. 처음엔 나보다 먼저 와 부처님을 독차지하고 있는 것이 마음에 들지 않았으나 아낙이 기실 울고 있다는 걸 알아채고는 숙연해졌다. 울음을 목울대로 넘기는 소리가 간헐적으로 들렸다. 칙칙하지도 야살스럽지도 않은 울음이었다. 무슨 사연이 있는지는 알 수 없었지만 엎드린 아낙의 뒷모습엔 그야말로 일체종지^{一切種智}를 향한 간구와 새벽 고요의 흔연한 합일이 후광처럼 얹혀 있었다. 반야산 기슭에서 날아오른 새떼들이 연신 대광명전^{大光明殿} 너머로 날아가고 있었다.

나는 보고 있기가 민망해 종루鐘樓를 등지고 서서 해가 떠오르기 직전의 대명산 정수리를 무연히 바라보았다. 이윽고 해가 떠올랐다. 햇빛이 가장 먼저 닿은 곳은 반야산의 소나무들, 곧이어 음계를 빠르게 짚어내리듯이 미륵부처의 보관과 백호白豪, 치켜 오른 두 눈과 붉은 입술, 부드러운 어깨와 대범한 천의天衣 주름 골을 타고 단번에 내려왔다. 소나무들과 부처를 호위한 암벽들과 미륵부처님이 그야말로 한통속이 되어 발심發心으로 흔연히 솟아나고 있었다.

백호가 튕겨낸 한줄기 햇빛이 섬광처럼 내 눈을 찔렀다. 나는 눈을 깜박이며 나도 모르게 두 손을 모았다. 부처님 입멸 후 56억 7천만 년이 지나서 온다는 미래불 미륵부처님께서 당장 현현할 것 같은 느낌이었다. 혁명이 아닌가. 미륵부처가 출현하면 전륜성왕이 정법으로 다스리는 세상이 되는바, 자비가 넘쳐 살아있는 뭇 존재들 사이 상하가 없으며 재물로 나뉘는 서열도 없고 권력으로 쌓는 층하도 없다고 했으니, 아침을 여는 지금, 미륵부처의 홍옥처럼 붉은 광휘가 곧 아수라 보이스피싱의 이 세상을 뒤엎는 우주적 혁명의 한 상징이라고 나는 생각했다.

'그런데 그 아낙은 어디로 갔을까.'

햇빛이 부처의 발치를 지나 석탑, 배례석, 미륵전 앞뜰까지 알뜰히 밝힌 뒤에야 불현듯 나는 미륵부처님 앞 기도처가 텅 빈 것을 알아차렸다. 좀 전까지 울면서 간구를 드리던 아낙이 온데간데없었다. 마치 헛것이라도 보았던 것 같았다. 해는 바지런히 솟아서 이제 광석의 들과 마을들과 절 마당이 온통 환한데, 어디에도 산 것들의 자취가 없으니 그 고요가 가히 무색계로 들어가는 초입처럼 느껴졌다.

나는 명곡루明谷樓 앞까지 빠르게 달려와 외부로 열린 긴 계단 쪽을 바라보았다. 아낙이 저만치, 그 계단을 내려가고 있었다. 지그재그로 구부러진 길고 가파른 계단이었다. 놀랍게도 아낙은 가볍게, 흐트러지거나 망설임 하나 없이 계단을 성큼성큼 걸어 내려가고 있었다. 싹싹하고 건강한 젊은 새색시의 걸음새였다. 고통에 차서 목울대로 울음을 삼키던 아낙, 절을 하고 일어설 때마다 비틀거리던 '속병 든 아낙'은 그 뒷모습에서 찾아볼 길이 없었다.

나는 눈을 손등으로 훔치고 홀홀히 계단을 내려가는 아낙과 햇볕을 정면으로 받고 선 무뚝뚝하기 이를 데 없는 미륵부처님을 번갈아 바라보았다. 그 양반이 탐욕과 성냄과 어리석음, 이른바 삼독三毒으로 얼어 짊어져 온 아낙의 고통을 다 풀어내 주지 않고서야 초로의 저 몸집 둥근 아낙이 어찌 저리도 홀홀히 그 긴 계단을 걸어 내려갈 수가 있겠는가.

아낙은 천왕문을 지나 어느새 아침 빛이 정갈한 절 앞 큰길로 걸어 나가고 있었다. 어깨가 겅중거리듯 하는 것이 봄 노래라도 흥얼거리는 듯했다. 아낙의 어깨너머로 다정한 마을들, 핏줄처럼 흐르는 좁고 넓은 길, 막 새봄을 맞고 있는 싱그런 들판, 키 큰 나무들, 대명산에서 이어나가 탑정호를 싸안아 흐르는 산들의 당당한 연접^{連接}을 아침 빛이 환히 불 밝히고 있었다.

꽃은 다시 피고 물은 다시 또 풀어져 흐르는, 나의 든든한 뒷배이자 불변의 연인인 내 고향 논산의 아침이었다. 미륵부처의 아침 빛이 만들어 내는 각성의 풍경이었다. 조선의 대선사로 알려진 '소요 스님'은 아침 같은 깨달음의 세계를 두고 일찍이 이렇게 노래했다.

개개의 얼굴이 밝은 달처럼 환하고
사람마다 발아래 맑은 바람 불고 있네
거울마저 깨뜨리니 흔적조차 없어라
한 소리 새 울음에 가지마다 꽃이 피네

나의 남은 꿈

논산집 현관엔 이런 글귀가 붙어 있다. "홀로 가득 차고 따뜻이 비어있는 집." 검은 오석에 새겨진 이 판석은 논산집 리모델링을 끝내고 숙고 끝에 내가 직접 써 새겨온 것이다. '와초재臥草齋'라는 현판을 걸기 전의 일이다.

문제는 오는 사람마다 무슨 뜻이냐고 묻는다는 것이다. 쉬운 우리말 문장으로 썼는데 오히려 그게 '와초재臥草齋' 이런 것보다 더 어려운 모양이다. 의미 전달에서 표음문자인 한글보다 표의문자인 한자가 얼마나 유리한지 그래서 알았다.

작가는 두 개의 방을 왔다 갔다 하는 사람이다. 하나의 방은 단독자로 존재하는 '밀실'이요 두 번째 방은 사람들과 더불어 사는 '광장'이다. 쓰고 있을 때 그는 '밀실'에서 다만 혼자 있을 뿐이다. 카페에 앉아 글을 쓰는 버릇을 가진 작가도 있는데 그 사람 역시 글을 쓸 때만은 그 카페가 그의 밀실이 된다. 글을 쓰기 위해선 대상과 일정한 거리를 두지 않을 수 없다. 그 거리는 멀고도 가깝다. 그는 창 안쪽에서 창밖을 보는 사람이고, 오로지 홀로 앉아 문장이라는 창槍 하나 비켜 들고 감히 세상 만물을 제패하려고 꿈꾸는 사람이다. '홀로 가득 차'지 않고서야 대체 어떻게 글을 쓰겠는가.

그렇다고 작가가 언제나 '밀실'에만 있는 건 아니다. 그가 쓰려는 글감들은 어쨌든 세상 속에 있기 때문에 그는 때로 그물을 감춰 든 어부의 마음, 때로 대상자의 명줄을 일격에 끊을 킬러 같은 눈을 갖고 세상 속을 자맥질해야 하는 존재다. 작가로서도 그렇거니와, 생활인으로서, 사회인으로서는 말할 것도 없다. 유의할 점은 생활에서나 사회적 관계망에서 너무 쉽게 그가 지닌 그물이나 킬러의 눈을 들키면 문제들이 발생한다는 것이다.

작가는 그러므로 생활 속에서, 관계망 속에서 '작가'를 감추고 살아야 하는 불필요한 불편을 또한 감수해야 한다. 세속의 욕망에 짓눌리지 않는 따뜻한 사람의 얼굴을 가지면 최상이겠다. 작가가 군중이 가득 찬 광장을 걸으면서 다른 사람들보다 더 깊은 고독을 느끼는 것은 그 두 가지 운명의 편차 때문이다.

남은 인생에서 나의 꿈은 그렇다. 홀로 있을 때, 나는 상상력으로 내가 머무는 밀실뿐만 아니라 밀실을 둘러싼 우주까지 가득, 드높이 채울 것이며, 사람들과 함께 사는 광장의 삶에 깃들 때, 그들의 눈높이로 맞춤하게 내려와 따뜻이 더불어 지낼 수 있다면 나는 아마 아름다운 말년을 보내게 될 것이다. 옳거니, 작가로서 '홀로 가득 차고' 사람으로서 '더불어 따뜻이 비어 있다'면, 그 이외에 더 바랄 게 무엇이란 말인가.

두 집 살림

'와초재'에서 나는 '독거노인'으로 산다. 밥 먹는 것부터, 불편하지 않냐고 묻는 사람들이 많다. 특별히 불편한 건 없다. 워낙 먹는 욕심이 없어서 해장국 한 그릇을 포장해 사 오면 사흘 아침을 그걸로 먹는다. 현대인은 돈이 있네 없네 하면서도 너무 많이 먹는다. 서울의 음식쓰레기 배출량이 동경의 3배가 넘는다는 통계를 본 적이 있다.

혼자 사니 자유로워 좋다. 늙어가는 아내가 어쩌다가 서울에서 내려온다면 나로선 비상사태다. 따뜻한 밥을 얻어먹을 테지만 무한 잔소리를 들어야 하기 때문이다. 냉동실 냉장실도 구별 못 하냐, 로션 뚜껑을 왜 열어놓았냐, 목욕탕 물구멍에 끼어있는 머리카락을 그대로 두면 어쩌자는 거냐, 잔소리는 끝이 없다. 내가 깔끔한 편이라고 나는 생각하지만, 아내의 눈에는 거의 '짐승 수준'으로 사는 남정네에 불과하다. 호숫가 외딴집에 아내와 나 둘뿐인데, 아내가 내려와 있을 때면 열 명의 아내를 데리고 사는 느낌이다. 글도 잘 안 써지고, 말대답을 하느라 입이 다 아프다.

며칠 만에 아내가 가고 나면 진짜 홀가분하다. 출장업무에 시달리다가 집으로 돌아와 혼자 누워 쉬는 것 같은 느낌이 비로소 든다. 옷을 벗어서 아무 데나 던져놓아 보기도 하고 짐짓 칫솔도 대충 내려놓고 만다. 그렇다고 내가 지저분한 성격이라는 건 아니다. 어쩌면 아내가 가고 없는 빈자리를 채우기 위해 일부러 이것저것을 함부로 늘어놓아 보는 것인지도 모른다. 아내 곁에 앉아있는 듯 아내가 보고 있을 고속버스 창밖의 풍경이 훤히 보이는 듯한 느낌이 드는 것도 그때쯤이다.

어머니의 밥을 먹은 것보다 아내의 밥을 먹은 세월이 훨씬 길다. 무려 43년이다. 전업주부로 시종한 아내의 인생이란 남편과 아이들에게 밥을 먹이고 옷을 입히고 잠을 재우는 일의 단순한 반복으로 채워져 있다. 그것은 가족 모두가 생존조건 최저층을 이루는 근본적 욕망의 관리와 충족을 아내에게 전적으로 위임해놓고 살아왔다는 뜻이 된다. 아내는 무슨 수로 그 단순한 헌신을 무려 43년이나 지속해왔단 말인가.

생각이 거기에 이르면 나는 벌떡 일어난다. 벗어 던진 옷가지들을 정리하고 다시 칫솔을 제자리에 옮기고 행여 흐트러진 게 없나 냉장고도 열어본다. 내 상상 속에서 그때쯤 아내는 비워두었던 서울집으로 들어선다. 비워두었으니 아내는 앉아서 쉴 짬이 여전히 없을 터이다. 분주한 아내의 손길이 칫솔을 제자리로 옮겨 놓는 내 손길에 오버랩되어 와 닿는다. 사는 일은 애간장을 태우는 소소한 작은 일들의 끊임없는 집합일진대, 그 작은 애간장이 모여 삶의 깊은 심지를 만든다면 지나친 과장일까.

땅과 애인을 고르는 법

어떤 여자나 어떤 남자는, 조금도 예쁘지도 않고 성격도 아주 안 좋은 어떤 남자나 어떤 여자에게 홀려 제정신 차리지 못하는 걸 얼마든지 볼 수 있다. 보는 이들은 그 여자나 그 남자를 이해하기 어렵지만 정작 사랑에 빠진 그 여자나 그 남자는 세상의 모든 사람들이 자신의 애인에게 큰 매력을 느낄 거라고 착각한다.

땅을 고르는 것도 사랑하는 짝을 고르는 것과 크게 다르지 않다. 예컨대 풍광도 별로 좋지 않은 곳에 번듯하게 지은 전원주택, 혹은 위풍당당 별장을 보게 될 때가 있다. 지나는 사람들은 왜 하필 저런 안 좋은 곳에 돈을 많이 들여 별장을 지었을까 하는 생각을 하지만 정작 그곳에 사는 사람은 여러 이유를 대면서 그 집터가 세상에서 제일 좋다고 생각한다. 인연이란 꼭 보편적으로 이해할 수 있는 것만은 아닌 게 확실하다.

나는 여행할 때 집 짓고 살고 싶은 땅을 계속 눈으로 찾는 습관이 있다. 마음에 드는 터를 보면 상상 속에서 금방 좋아하는 타입의 집을 지어 올리는 게 내 습관이다. 상상대로 실행했다면 나는 수천 채의 집을 이미 지었을 것이다. 실제 터가 몹시 마음에 들어 즉흥적으로 땅을 샀다가 되팔리지도 않고 집을 지을 수도 없어 낭패를 본 일도 있다. 내가 고른 터를

와 보고 아내가 하는 말은 매번 거의 똑같다. "절 지을 거야?" 투자가치를 봐야 한다는데, 마음이 끌리는 터를 보면 콩깍지라도 씌운 것처럼 그런저런 것, 일테면 효용성이나 투자가치 등은 모조리 잊어버리니 딱한 습관이 아닐 수 없다.

오늘도 차를 몰고 나갔다가 좋은 터를 만난다. 강을 끼고 있는 작은 동산이다. 남향받이 완만한 경사면에 왕벚나무 몇 그루 꽃을 피우고 서 있는데, 옳거니, 그 밑에 아주 단아한 황토집 하나 짓고 싶다. 동행한 후배가, "여기는요, 전기 끌어오는 데만 건축비만큼 돈이 들 거예요" 하고, "전기, 그거 꼭 있어야만 하나. 어렸을 땐 등잔불만으로도 잘 살았는데." 내가 대답한다. 후배가 나를 향해 혀를 끌끌 찬다. 초월을 꿈꾸는 나와 효용성의 세계관으로 무장한 후배 사이는 이 순간 하늘처럼 멀다.

사랑한다고 말하면서, 애인과 배우자를 고르는 사람들의 효용성에 따른 우선순위를 생각하면 가슴이 답답하다. 막무가내 순정으로 살고자 하지만 사랑하는 세상이 이런 나를 이해하고 받아들여 주지 않으니 가슴에 자꾸 가시가 박힐 수밖에 없다.

땅과 햇빛이 만나서 하는 일

딸린 밭이 삼십여 평쯤 된다. 그냥 둘 수 없어서 뒤늦게 고구마, 옥수수, 고추, 가지, 토마토, 콩, 상추, 파 등을 심었다. 일찍 씨를 뿌리는 게 좋겠지만 솎아주는 것도 큰일이라 모두 모종으로 심었는데, 고구마를 제외하곤 긴 가뭄을 잘 견디어주었다. 제일 늦게 심은 고구마만 거름을 제대로 섞어주지 않았던 모양인지, 그만 흉작이 되고 말았다. 상추는 꽃 필 때가 되었고 고추, 가지, 토마토는 비료나 농약 한번 쳐주지 않고 내버려 둔 것에 비해선 제법 풍작을 이루었다. 여름 내내 가지나물을 해 먹었고, 후식으로 토마토를 따 먹었을 뿐만 아니라, 요즘은 붉은 고추를 따다 배를 갈라 말리는 게 일이 되었다.

옥수수는 잘 컸지만, 주인 몰래 설익은 옥수수를 갉아먹는 얄궂은 손님들 때문에 수확도 못 하고 급기야 모조리 베어내야 했다. 아마 뒤뜰 연못에 물 마시러 자주 나타나는 청설모 가족의 짓이 아닐까 싶다. 깊은 밤 산에서 내려온 애들은 얼마나 영리한지, 아예 밑동을 갉아서 통째로 쓰러뜨린 뒤에 옥수수 속살을 알뜰히 갉아먹으니 당할 재주가 없다.

옥수수야 청설모 가족의 일용할 양식이라도 되었으니 이웃과 함께 나누어 먹었다 치면 그뿐인데, 고구마 농사를 망친 건 뒷맛이 영 좋지 않다. 애초 퇴비를 충분히 주지 않은 내 불찰이 크기 때문이다. 그러나 농사 전체로는 큰 불만이 없다. 성의 없는 농사꾼으로서, 내 정성보다 이미 몇 배를 거두었다고 느끼기 때문이다.

특히 고추 풍년은 감동적이기까지 하다. 튼실하게 여물어 나날이 빨갛게 익어가는 고추를 보면 살아있는 존재의 경이로움을 저절로 느낀다. 오로지 땅이 키우고 햇볕이 익힌 것이니 어찌 감미와 경이로움이 없겠는가.

"행복은 자족 속에 있다"라는 아리스토텔레스의 말이 있거니와, '자족'이라 하는 것은 신이 나의 일상에 참여하여 함께하고 있다는 자각으로부터 얻어지는 것이 아닌지 모르겠다. 햇볕과 공기와 물과 대지는 본래 우리 개인의 것이 아니라 신의 영역에 속한 것이다.

그럼에도 불구하고 문명은 그 모든 것에 울타리를 만들고 '내 것'과 '네 것'이라 나누어 부르게 되었다. '내 것'인 밭에서 익어가는 모든 것을 오로지 '내 것'일뿐이라고만 생각한다면 신을 만나고 느끼고 품을 여지가 없다. 빨간 고추를 말리면서 나는 신이 나의 일상에 깊이 들어와 있다고 느낀다. '자족의 행복'이다.

밀밭 속엔
네 옷고름이 있다네
밀밭 속엔
네 몸 내음이 있다네.

밭에 나와 있으면 황순원 선생의 이 시구가 생각난다. 작은 텃밭에 나의 '옷고름'과 '몸 내음'을 둔다면, 햇빛과 만나 삶은 나날이 '자족의 행복'을 얻을 터이다. 우리의 삶이 텃밭 가꾸기와 뭐가 다르겠는가.

바다 밑 내 책상

초등학생 시절 내내 나는 2인용 밥상을 책상으로 사용했다. 작은 초가라서 책상을 들여놓을 만한 공간도 없었다. 책상이 생긴 건 중학교 2학년 때 강경읍으로 이사한 다음이었다. 처음으로 내 방이 생겼고 얼마 후 아버지가 책상 하나를 들여와 주었다. 나무로 짠 중고 책상이었다. 칼자국이나 연필 자국 같은 얼룩도 많은, 어린 내겐 터무니없이 크게 느껴지는, 그런 책상이었다. 어떻게 보면 권위적이었고 어떻게 보면 위풍당당했다. 책상에 눌리는 느낌이 들었으며 때로는 책상이 두려웠다.

물론 좋은 점이 없는 건 아니었다. 가장 좋았던 것은 여러 개의 서랍이었다. 나는 크고 깊은 서랍들을 사랑했다. 닫힌 서랍 안엔 미지의 세계로 가는 비밀의 길이 끝없이 이어져 있을 것 같았다. 그중에서도 나를 매료시킨 건 열쇠 구멍이 있는 맨 위의 서랍이었다. 그 서랍 안벽엔 전 주인이 새겼는지 단어 하나가 거칠게 칼로 파여 있었는데 '창공' 두 글자였다. 아, 창공! 나는 그 두 글자를 볼 때마다 몸을 부르르 떨면서 숨을 깊이 들이마셨다. 얼마 후 고장 난 열쇠 구멍 위에 새 열쇠를 고쳐 달았는데 아주 가슴 설레는 경험이었다. 오직 나만 들어갈 수 있는 '창공'으로의 비밀 통로가 생긴 것 같았다. 생애 처음으로 갖는 비밀공간이었다.

중고등학생 시절, 나는 어두운 자의식에 가득 싸인 우울한 소년이었으며 열렬한 독서광이었다. 수많은 책들을 그 책상에 엎디어 읽었다. 교과서 이외의 책들이었다. 세계적 고전부터 대중적인 소설까지 닥치는 대로 읽었고 철학 서적에서 역사, 사회과학까지 아래위 수준을 무상으로 넘나들며 읽었다. 사람들은 나보고 "책 귀신이 붙었다"라고 말하기도 했다. 책상 위로는 크지 않은 창이 하나 있었고, 창 너머로 호남선 철로가 호선으로 휘어져 놓여 있었다. 기차가 지나가면 창틀과 함께 오래된 나무 책상이 미세하게 떨리곤 했는데, 우주로부터 비밀스러운 신호라도 받는 듯, 그럴 때의 떨리는 나무 책상이 참 좋았다. 이제 생각하면, 그때의 나는 책으로부터 오로지 염세적인 세계관만을 흡수해 축적하는 매우 위험한 과정에 있었는데, 그러나 이후 평생 작가로 살았으니, 그 시절 내가 읽었던 수많은 책들과 나무 책상 안엔 끝끝내 오래 걸어가고 말 먼 기찻길 같은 인생길이 놓여 있었던 셈이었다.

정작 열쇠가 설치된 맨 위의 서랍은 늘 비어있었다. 기실 몰래 보관할 것도 없었다. 그래도 나는 열쇠를 늘 잠가두었고, 밤이 깊으면 가끔 열쇠를 열고 그 속을 남몰래 들여다보곤 했다. 텅 빈 서랍 속엔 '창공'이 있었다. "창공!"이라고, 나는 은밀히, 소리 내어 그것을 읽곤 했다. 그러면 어둡고 절망적인 내 자의식의 밀실로 '창공'의 빛이 환히 비쳐드는 것 같은 경이로운 느낌이 매번 나를 사로잡았기 때문이다.

내가 대학에 들어가 집을 떠난 다음에도 그 방엔 늘 문제의 늙은 나무 책상이 놓여 있었다. 그 책상이 없어진 게 언제였을까. 그것과의 이별은 너무 멀어 그 앞뒤가 다 기억나지 않지만, 그 이별보다 더 먼 '창공'에의 기억은 늙을수록 더 선연해지니 별일이 아닐 수 없다. 그러므로 가끔은 혼자 그런 상상을 한다. 없어진 게 아니라, 나의 책상은 어쩌면 동해, 아니면 먼 지중해 밑에서 지금도 '창공'처럼 빛나고 있을는지 모른다고. 지금의 나를 만든 8할이 그 책상일진대.

배추 이야기

가을 농사로 배추와 무, 시금치와 아욱을 심었는데, 너무 늦게 심은 게 문제였다. 배추는 속이 차지 않고 무는 밑이 들지 않은 상태에서 겨울이 왔다. 김장을 하기에는 배추, 무가 모두 너무 어렸다. 비닐로 덮어놓았으나 그사이에 큰 눈이 내렸고, 어린 배추와 무는 눈 밑에 수감됐다.

모처럼 '와초재'로 내려온 아내가 갑자기 부엌칼을 잡아들더니 "배추를 좀 캐봅시다!" 백전노장의 얼굴로 앞장서라 했다. 밤이라고 말려도 소용없었다. 할 수 없이 아내와 함께 눈 속의 배추를 살피러 나갔다. 눈을 치우고 비닐을 열었더니 소복이 쌓인 눈 밑에서 배추는 뜻밖에 싱싱했다. 나는 아내와 함께 배추 몇 포기와 무 몇 개를 캤다. 누가 우리 부부를 보았으면 한밤중 눈밭에서 '달밤에 체조'를 하고 있더라 했을 터였다.

눈밭에서 캐온 배추는 정말 맛이 있었다.

그보다 더 맛있는 배추를 여태껏 먹어본 적이 없었다. 싱싱하고 향긋했다. 아내와 나는 시시덕거리면서 배추를 된장에 찍어 먹으면서 밤늦게까지 소주를 마셨다. 밖에는 다시 눈이 내리고, 아내는 취해서 내가 40여 년 전에 잘못한 일까지 시시콜콜 시비를 걸고 나왔다. 자연은 사람을 너

그렇게 하는바, 조금도 노엽진 않았다.

아침엔 배추쌈과 배춧국으로 속풀이를 했다. 재료가 싱싱한지라 된장 풀고 간만 맞춰도 향긋하고 고소한 맛이 났다. 아무것으로도 윤색되지 않는 '자연'의 맛이었다. "내가 여길 오면 저 배추 땜에 오는 줄 알아!" 아내가 말했고, "아무렴!" 내가 대답했다. 배추는 아직도 세 두렁이나 남아 있었다.

훌륭한 농사꾼이라 할 만한 시청직원 김金은 봄에 '봄동'으로 먹어도 맛있다고 했지만 이제 '자연의 맛'을 알았으니 봄까지 배추가 남아있을 것 같진 않았다. 아내가 서울로 간 뒤에도 나는 혼자 남아 소주 생각만 나면 한밤중에도 눈밭으로 나가 배추를 두어 포기씩 캐왔다. 조리도 필요 없었다. 된장만 있으면 되는 안주였다. 배추를 캐서 냉장고로 옮겨 놓는 어리석은 생각 따위는 하지 않았다. 그냥 눈 속에 있는 그 배추가 내 배추였고 최고의 배추였다. 배추가 있어 소주를 마시는지 소주가 있어 배추를 캐오는지 자주 헷갈렸다.

워즈워스는 노래했다. "우리들이 지상에서 사는 한, 기쁨에서 기쁨으로 인도하는 것은 자연의 은혜다." 이곳 와초재에서 느끼는 행복감의 대개는 첫째 가난한 밥상, 둘째 쓸쓸한 배회에서 나는 얻는다. 나는 최소한의 식사를 하고 혼자 배회하는 시간을 늘리려고 애쓴다. 자유로운 삶의 본원적인 심지가 여기 박혀있다고 느끼기 때문이다. 배추 한 포기에서 느끼는 만족감은 생생한 천연의 행복감이자 곧 본원적인 자유이다.

봄꽃들의 빅뱅을 기다리며

비 온 뒤 맑게 씻긴 햇빛을 건들면서, 매실이 막 떨어진다. 툭 투둑, 우박처럼 떨어진다. 나는 마당 건너 의자에 앉아 떨어지는 매실을 본다. 매실의 우박을. 툭, 투둑투둑, 스타카토로 마룻장에 떨어져 내는 소리도 참 듣기 좋다. 매실은 독이 있다. 특히 청매의 독은 치명적이다. 저것들이 저리 마구 낙하하는 것도 제 안의 독한 열정을 주체하지 못했기 때문인지도 모른다.

　　몇 년 전 쓴 소설《당신》의 첫 장면이 떠오른다. 치매에 걸려 비참하게 쇠락해가는 남편을 보다 못해 늙은 아내는 청매꽃을 방안에 가득 쟁여놓는다. 청매의 황홀한 독성으로 청매 알레르기인 남편이 죽어가도록 하기 위한 것이다. 그녀가 가진 죽음에의 전략은 아주 고혹적이다. 한 세계에서 다른 한 세계로의 극적 반전이 죽음이라 할진대 탐미적 관점에서 볼 때 죽음은 생생한 고혹, 혹은 붉은 오르가슴이라 할 만하다. 소설《당신》에서의 '청매 살인'이 그렇다.

　　우박처럼 매실이 떨어지는 데 따라 부르르 부르르, 내 목덜미에서 순간순간 경련이 지나간다. 산 것들의 생생한 진저리 역시 죽는 것들의 그것과 크게 다르지 않다. 그렇고말고, 저렇게 생생하고 정결한 추락이란 기실 얼마나 황홀한가.

매실나무 아래를 지나 텃밭으로 나오는데 오보록한 밭 둔덕에 꽃뱀 한 마리가 해바라기를 하고 있다. 햇빛이 꽃뱀의 맨살과 부딪쳐 화사하게 빛난다. 나는 숨을 죽이고 꽃뱀과 햇빛의 허공을 번갈아 본다. 순은의 봄 햇빛이 매실과 꽃뱀과 나를 한 꿰미로 관통해 그 경계를 무화시키고 있다. 곧 천지 가득 봄꽃이 필 것이다. 빅뱅으로 터져 나올 봄꽃들을 생각하면 가슴이 뻐근하다. 아, 다시 되돌아오지 않을 2021년 봄날 끄트머리에서 지금 나는 어디에서 서성거리고 있는 것일까.

얼마나 깊은 어둠과
얼마나 많은 눈물과
얼마나 위태로운 모서리가 모여

저리 환하신가 봄꽃들
— 시집 《구시렁구시렁 일흔》에서 〈섬광〉

부러진 쇄골이 하는 말

달리는 자전거에서 튕겨 나와 시멘트 바닥으로 나가떨어지고 나서 한참 만에 정신을 수습, 더듬더듬 만져봤더니 왼쪽 어깨에 편육 같은 얇은 뼈가 하늘로 불끈 솟아있었어요. 응급실에 실려 가서야 유아독존 저 혼자 도도히 솟은 게 쇄골 끝단이란 걸 알았지요. 평생 어깨뼈에 붙어살던 놈이 제 자존심의 정한을 견디지 못했는지, 튕겨 나와 단독자로 뻗대 선 것이었어요.

다음 날로 입원해 쇄골과 어깨뼈의 봉합수술을 받았답니다. 쇄골을 주저앉힌 다음 어깨뼈와 쇄골 양쪽에 철판 지지대를 대고 뼈에 구멍을 뚫어 특수 실로 당겨 묶는 수술이었어요. "3개월은 기본적 운동도 못 하십니다." 보조 장구를 채워주며 의사가 말했어요.

전신마취의 후유증으로 면역력이 떨어져 그런 건지 퇴원한 지 나흘이 넘었는데 옆구리는 담에 걸려 아프고 인후통에 온통 혓바늘이 선 데다가 어제는 난데없이 대상포진 약을 처방받았어요. "대상포진일 수도, 아닐 수도 있지만 일단 일주일간은 약을 드세요." 피부과 의사의 말은 이해하기 어려웠으나 약을 먹지 않으면 더 큰 낭패를 볼 수 있다는 반협박에 어쩔 도리가 없게 된 거예요. 왼쪽 팔과 어깨를 고정한 보조 장구를 착용하고 종일 소파에 앉아서 여러 종류의 약을 찾아 먹는 게 일과의 전부랍니다. 반신불수에 바보가 된 기분이지요.

요즘은 모든 길이 기울어져 있는 느낌이에요. 사는 일이 혹 그럴까요. 살아서 기울어진 길을 조심조심 걷다가 때가 오면 그 길 끝의 벼랑으로 떨어지고 마는 과정 같은 것. 세월 따라 기울기가 심해지는 길이라서 젊을 땐 기울어진 길인지도 잘 모르지만요. 그래요, 고백하자면 나는 최근 기울어지는 길을 가속도로 미끄러져 내려가고 있는 느낌이랍니다.

사는 일이 근본적으로 그럴진대, 너무 작은 욕심에 몸 버리지 마세요. 작은 일로 버럭 화내지 마시고 작은 슬픔으로 크게 울지 마시고 작은 손해 앞에서 품격을 잃지 마세요. 그냥 참으란 말이 아니에요. 시간이 지나고 있다고, 시간 따라 기울기가 심해지는 길 위에 우리가 서 있다고, 그러므로 무엇보다 우리 곁의 작은 희망 작은 씨앗들을 먼저 보고 붙잡는 게 남는 장사라는 뜻으로 드리는 말이랍니다.

지금 이 순간에도, 우리 곁을 스쳐 지나는 작은 희망 작은 씨앗이 많이 있을 거여요. 그것은 당연히 먼저 보고 먼저 손을 뻗치는 사람의 것이 되겠지요. 무조건, 어서 손을 뻗으세요. 희망은 먼저 잡는 게 임자니까요.

산으로 간 자라

어떤 후배가 들러 자라 한 마리를 뒤란 연못에 풀어놓는다. "차를 몰고 오는데 글쎄, 요놈이 도로를 건너고 있더라고요. 마침 여기가 생각나서 주워 왔어요." 물을 만나자 자라는 정자 밑 물 그늘로 얼른 몸을 숨긴다. "요놈은 어째서 도로로 기어 올라왔을까요." 후배가 묻지만, 그거야 나도 알수가 없다.

금붕어가 사는 연못에 새 식구가 들어왔으니 흐뭇하다. 아침마다 자라를 보러 뒤란으로 간다. 녀석은 생긴 것과 달리 헤엄을 정말 잘 친다. 활달하게 움직이는 품새로 보건대 한창 젊은 게 틀림없다. 저 녀석은 무엇을 먹이로 줘야 하나, 하고 검색도 해보고 다른 후배한테 물어도 본다. 새 식구가 생기는 것은 그만큼 마음 쓸 일이 늘지만, 당연히 그만큼 기쁨도 배가된다.

그리고 사나흘쯤 지났을까. 아침 인사를 하러 뒤란 연못으로 갔는데 녀석이 보이지 않는다. 아무리 찾아봐도 없다. 연못을 벗어난 게 확실하다. 연못의 남쪽은 산이 가로막혀 있고 북쪽은 호수다. 자라가 호수로 가려면 우리 집 너른 마당과 2차선 포장도로를 건너야 하고, 앞집의 마당과 울타리와 경사진 풀밭을 지나야 한다. 자라로서는 너무도 멀고 험한 길이다. 자라의 입장으론 북쪽 숲길을 선택하는 게 훨씬 자연스러웠을 것 같다.

나는 자꾸 근처 산 위를 본다. 자라를 가져온 후배가 "요놈은 왜 도로로 기어올라 왔을까요?"라고 묻던 게 생각난다. 정말 녀석은 왜 도로로 올라왔을까. 호수 수면에서 도로까지의 거리를 생각하면, 본능으로서의 감각이 있을진대, 녀석이 우연히 길을 잃었을 것 같지 않다. 혹시 알을 낳기 위해 더 안전한 장소를 찾아 나온 것일까. 아니 녀석은 젊으니 제가 소속되지 않은 먼 다른 세계에 대한 열병에 걸려 있을는지도 모른다.

고향을 떠날 때의 젊은 나도 그러지 않았던가. 산 너머 들 너머, 아니 가로막힌 벽 너머로 가고 싶은 열병으로 잠 못 이루던 스무 살의 내가 산으로 떠난 자라에게 오버랩되어 보인다. 닫힌 벽 너머에 대한 욕망이 작가를 만들고 신문명을 만들고 사랑도 만든다. 자라도 그럴지 모른다. 자라는 아무것도 안 먹고 1~2년까지 견딜 수 있다고 한다. 그래, 하고 나는 중얼거린다. 네겐 큰 산이겠지만 그 기간이라면 왜 저 뒷산을 다 정복하지 못하겠니. 네가 사는 집을 둘러싼 산들이 어떠어떠한지 다 살펴보고 나서 이곳으로 다시 돌아오면, 그때 넌 어른이 돼 있을 거라 믿는다. 공짜로 어른이 되는 게 아니란다, 자라야. 모험으로서의 값을 지불해야 진짜 어른이 되는 거지.

두근거리는 고요

새들의 나팔소리

집 뒤란엔 울타리를 따라 피라칸사스가 이어서 자리 잡고 있다. 여름엔 별로 주목받지 못했던 피라칸사스가 늦가을쯤부터 나의 사랑을 독차지한 것은 그 붉은 열매 때문이다. 주변의 나무들이 잎을 다 떨구고 나자 피라칸사스 붉은 열매가 돋을새김으로 화려하게 드러난 것이다. 흰 눈을 뒤집어쓴 가지 사이로 보이는 그 열매들을 보는 게 그리도 좋다. 눈 쌓인 나뭇가지들은 흰데 그 안에 붉은 열매들이 오보록 모여 있는 게, 꼭 백발을 두른 내 마음속 단심丹心 같기도 하다.

겨울이 깊어지자 새들이 모여들기 시작한다. 종일 새소리가 시끄럽다. 천지간 눈이 많이 쌓여 먹을 것이 없게 된 새들에게는 피라칸사스 붉은 열매야말로 최고의 양식이 아닐 수 없다. 온갖 새들이 다 모여든다. 먹잇감을 지키기 위해 큰 새들이 작은 새들을 쫓아내는 소리, 먹잇감을 두고 큰 새들끼리 다투는 날갯짓 소리도 힘차다. 강추위 속에서 모든 것이 숨을 죽이고 있을 때도 내 집 뒤란에선 장렬한 생존경쟁의 뜨거운 나팔소리가 매일 들리는 셈이다. 나는 그것을 '존재의 나팔소리'라고 부른다.

'나팔'을 불지 않는 존재가 어디 있으랴. 작은 것들은 작은 나팔을 불고 큰 것들은 큰 나팔을 불기 마련이다. 세상이라는 게, 온갖 것들의 나팔소리, 그 오케스트라가 아니던가. 아직 눈은 녹지 않았지만 나는 나무들의 육체 속으로 빨아 올려지는 수액의 강물 소리를 이미 듣고 있다. 이제 곧 온갖 존재들이 뽐내며 나팔을 불어 젖힐 봄이 올 것이다. 언 땅을 제치고 나오는 어린 들꽃의 당당하고 빛나는 재기발랄함을 보라. 귀를 기울이면 그 어린 꽃들에서도 세상 끝까지 울리는 나팔소리를 들을 수 있다.

사람이야, 더욱 그렇다. 무조건 크고 우렁찬 나팔만 불어야 하는 것도 아니고, 누구나 봄에만 나팔을 불어야 하는 것도 아니다. 남보다 더 빨라야 한다거나 구태여 남보다 더 큰 소리를 내야 할 필요도 없다. 소중한 것은 '내 나팔'을 찾아서 입에 힘껏 물고 때를 기다려 '나의 좋은 시절'에다 대고 냅다, 혼신의 힘을 다해 부는 일이다.

유난히 길고 혹독한 겨울이다.

올겨울, 가장 가슴 아픈 것은 뒤란 연못에 살던 금붕어가 두 마리 죽었다는 것이다. 연못이 얼기 때문에 좁은 수족관에 옮겨 놓았더니, 제 성질을 못 이겨 울화병이 생겼던 모양이다. 조금만 더 기다렸더라면 환한 봄날 새 물을 채운 연못에 들 터인데 안타깝기 그지없다. 인내를 바치지 않고 피는 꽃은 없고, 헌신을 바치지 않고 불 수 있는 나팔은 없다. 피라칸사스 열매가 그사이 다 없어져 요즘엔 뒤란에 쌀알들을 뿌려주고 있다. 새들의 '나팔소리'를 계속 듣고 싶기 때문이다.

새 식구

조정리 '와초재'에 새 식구가 들어왔다. 흰 풍산개다. 지역에 있는 대학교수 이✝가 혼자 사니 외로울 거라면서 보내준 생후 5개월짜리 암컷으로 이름은 '산'이다. 말이 5개월이지 덩치로 보면 산은 다 큰 개다. 잘 생겼고 힘이 좋다. 거실 너머 지척에 녀석이 있으니 밤 깊어 혼자 있어도 혼자 있는 것 같지 않아 집 전체가 다 훈훈해진 느낌이다.

문제는 내가 집을 비울 때다. 일주일에 이삼일은 서울에 가야 하니 난감하지 않을 수가 없다. 읍내 사는 후배에게 부탁해 하루 한 번 밥은 주지만 주인 없는 빈집을 저 혼자 지키려니 '산'으로서는 미상불 너무도 고독할 것이다. 이틀 만에 돌아와 보니, 주변을 온통 파헤쳐 엉망진창이다. 겨우 생후 5개월짜리를 묶어놓아야 하는 일도 가슴 아프다. 집을 떠나있을 때나 집 안에 들어와 있을 때나 다 그렇다. 풀어놓으면 좋겠는데, 세상 물정을 모르는 어린 것이라 나로서는 녀석의 안위를 걱정하지 않을 수가 없다. 녀석이 말을 할 수 있다면 이렇게 말할는지도 모르겠다. "설령 죽는다고 해도 난 자유롭게 뛰어놀고 싶어!"

왜 안 그렇겠는가. 나도 오래전 한때는 안위고 뭐고, 세상천지 자유롭게 흘러 다닐 수만 있다면 죽어도 좋다고 생각한 적이 많았는데. 이래저래, 너무 섣불리 녀석을 데려왔다고 뒤늦게 탄식을 내지른다. 녀석은 젊으니 제 기운만 믿고 천방지축이고, 나는 늙었으니 조심성과 아울러 연민이 많다. 내가 녀석의 기운을 전이 받고 녀석은 나의 조심성을 이식받으면 좋으련만, 어느 하세월에 그런 아름다운 통합이 올 것인가.

살아있는 것은 한 가지도 저 혼자 생명을 잇는 게 없다. 옮겨 심은 나무는 이미 싸주었고 뒤란 연못의 금붕어 또한 겨울나기를 위한 수족관도 이미 준비됐다. 제일 문제가 되는 게 저 '산'인데, 갈등의 시기가 끝나면 나와의 관계도 제자리를 찾아 앉을 것이다.

그렇다고 일방적인 관계라는 건 아니다. 나무는 꽃을 피워 날 기쁘게 하고 금붕어는 제 몫의 활기로 언제나 나를 즐겁게 한다. 내가 그들에게 바치는 수고는 그들이 주는 기쁨에 비해 특별히 크지 않다. '산'도 마찬가지다. 녀석이 온 뒤 나의 잠자리가 아득히 깊어진 것은 녀석과 나의 심리적 통로가 이미 생겼다는 뜻일 것이다. 녀석과 내 앞에 놓인 건 '시간의 시험'이다. 사람과 사람, 사람과 동물의 모든 관계가 다 그렇다.

시간의 시험을 통과한 뒤에야 비로소 관계의 아름다운 기쁨을 얻는다.

두근거리는 고요

쌍계사의 석종

한때는 스님들의 밥쌀을 씻은 쌀뜨물이 아랫마을까지 하얗게 흘러내렸다는 말이 전해져 오지만, 나라가 망하고 그로 인해 세상인심이 험악해진 다음부터 한 분 두 분 스님들이 자취를 감추고 나서, 오래전 그해, 논산시 양촌면 '쌍계사'엔 오직 스님 한 분만 남아있었다.

스무 살이나 됐을까, 눈매가 곧고 푸른 젊은 스님이었다. 스님은 대웅전에 엎드려 일구월심日久月深 오로지 참선과 염불에 매진했다. 깨달음을 통해 모든 번뇌를 말끔히 씻어낸 구경각究竟覺의 세계가 스님의 바람이었다. 얼마나 간절한 소망인지, 스님은 밥을 먹지도 않고 잠을 자지도 않았다. 절 마당엔 그사이 잡초만 무성해졌다.

그런 스님을 남몰래 엿보는 이가 있었는데, 아랫마을 사는 열 일고여덟쯤 되는 어린 처녀였다. 절이 피폐해지기 전까지 스님들 밥을 해주고 살던 공양 보살의 외동딸이었다. 처녀는 매일같이 대웅전 문 앞에 쭈그려 앉아 스님의 염불 소리를 들었다. 모란과 연꽃과 국화 무늬가 아름답게 조각된 꽃창살 사이로 흘러나오는 스님의 염불 소리는 언제 들어도 청아하고 고즈넉해서 이승의 소리가 아닌 것 같았다. 손을 뻗으면 닿을 듯한 꽃창살 문 너머에 있었지만 처녀에게 그 스님은 천상의 세계보다 더 먼 존재였다. 지척에 두고도 처녀는 자나 깨나 스님이 그리워 가슴에 멍울이 생기는 걸 느낄 수 있었다.

젊은 스님은 참선과 염불만으로는 당신이 원하는 구경각의 경지에 도달할 수 없다는 것을 마침내 깨달았다. 먹지도 자지도 않고 달포나 엎드려 있었기 때문에 이제 몸을 움직이기도 어려운 참이었다. 이대로 눈을 감고 만다면 윤회의 사슬에 영원히 갇히게 될 게 분명했다. '법화경法華經'에, '약왕보살'이 일찍이 향유를 온몸에 바르고 자기 몸을 불살라 바치는 소신공양燒身供養으로써 구경각의 경지에 도달했다는 이야기가 나오는데, 불현듯 그 이야기가 스님의 마음을 사로잡았다. 남은 길이 있다면 이제 온몸을 불살라 부처님께 바치는 그 길뿐이었다.

몇 날 며칠 후, 마을 사람들은 더 이상 염불 소리가 들리지 않는 절 마당에서 숯덩이가 되고만 두 사람을 발견했다. 하나는 기어코 소신공양을 감행한 젊은 스님이고 다른 하나는 스님을 오로지 가슴에 두었던 어린 처녀였다. 어린 처녀가 스님의 소신공양을 목격하고 달려들어 함께 소신공양하고 말았던가 보았다.

이듬해 봄이 되자 두 사람이 죽은 자리에서 나무 한 그루가 싹을 틔우더니 두 가지로 나뉘어 자라나기 시작했는데, 줄기는 갈라져 있지만 뿌리는 한통속인 괴목槐木이었다. 사람들은 인연이 특별하다면서 그것을 연리목, 혹은 연리근連理根이라고들 불렀다.

쌍계사에 갈 때마다 나는 범종각 앞의 오래된 연리목 아래 한참씩 서 있곤 한다. 그 나무야말로 만물의 있고 없음이 모두 인因과 연緣에 따라 생기고 그것은 다시 피할 수 없는 업장을 불러온다는 연기론緣起論을 상징처럼 보여주기 때문이다. 그러나 속지 말라. 소신공양으로 죽은 젊은 스님과 애오라지 스님의 그림자라도 되고 싶었던 처녀의 혼백이 맺어져 이윽고 연리목이 되고만 괴목 이야기는 쌍계사에 갈 때마다 내가 지어낸 여러 이야기 중 하나에 불과하다.

쌍계사에 있는 것으로 내 상상력을 건드는 소재가 더 있다면 이 연리목 이외에 막힌 듯하지만, 빛이 잘 스며들게 설계된 꽃살문과 대웅전 동쪽을 떠받치고 선 거대한 칡덩굴 기둥이다. 그만큼 아름다우면서 비밀스러운 꽃살문을 본 적이 없고 그만큼 거대하고 옹골찬 칡 기둥을 만난 적이 없기 때문이다. 어둠을 다 씻어낸 붓다의 세계는 본디 무한정 아름다울 뿐 아니라 또한 무한정 거대하고 옹골차지 않겠는가.

쌍계사에 가려면 일단 절 어귀의 저수지 앞에서 차를 버리는 게 좋다. 크지 않은 저수지지만 물이 맑아서 쌍계사를 감싸고 흐르는 불명산의 산 그림자가 낱낱이 그 속에 박혀있는데, 그 물속 풍경은 언제 보아도 가히 선경이다. 해인海印이 그러할 것이다. 어찌 불명산의 그림자뿐이겠는가. 물속 풍경에 자신의 얼굴을 또한 가만히 비쳐 보라. 숨찬 저잣거리의 욕망을 그대로 짊어진 채 다짜고짜 온몸을 밀어 넣어선 쌍계사가 전하는 은밀한 부처의 말씀을 하나도 받아 안을 수 없을지 모르니, 저수지 거울에 자신을 비춰보는 걸 만다라의 세계에 들어가는 통과의례로 삼는 게 좋다는 말이다.

　개발의 시대를 지나오면서 절마다 불사를 많이 행하여 유명한 사찰에 갈수록 무언가 꽉 찬 듯한 게 욕망의 칼끝을 보는 느낌이 없지 않았는데, 쌍계사 마당에 들어서선 그런 걸 느낄 이유가 전혀 없다. 대웅전은 위용이 넘치지만 결코 산과 맞서려 하지 않고 나한전을 비롯한 몇몇 나머지 전각들도 있는 듯 없는 듯, 모든 것이 섞이고 통하는 걸 결코 가로막지 않는다. 산줄기가 막힘없이 발치로 들어오고 전각들이 거침없이 골골로 나아간다. 쌍계사 마당에선 삼라만상이 그냥 한통속이다.
　특별한 날이 아니면 쌍계사는 대개 비어있다.
　나그네나 불자도 보이지 않고 보살이나 스님의 그림자도 눈에 들어오지 않는다. 빈 마당엔 시나브로 낮은 바람과 고요한 하늘과 다소곳한 산그늘이 부드러이 섞여 있을 뿐이다. 이를테면 풍경이 곧 쌍계사의 주인인데, 나는 쌍계사의 고요한 풍경이야말로 구경각의 세계를 닮았다고 생각한다. '검이불루 화이불치儉而不陋 華而不侈'라고 했던가. 검소하나 누추한 데가 없고 화려하나 사치스럽지 않아서 쌍계사가 좋다.

　어제는 쌍계사 대웅전 칡 기둥에 기대앉아 불명산 부드러운 능선을 오래 바라보았다. 해가 지고 있었다. 쌍계사엔 범종이 없지만, 타는 놀빛이 불명산 부드러운 능선에 날렵하게 내려앉을 때 환청인 듯 내 귓가에 저녁 종소리가 들렸다. 낮고 높고 외롭고 고요한 울림이었다. 눈가가 불현듯 뜨거워졌다. 오랫동안 마음속에 드리워져 있던 그리움이 그 순간 놀빛보다 더 붉게 타오르는 걸 온몸으로 느낄 수 있었다. 아, 내가 평생 품고 살아온 그리움은 어디에서 생겨 어디를 지나 내게 오는 것일까. 대관절 나는 누구란 말인가.

나는 실눈을 뜨고 날이 다 저물 때까지 불명산 그늘을 웅숭깊게 들여다보았다. 아주 둥글지도 않고 아주 모나지도 않은, 이렇게 생겼다고 하면 이렇게 생긴 것이 아니고 저렇게 생겼다고 하면 또 저렇게 생긴 것도 아닌, 이상하지만 사랑할 수밖에 없는, 어제 저물녘 내가 쌍계사 대웅전에 기대고 바라본 것은, 다른 무엇이 아니라 바로 나 자신이었다.

아비들의 나라에서

봄이 '침몰'했다고, 나는 느꼈다.

'세월호'가 가라앉고 있을 때, 출판사에서 새로 책을 내기로 한 장편 《소소한 풍경》의 표지 시안을 보내왔다. 나는 지금 책을 내고 싶지 않다고 말했다. 수백의 아이들이 수장되는 걸 텔레비전을 통해 지켜본 나는 며칠 동안 밥도 제대로 먹을 수가 없었다. 분노와 슬픔과 무력증이 뒤섞여 나를 괴롭혔다. 글도 쓰고 싶지 않았고 책도 내고 싶지 않았다. 도저히 이해할 수도, 받아들일 수도 없는 광경이었다. '죽음의 시대'라고 생각했다. 사랑이 없다면 무엇 때문에 책은 내고 무엇을 위해 글을 쓰겠는가.

출판사에선 책을 내고 싶지 않다는 내 말에 몹시 난감해했다. 책은 이미 다 준비되어 있었다. 제작비를 들였으니 무조건 못 내겠다고 버틸 수도 없었다. 초록색으로 디자인된 표지를 흰색으로 바꾸자고 했다. 그렇게라도 내 마음을 표시하고 싶었다. 출판사는 내 뜻을 이해했고 준비된 표지 색깔을 초록색에서 흰색으로 바꿨다.

봄이 한참 기울 무렵 낯이 익은 독자 한 분이 대문가를 서성거리고 있

두근거리는 고요

었다. 산책을 나가려다가 딱 마주친 그는 전에도 몇 번 만난 적이 있는 고향의 남자였다. 세월호 침몰로 어린 5촌 조카 한 명을 잃었다고 했다. 장성한 아들이 둘 있다는 말도 덧붙였다.

"큰아이의 경우 공교롭게도 세월호 침몰한 날 상견례를 했어요. 며느리 될 처녀가 임신하는 바람에 서둘러 상견례를 한 것인데요, 세월호 침몰하고 나서 이런 세상, 결혼하고 애 낳는 게 무슨 의미가 있겠냐면서 큰아이가 결혼 날짜 잡는 걸 자꾸 미루고 있으니, 아비로서 마음이 아파 죽겠어요."

나 역시 유구무언이었다.

우리는 잠시 호수를 따라 걸었다. 사방에서 봄꽃들만 여일하게 피어 있었다. "우리 아들과 며느리 될 아이가 선생님 팬이랍니다." 요컨대 아들과 그 처녀를 내게 보낼 테니, 어서 혼례식을 올리도록 권면해주면 좋겠다는 부탁 아닌 부탁이었다. 난감했다. 멀쩡한 젊은 학생들 수백을 바닷속에 넣어둔 채 아직껏 다 건져내지 못한 무력한 '아비들의 나라'에서 죄 많은 '아비'의 한 사람으로 살아있는 내가 감히 무슨 훈수인들 두겠는가.

때마침 신문에 칼럼을 써야 할 차례가 다가와 있었다. 곤혹스럽지만 이미 쓰기로 약속한 원고였다. 희생자들은 물론, 나처럼 분노-슬픔-무력증에 사로잡힌 수많은 마음들에게 내가 말을 보탠다고 무슨 큰 위로가 될까마는, '무명한 아비'가 아니니 더 많은 책임을 짊어졌다고 느끼는지라 침묵하고 있을 수만은 없다는 생각에서 나는 다음날 약속한 칼럼을 쓰고, 그 칼럼을 나와 함께 호숫가를 걸었던 그이에게 메일로 보냈다. 그

이는 결혼을 앞둔 아들에게 그 칼럼을 보였겠지만 그것이 필요한 효과를 거두었는지는 알 수 없었다. 그 칼럼의 마지막은 이러했다.

"… 잘못된 구조에 관용을 베풀자는 게 아니다, 살아남은 자의 모든 슬픔 모든 안타까움, 모든 분노를 모아서 그 옹골찬 진심, 단합된 힘으로 희생자와 그 가족들에게 최종적으로 전하고 싶은 말은 이것이다. '사랑합니다!' 잘못된 세상을 여는 힘은 돈이나 권력이나 '나만의 성공'에서 나오는 게 아니라, 사랑에서 나온다고 여전히 믿고 싶고, 또 믿기 때문이다."

어머니가 가장 행복했던 날

어머니에겐 평생 행복한 일이 별로 없었다. 장사 일로 아버지가 자주 집을 비웠던 데다가 가난한 환경에서 당신 홀로 다섯 남매를 키워야 했기 때문이다. 앉아있을 겨를조차 없는 고단한 삶이었다. 그래서 어머니는 늘 신경질적이거나 짜증스러운 표정이었고, 그것은 어린 내게도 어두운 감수성을 심어 주었다.

그런 어머니도 일 년에 꼭 한번, 아침부터 환한 표정을 짓는 날이 있었다. 추석 무렵, 바로 두 칸짜리 초가의 전통 문살에 창호지를 새로 바르는 날이었다. 그날의 어머니 얼굴은 언제나 밝고 생생했다. 문살에서 헌 창호지를 벗겨내고 나서 어머니는 곧 온 동네를 돌며 나뭇잎을 주워왔다. 맘에 드는 예쁜 나뭇잎을 고르는 일 자체가 어머니에겐 큰 행복인 듯했다. 창호지를 초벌로 바른 뒤 어느 정도 말리고 나서 문고리 근처에 나뭇잎을 배치해 놓고 창호지를 덧붙여 바르는 일이 작업의 하이라이트였다.

나뭇잎을 선별하고 미학적으로 배치해 형태를 만드는 일에 어머니는 온 마음을 다 쏟았다. 그럴 때의 어머니는 새색시처럼 달뜬 표정이었다. 어머니는 작업에 몰입한 화가였고 장인匠人이었다. 나뭇잎을 주울 때부터 어머니의 머릿속엔 당신이 표현하고 싶은 당신만의 이미지가 있었을 것이고, 그에 따라 나뭇잎을 선별하고 배치할 때 미적 구조의 완성을 염두에 두었을 터였다. 그것은 이를테면 플롯이 짜이는 비밀스런 과정이라 할 수 있었다.

작업이 끝나면 어머니는 창호지가 잘 마르도록 여러 개의 문을 햇빛 속에 일렬로 세워두었다. 창호지와 창호지 사이에 붙여져 하나의 그림으로 완성된 형형색색 나뭇잎들이 햇빛을 받아 더욱 도드라져 보였다. 어머니는 멀리서도 보고 가까이 다가서서도 그것을 보았다. "예쁘지? 어떤 게 더 예쁘냐?" 어린 내게 의견을 묻기도 했다. 그런 날의 어머니는 누구보다 환했고 행복해 보였다.

이제 생각해보면 그날이야말로 어머니는 지난한 삶에 눌려 있던 당신 가슴 속의 '창조적 자아'를 발현시키는 날이었다. 누가 됐든 사람의 가슴 속엔 본래부터 시인, 화가, 음악가가 깃들어 살고 있다고 나는 믿는다. 소유한 것에 비해 우리가 느끼는 만족감과 행복감이 적다면 더 많은 소유로써 그것을 극복할 일이 아니라, 우리 가슴 속에서 온갖 가짜 욕망에 눌려 비지땀을 흘리고 있을지 모를 시인, 화가, 음악가를 해방시킬 일이다. 돈 들이지 않고 오늘 당장 행복해지는 길이 그것이다.

꼭 시인, 화가, 음악가가 되지 않더라도, 그 무엇으로 어디에 있든, '창조적 자아'를 발현시키고 있다고 느낄 수만 있다면 우리는 모름지기 지금 소유한 것만으로도 훨씬 더 행복해질 게 틀림없다.

오래된 사랑

어느 날 황혼 무렵이었다. '와초재' 뜰에 나와 앉아있는데 때마침 한 남자가 대문간을 서성거리고 있는 게 눈에 들어왔다. 남자의 그림자가 쓸쓸해 보여 대문간으로 나왔다.

"아이구, 선생님!"

당황했는지 남자는 어린 학생처럼 허리를 구십 도로 숙여 내게 인사했다. "전라도 나주에서 왔습니다." 기차를 타고 온 모양이었다. "유명하신 선생님이라 비교적 쉽게 찾았어요. 택시기사가 선생님 존함을 댔더니 쪼르르 여기 대문 앞까지 데려다주던걸요." 텔레비전 프로에서 '와초재'를 보고 그 기억을 좇아 찾아왔다고 했다. 수줍음이 많은 듯, 들고 온 가양주를 내밀 때 남자는 귓불까지 붉혔다. 놀빛을 두른 호숫가에서 물새들이 푸드득 하고 날아올랐다.

우리는 함께 거실로 들어와 마주 앉았다.

깡마른 데다가 어깨가 조금 굽고 키만 훌쩍 큰 것이 어딘지 모르게 속병이라도 든 것 같은 모습이었다. 나이 예순여섯으로, 사십 년을 함께 산 아내를 일 년쯤 전에 간경화로 잃었다는 말을 들은 것은 내가 가져온 녹차를 거의 다 비우고 난 다음이었다. "미련하다고… 평생 나한테 지청구도 많이 먹은 아내였는데요….” 말이 느리고 어조가 낮춤해서 귀를 바짝 기울여 들어야 했다. “대처로 떠돌던 시절 만나 꼭 사십 년을 함께 살았습지요. 이렇게 선생님을 뵙게 된 것도… 다 아내 때문에….” 남자의 목소리에 물기가 서렸다.

거기까지 말하고 나서야 남자는 메고 온 배낭에서 주섬주섬 무언가를 꺼내 놓았는데, 그것은 내가 쓴 소설책들이었다. 《나마스테》, 《고산자》, 《은교》가 보였고, 맨 마지막으로 《당신》이라는 책이 나왔다. 오래 함께 산 늙은 부부가 치매에 걸려 차례로 죽어가는 이야기로서 가장 최근에 펴낸 소설이었다.

“아내가 읽던 선생님의 책들이에요.”

남자의 어조가 비로소 발그레해졌다. 신혼만 대처에서 보낸 후 고향으로 내려와 선친이 물려준 과수원을 하며 오롯이 오 남매를 키워낸 것은 전적으로 아내였다고 했다. 역마살이 있었던지 남자가 불현듯 집을 나가 몇 달씩 대처로 떠돌 때도 아내는 혼자 과수 밭을 지킨 모양이었다. 아내의 억척이 아니었다면 과수원도 진즉 날아가고 말았을 거라는 말을 할 때 남자의 눈빛이 붉어졌다. 변변한 여행 한번 못해보고 산 남자의 아내에게 유일한 즐거움이 있었다면 소설책을 읽는 일이었다고 남자는 말했다.

“쓸데없이 책만 끼고 산다고 내가 타박도 많이 했지만요…. 선생님 책은 새 책이 나올 때마다 사 들고 와 읽더라고요. 특히 요 책, 《당신》요, 《당신》을 읽을 땐 책장을 적시면서 그리 울었었는데….”

남자의 아내는 《당신》을 읽을 무렵 이미 간경화가 깊어 죽어가는 과정에 놓여 있었던가 보았다. 치매에 걸려 차례로 죽어가는 노부부의 이야기이니 남자의 아내로선 주인공의 슬픔과 자신의 슬픔을 동일시하기 아주 좋은 소재였을 터였다.

"다음 주가 아내 기일이에요…."

남자의 눈길이 창을 넘어 호수 쪽으로 나아갔다. 호수엔 벌써 어스름이 내려앉는 중이었다. 속정이 깊어서였을까. 아내가 죽고 난 후 남자는 불현듯 아내가 남긴 소설책들을 찾아 읽기 시작했다고 했다. "애들이야 다 짝 맞춰 서울에서 살고요, 저는 고향집에 혼자 살면서 요즘…." 책이라면 보기만 해도 머리가 아팠는데 아내가 죽고 난 후에는 아내가 읽던 소설책을 따라 읽으면서 소일하고 있다고 했다. "그래서요, 선생님. 살아있다면 아내가 선생님 친필 사인을 한 번쯤 받고 싶지 않았을까 해서…." 요컨대 남자는 아내가 읽은 내 책들에 작가 사인을 받아 기일에 아내의 산소에 바치고 싶다는 것이었다. 산소 머리맡에 사인한 내 책 한 권쯤 묻어 줄 모양이었다.

"살았을 때는 아내의 자리가 그리 큰지를 몰랐지요." 남자가 말을 이었다. "어떤 수필이던가, 선생님께서 늙은 아내를 두고 오래 묵은 장롱 같다고, 들어내 봐야 비로소 그 큰 자리를 알게 된다고 하셨던데, 제가 그 짝이었습지요." 남자는 회한에 계속 목이 메는 눈치였다.

나는 《당신》이라는 책에 남자의 아내 이름을 썼다.

그 책의 날개엔 본문 중 한 구절로서 이렇게 씌어 있었다. "우리는 얼마나 많이, 이 봄, 이 여름, 이 가을이 아니면 못 볼 꽃을 그냥 지나쳐 왔을까." 남자의 회한이 그 문장에 닿아있다고 나는 느꼈다. 가슴이 찡한 건 나도 마찬가지였다.

대동여지도를 그린 고산자 김정호의 이야기를 담은 소설《고산자》엔 남자의 이름도 함께 씨주었다. 남자가 고개를 돌리고 눈가를 닦았다. 사랑하면서도 왜 사람들은 헤어질 때까지 후회할 일들을 알아차리지 못하는 것일까. 너무 늦게 알게 된 것들 때문에, 오래 묵은 '당신'이라는 낱말이 담아내는 세월 때문에 저절로 젖어 드는 눈물이라고 나는 생각했다. 사랑하고 미워하고 싸우고 하면서 함께 견디어온 숱한 삶의 물집들이 세월과 버무려져 굳어 사리처럼 된 낱말이 바로 '당신'이라 할 수 있었다.

"택시를 불러 놓아서요."

사인한 책을 배낭 안에 넣고 남자가 서둘러 일어났다. 남자를 태운 택시가 어둠 속으로 떠나는 걸 배웅하고 돌아와 나는 저녁밥 대신 그가 가져온 가양주를 혼자 마셨다. 때맞추어 서울에 두고 온 아내에게서 전화가 왔다. "아이구, 초저녁인데 또 술이네…." 아내가 잔소리를 늘어놓기 시작했다. 늙어가는 아내의 잔소리를 피해 고요한 호수에게 불멸의 길을 물으러 내려온 참이라 짜증이 날 법한데 별일이지, 아내의 잔소리가 느닷없이 정답고 달았다. "당신, 내 장롱이야!" 나는 소리쳐 동문서답을 했다. 시간의 시험을 거치지 않고선 사랑조차 결코 부동심에 이를 수 없다는 걸 왜 모르겠는가. 남자가 작가 사인북을 아내의 묘지 앞에 바칠 때 진실로 더불어 바치고 싶은 것도 아마 그런 것일 터였다. 이를테면 내 몸 안의 사리가 되고만 아, 부동심의, 오래된 우리네 사랑.

두근거리는 고요

'와초재' 오픈 하우스 이야기

내가 고향으로 내려와 둥지를 틀었다는 소문이 돌자 '와초재'에 시시때때로 찾아오는 사람이 많았다. 작가를 찾아오는 사람들은 대부분 상처가 많은 사람들이다. 난감했다. 먼길 찾아온 상처받은 사람에게 매몰차게 굴수도 없고, 찾아오는 사람 모두 맞이해 함께 시간을 보내자니 책 읽고 글쓸 겨를이 없었다. 그래서 궁여지책 나온 아이디어가 '오픈 하우스'였다. 봄가을, SNS 등으로 날짜를 공지해서 그날 오는 모든 분에게 서재든 뭐든 다 공개하고 함께 차 마시고 이야기도 나누면서 한나절, 혹은 하루를 보내겠다는 것이었다.

2012년이던가, 첫 번째 오픈 하우스 땐 전국에서 백여 명이 찾아왔다. 부산에서 여러 시간 기차를 타고 온 분도 있었고 미국에서 온 분도 있었다. 고향 후배들이 소박하게 막걸리와 떡과 차를 준비했다. 사람들과 둘러앉아 이야기 나누면서 떡도 나눠 먹고 막걸리도 마셨다. 문학이란 매개가 있으므로 '와초재'는 금방 따뜻한 만남의 둥우리가 되었다. 이야기가 그칠 새 없이 이어졌다. 나중에 전해 들은 것이지만 그날 만난 독자들끼리 따로 모여 팬클럽 '와사등ewacho.com'을 만들었을 정도였다. 와사등 초대 회장에 추대된 정** 님은 수원에 사는 분으로서 독서량이 많고 총명한 분이었다.

오픈 하우스는 횟수가 늘어나며 방문객도 곧 수백 명으로 늘어났다. 7~8백 명이 들어와 뜰이며 방이며 입추의 여지가 없던 때도 있었다. 8할은 논산 이외의 먼 지역에서 오는 손님들이었다. 시市에서 이를 눈여겨보고 나름대로 프로그램을 만들자고 했다. 그래서 가을엔 '작은 문학제'라는 이름을 달고 낭독, 작가와의 대화, 노래와 연주 등의 프로그램도 함께 마련했다. 무료공연을 하겠다고 청을 해오는 연주가들도 많았다. 작년 연주의 하이라이트는 광주에서 온 분의 '톱 연주'였다. 울산에서 온 어느 작곡가 겸 가수는 내 소설《소금》에 나오는 구절로 곡을 만들어와 직접 노래를 부르기도 했다.

올해는 아예 '논산상상마당'에 맡겨 더 다양해진 프로그램으로 하루를 보냈다. '와초재'를 둘러보는 것은 물론 백일장, 전시회, 낭송회, 대화 등으로 프로그램을 업그레이드, 아름답고 정겨운 축제가 되도록 만든 것이었다. 어떤 비즈니스, 어떤 다른 목적도 깃들지 않은, 그야말로 순수한 문학적 만남의 장이 된 셈이다. 사랑도 결혼도 비즈니스처럼 된 세상에서 이런 식의 순수한 만남이 가능하다는 게 독자들은 물론 내게도 큰 기쁨이 되었다. '힐링의 축제'였다. '문학'이라는 중심이 있었기 때문에 가능한 일이었다.

두근거리는 고요

문화예술의 상당 부분을 이른바 자본이 이미 잠식한 상태지만, 그중에서도 문학은 가장 효용성이 없을 뿐 아니라 아울러 현실을 움직일 어떤 힘도 권력도 없다. 문자문화의 임종을 말하는 것이 전혀 어색하지 않은 것도 사실이다. 그러나 역설적으로 말하자면 문학의 힘이 사실은 거기, 효용성이 없다는 사실에 깃들어 있다고 나는 믿는다. 문학은 우리에게 아무것도 요구하지 않으며 아무것도 명령하지도 않는다. 그게 문학의 힘이다. 효용성이 주는 반인간, 반문화에 대해서도 효용성이 없으므로 그 결백으로 문학은 그걸 지적할 수 있으며, 그것은 현대문학의 의미 깊은 특권이기도 하다. 사람과 사람의 참된 만남, 참된 소통도 그럴 것이다.

효용성을 제거한 만남이야말로 우리들 내부의 사랑을 넓힌다.

우리 집에 '설희'가 산다

언제부터인지, '와초재'에 토끼가 산다.

근처 어느 집에서 기르는 토끼인지, 숲에서 혼자 사는 야생토끼인지 모르겠다. 하얀색 어른 토끼다. 잘 생겼고 민첩하다. 가족은 없는 것 같다. 늘 혼자다. 매일 우리 집에 들어와 채소밭을 뒤지고 다니거나 마당과 후원을 넘나들며 논다. 너른 마당을 가로질러 가는 것을 보았다 싶으면 어느새 뒤란에 군생하는 피라칸사스 밑에 앉아서 연방 세수하는 시늉을 하고 있다.

매일 오기 때문에 아예 이름까지 지어줬는데, '설희'다. 암컷인지 수컷인지 모르겠는데, 그냥 내 맘대로 암컷이라고 생각해 지은 이름이다. 어린 시절 이웃집에서 기르는 토끼를 가까이 본 적이 있을 뿐, 요즘처럼 매일 토끼를 보면서 지낸 일은 없다. 경계심이 많은 녀석은 낯을 익혔을 법도 하건만 여전히 가까이 오지 않는다.

오늘도 당근을 들고 앞마당으로 나갔으나 내 발자국 소리를 듣자마자 뒤란으로 내뺀다. 나는 당근을 마당 끝에 놔주고 침실로 들어온다. 아니나 다를까 녀석은 뒤란의 피라칸사스 밑에 앉아서 유리창 너머로 나를 살피고 있다. 시선이 마주치는 느낌이다. "안녕!" 나는 소리 내어 아침 인사를 한다.

그대는 수토끼와 같이

사랑하는 임과도 같이

탐색食色하고 옹졸해서는 안 된다

그리고 그대 머리는

새끼를 배고 있으면서

또한 이중으로 새끼를 배는 암토끼와 같아라.

나는 아폴리네르의 시를 읽는다. 그의 시에 따르면 수토끼는 바람기가 많고 암토끼는 '이중으로 새끼를 배는' 음흉하고 음란한 구석이 있는 모양인데, 시인의 상상일 뿐 '설희'가 그처럼 음흉해 보이진 않는다. 이솝 이야기에 등장하는 것처럼 낮잠을 자다가 거북이에게 일등을 빼앗길 것 같지도 않다. 설희는 하얀 망토를 걸친 민첩하고 야무진 멋쟁이 숙녀가 틀림없다.

내일은 배추를 좀 사다 줘야겠다.

토끼가 드나들면서부터 적막한 집이 한결 밝아진 느낌이다. 아침이 왔는데도 토끼가 나타나지 않으면 그리운 정인을 기다리듯 뜰을 내다보며 한참씩 기다릴 때도 많다. 사람살이라는 거, 살아있는 다른 것과의 관계 안에서 비로소 지속된다. 성가시고 귀찮아 혼자 외딴곳에 가고 싶을 때도 있지만 막상 혼자가 되면 성가시고 귀찮은 그 관계들이 그립다. 다른 존재와의 관계가 없으면 휴면休眠이지 삶이 아닌 모양이다. 관계라는 것이 다 그렇지 않겠는가.

지는 봄꽃들에게서 배운다

생은 멀고, 또한 찰나적이다. 존재하는 모든 것이 그렇다. 봄꽃의 낙화를 보라. 길고 혹독한 겨울 동안의 인내를 생각하면 봄꽃들의 황홀한 개화는 찰나에 불과하다. 곧 지고 만다. 그러니 봄꽃의 낙화는 얼마나 속절없고 애달픈가. 어디 봄꽃만 그렇겠는가. 청춘의 광채도 그러하고 사랑의 열락도 그러하다.

당신은 한 그루 나무
봄엔 새잎 트고
여름엔 우거지고
낙엽지면 한겨울
숨을 거든다.
우리들의 사랑 또한 그렇지
우리들의 청춘 또한 그렇지
영원한 것은 아무것도 없다
그러나 잠 깨고 보아라
우리가 모여 숲을 이루고

두근거리는 고요

오래전 내가 쓴 소설《숲은 잠들지 않는다》에 나오는 노랫말에 곡을 붙여 당시의 가수 '방미'가 불렀던 노래가 지금도 유튜브 등에 남아 있다. 우리로서의 '역사'가 아니면 영원한 게 어디 있겠는가.

탑정호 건너편 대명산 숲의 녹음이 어느새 짙푸르다. 꽃의 시신들을 단호하게 밀어내며 가지와 잎들이 하루가 다르게 녹진해지고 있다. 여름 숲을 가리켜 '무섭다'고 한 이상李箱의 심사가 환히 짚인다.

한 존재로서 영원한 것은 없지만, 아무렴, 낙화는 꽃의 죽음이 아니라, 잎으로의 전이轉移라는 걸 이제 알겠다. 그렇지 않은가. 꽃은 떨어져 잎을 견인해내고 잎은 죽어서 마침내 열매를 견인해낸다. 아니 잎은 떨어져 이윽고 제 뿌리로 갈 터이다. 자신의 몸을 썩혀 스스로 근원의 중심을 튼실히 하는 자연의 순환이 경이롭기 한정 없다. '에너지 불소멸의 법칙'에 따르면, 심지어 뿌리가 죽어도 그로써 생명 에너지가 근본적으로 사라지는 건 아니다. 생명 에너지는 죽어서도 우주 어딘가에 남아있거니와, 생물학적 죽음으로서 모든 것이 사라지는 게 아니라는 뜻도 된다.

산책길에 나서면 딸기밭이나 고사리밭을 메고 있는 한 떼의 '여인네'들을 만난다. 평균연령이 육십 대 후반 혹은 칠십 대의 '할머니'들이다. 농촌에서 이런 단순노동이 할머니들 차지가 된 게 벌써 한참 전부터이다.

고생고생해 허리가 잔뜩 꼬부라지고 얼굴이 새카만 할머니들을 상상하는 건 그야말로 오해일 뿐이다. 요즘의 그들은 할머니가 아니라 여인네다. 대부분 얼굴빛이 건강하고 표정도 밝아서 후덕하게 늙은 티가 난다. 자주자주 까르르르 하는 웃음보도 터진다. 도시의 경로당에 모여 앉은 할머니들과 사뭇 느낌이 다르다. 비유하건대, 아침 햇빛을 받으면서 펑퍼짐하게 주저앉아 밭을 매는 그네들의 얼굴엔 도시 사람들이 버리거나 잃은 '태양'이 깃들어 있다. 불온한 비유라고 할는지 모르지만 '섹시'하기도 하다. 태양과 함께 건강한 대지의 빛도 그 육체에 들어있기 때문이다.

티베트에선 남자를 달로 보고 여자들은 태양으로 본다. 실제 꾀죄죄하고 덴덕스러운 남자들에 비해 티베트 여자들은 한결같이 환하고 스스럼없고 어여번듯하다. 남자를 태양으로 보는 건 남성중심주의에 따른 불건강한 비유인지도 모른다.

가부장제가 해체되고 절대빈곤의 감옥에서 놓여난 이후, 우리네도 어느덧 티베트의 그 비유가 현실화하고 있는 느낌이다. 이를테면, 일하면서 사는 지역의 할머니들은 태양 빛이고, 자본주의 욕망에 시시각각 눌리며 사는 도회지의 우리들은 남녀노소 구별 없이 오히려 희끄무레한 달빛으로 비유해야 맞지 않겠는가 하는 생각이 든다. 그네들은 아들딸 건강하고 바르게 키워낸 성취감과 자신감을 갖고 있으며, 그러므로 사랑의 권세가 위대하다는 걸 알고 있을 뿐만 아니라, 자연의 순환을 늘 보고 느끼며 살아왔기 때문에 삶의 유한성에 대한 공포감을 넘어선 것이다.

꽃이 아낌없이 지는 건, 죽어서 잎과 열매와 뿌리로 다시 가 근원적 에너지로 환생할 수 있다는 자기 신뢰 때문이려니 싶다. 영화로 요즘 화제가 된 바 있는 내 소설《은교》에서 나는 이렇게 말한 바 있다. "젊은 너희의 아름다움이 너희의 노력에 의해서 얻은 것이 아니듯이 늙은이의 주름살도 늙은이의 과오에 의해서 얻은 것은 아니다. 늙는 건 다만 자연일 뿐이다." 우리의 육체와 정신에 '태양'이 깃들어 있다면, 그리하여 습관에 따른 나태함과 매너리즘과 자본주의적 욕망이 주는 억압에서 자유로울 수만 있다면 지는 꽃이라 해도 죽어가는 것만이 아닐 것이다.

내가 '논산'으로 오면서 가진 첫 번째 소망은 자기변혁에 대한 울울창 창한 욕망의 신명 나는 발현이다. 지금 지는 꽃이 작년의 그 꽃이 아니며, 지금 나를 쓰다듬고 지나가는 강물이 어제의 그 강물이 아니라는 것은 명확하다. 꽃이 지는 게 죽음이 아니라, 변혁 없이 머물러 있으면 그것이 곧 죽음이라고 나는 믿는다. 나이에 '걸맞게' 살아야 좋다는, 시간의 일반적인 양식樣式에 따른 속임수에 넘어가고 싶지 않다.

향기로운 봄

햇볕이 따뜻해진 다음 내가 제일 먼저 한 일은 배추밭의 보온재를 걷어내는 일이었다. 지난겨울 더러 언 배추를 캐다가 녹여 먹은 행복한 추억이 있는지라 "잘하면 봄동으로도 먹을 수 있다"는 지인의 말을 믿고 보온재를 덮어두었기 때문에 자못 기대에 차서 한 짓이었다. 그러나 남은 배추들은 뿌리째 얼어 죽어 있었다. 영하 20여 도를 넘나드는 혹한을 넘어왔으니 당연한 결과인데도 얼어 썩은 배추를 뽑아낼 때 그리도 가슴 아팠다.

서울에 한 이틀 다녀왔는데, 와초재 현관문 앞에 웬 비닐봉지가 놓여있다. 냉이가 들어있는 비닐봉지이다. 누가 햇냉이를 캐서 집 앞에 선물로 놓고 간 모양이다. 냉이는 가을에 뿌리를 내렸다가 겨울 동안 땅에 바짝 붙어 추위를 견딘 뒤 이른 봄 가장 먼저 겨울잠에서 깨어나는 나물로, 3월 중순에 먹어야 제맛을 느낄 수 있다. 4월이 되면 벌써 꽃이 피기 때문이다. 된장찌개에 냉이를 뿌리째 넣어 끓였더니, 그 향내부터 최고의 봄 호사가 아닐 수 없다. 입안 가득 향기가 환하게 퍼지는 게 마음까지 금세 환해진다.

봄비가 오고, 밭에 나가보려는데 우산이 없다. 한참 동안 우산을 찾다가 불현듯 오래전에 이승을 떠난 어떤 친구 생각에 가슴이 찌르르 한다. 말수가 적었던 친구였다. 학창시절 비가 오는 날에 함께 우산을 쓰고 공원이나 거리를 싸돌아다닌 적도 많았다. 둘이 함께 쓴 우산이지만 한참 동안 내가 일방적으로 떠들면서 가다 보면 언제나 우산의 3분의 2가 내게로 넘어와 있곤 했다. 나로선 당연히 우산을 밀어줄밖에. 그러나 걷다가 보면 매번 알지 못하는 사이 우산은 다시 내게로 넘어와 있었고, 친구의 한쪽 어깨는 비에 젖고 있었다. 항상 우산의 3분지 2를 슬그머니 옆 사람에게 밀어주는 그 힘은 친구가 가진 내면의 본원적 사랑으로부터 나왔을 것이다.

나는 비를 맞으며 빈 텃밭 귀퉁이에 오래 앉아있었다. 어찌 냉이에 비교할 수 있으랴. 이미 내 곁을 떠나간 그 친구야말로 진실로 '향기로운 봄'이라 할 수 있겠다. 나의 빈 집 현관에 가만히 냉이를 두고 간 사람도 그렇겠지. 봄을 대지에서만 찾으려 할 것이 아니라 내 곁에 있는 누군가, 사람에게서, 사람 사는 세상에서 찾고자 했다면 나의 삶 또한 훨씬 더 향기로워졌을 것이다.

꽃에만 봄이 깃드는 게 아니다. 주위를 둘러보라. 조용히 당신에게 우산을 밀어주는 사람 있거든 그가 바로 당신이 그리워한, 향기로운 봄일지니.

2장
나는 본디 이야기하는 바람이었던 거다

– 문학 이야기

가시 이야기

논산의 글방 '와초재'에서 멀지 않은 곳에 선인장을 키우고 전시하는 관광농원이 있다. '청유리원'이다. 커피도 마실 수 있고 새로 핀 선인장의 다양한 꽃도 볼 수 있어 가끔 그곳에 간다. 호수를 따라 걷다가 넓지 않은 들판을 가로질러 가면 나지막한 산으로 둘러싸인 '청유리원'에 닿을 수 있다. 주인장은 선인장에 반해 반생을 '선인장 사랑'으로 시종한 중년인데 자신을 가리켜 곧잘 '가시장이'라고 부른다.

장편소설 《소소한 풍경》의 여주인공이 '가시장이'로 등장하는 것도 근처에 청유리원이 있었기 때문이다. 그곳에 가면 나는 선인장의 꽃들과 함께 가시를 본다. 예전엔 꽃만 보았는데 자주 선인장을 대하다 보니 자연스럽게 가시를 보게 된 것이다. 열악한 환경을 견디느라 잎이 변한 것이 바로 선인장의 가시다. 가시는, 선인장의 입장으로 보면 척박한 환경에서 살아남기 위한 고육지책의 전략적 도구라 할 수 있다. 그러므로 선인장의 가시를 보면 나는 저절로 고통, 인내, 상처, 죽음, 그런 낱말을 떠올린다.

두근거리는 고요

가시를 중심으로 삼을 때 선인장은 대략 세 종류로 구분할 수 있다. 하나는 가시를 밖으로 뻗대고 있는 놈이고, 둘은 자라면서 가시가 안으로 구부러져 저 자신을 겨냥한 놈이다. '낚시바늘선인장'이 대표적이다. 그리고 셋은 아예 가시가 없는 선인장. "가시가 아예 몸 안으로 들어가 몸이 된 거지요." 청유리원 주인장의 설명이다. 이를테면 가시 없는 선인장은 가시가 없는 게 아니라 제 몸뚱어리 속에 가시를 감추고 있는 셈이다.

새로 쓴 소설 《소소한 풍경》은 '가시의 소설'이라 할 만하다. 두 여자와 한 남자가 눈바람에 포위된 외딴집에서 한겨울 동안 함께 살다가 황홀한 봄날 끔찍한 파국을 만나는 서사로 되어 있는데, 이 소설의 세 인물이 각각 1. 가시를 밖으로 뻗댄, 2. 가시를 제 몸쪽으로 겨냥한, 3. 가시를 몸뚱어리 안에 숨긴 캐릭터로 그려져 있다.

인생의 과정도 그렇지 않던가.

선인장을 삶의 태도에 비유하면 재미있다. 일반적으로 젊을 땐 기운은 좋으나 외부세계에 두려움도 많으니 방어기제가 전방위적으로 작동해 가시가 외부로 뻗어있다. 열등감 많은 사람은 더 그렇다. 누가 조금만 자기를 무시하는 것 같아도 불같이 화를 내거나 마음의 문을 닫아건다. 고슴도치의 가시에 비유할 수 있겠다.

그에 비해 중장년쯤 되면 자기 과오에 대한 성찰과 회한이 쌓여 가시가 조금씩 자신에게로 구부러지기 시작한다. 가시가 자신을 겨눈바 경우에 따라선 과민한 자학으로 발전할 수도 있다. 물론 모든 중년이 꼭 그렇다는 건 아니다. 철이 든다는 건 성찰의 게이지가 깊이 작동한다는 뜻이려니와 일반적으로 그렇다는 말이다. 가시가 저 자신에게 구부려져 있는 선인장을 보면 아픈 성찰의 시기를 맞이한 중년, 혹은 장년의 그늘이 자연스럽게 떠오른다.

그리고 더 세월을 쌓아 노년에 당도하면, 보통 가시가 외부에서 보이지 않는다. 잘 늙은 사람일수록 그러하다. 그이는 대체로 인자한 표정을 갖고 있으며 쉽게 흔들리지 않는다. 그렇다고 가슴속에 왜 상처가 쌓여 있지 않겠는가. 늙을수록 가슴을 횡으로 열어보면 상처가 만든 가시들이 더께로 쌓여 있기 쉽다. 그러나 밖에서 볼 때 그의 표정은 비교적 고요하고 담담하다. 그런 점에서 눈에 안 보이게 속으로 쌓인 가시의 덩어리야말로 아름답게 나이 든 노인의 표상일는지도 모르겠다.

아니다. 나이로 나눠보는 건 손쉬운 일반적인 논리일 뿐 진실에 꼭 부합한다고 볼 수 없다. 생을 이해하는 깊이가 나이순이 아니듯, 삶과 세상을 대하는 태도 역시 그렇다. 어떤 이는 늙었어도 고슴도치처럼 여전히 가시를 외부로 뻗고 있고, 어떤 이는 젊었어도 가시를 제 몸속에 쟁여 들키지 않는 사람도 있다. 또한 젊든 늙든 가시가 저 자신을 겨눈 자학적인 타입의 사람들도 늘 있기 마련이다. 중요한 것은, 가시를 외부로 뻗치고 있는 것이 얼핏 용감하게 뵐지도 모르나 이는 삶에서 가장 하수이고, 가

두근거리는 고요

시를 저 자신에게 겨누는 태도는 스스로를 괴롭히니 행복해지기 어려울 뿐이며, 가시를 가지런히 내장해둔 채 가시 없는 선인장처럼 담담한 표정으로 삶과 세상을 대할 수만 있다면 이것이야말로 삶에서 가장 상수라 할 것이라는 점이다.

난 오랫동안 두 번째 스타일에 가장 가까웠다. 어떤 문제가 생기면 늘 먼저 나 자신의 과오를 성찰하고 탓하는 자학형이라 하겠다. 내가 오로지 문학을 선택하고 그 길로 걸어온 건 그 기질 때문이라 할 수 있다. 자학이 야말로 문학, 또는 모든 예술의 핵심적 자산이기 때문이다.

안정감은 안락한 행복을 줄 수도 있겠으나 상상력을 와해한다. 그와 달리 자학은 불안정한 내적분열을 만들어내고, 그 위험한 에너지는 최종적으로 창조적 상상력을 견인해낸다. 내가 오랫동안 독자들에게 '청년작가'라고 불렸던 연원이 아마 거기에 있었을 것이다. 자학에 따른 내적분열이 예민한 감수성을 유지시키므로 어떤 세속적 권위나 기득권에 결코 복속되지 않고 오로지 사물과 세상을 생생히 보고, 생생히 느끼고, 생생히 드러내려는 창조적 에너지를 지속적으로 갖는 일. 안락의자가 아니라 위태롭고 불온한 경계에 자신의 본체를 두는 전략으로써 고유한 상상력을 자신의 내부로부터 계속 견인해내려는 태도.

그러나 위험하다. 이런 태도는 우리의 사회 문화에선 허용의 범위가 좁다. 손가락질받기 쉽다. 이를테면 늙어서 쓴 내 소설《은교》같은 경우.

근본적으로는 존재론적인 슬픔을 아프게 진술한 소설이지만 열일곱 소녀 '은교'와 일흔 살 시인 '이적요'의 관계에 따른 세속적인 고정관념 때문에 작가인 나 자신은 여러 지점에서 오해에 따른 이미지의 얼룩을 덮어쓸 가능성이 크다. 나이 들면 거대담론 따위를 앞세운 계몽적 작품 등을 쓰는 게 상수인 사회문화적 배경이 상존해 있다는 것이다. 엘리트 문화의 사회적 흐름에서 보면 더욱 그렇다. 아무렴. 나이가 들면 세상이 암묵적으로 합의해둔 그 나이에 어울리는 도포를 입는 것이 안전하다.

그러나 어떤 사람에겐 그것이 너무도 지난한 일이라는 사실이 문제이다. 일테면 내가 그렇다. 내 안엔 세상과 지속적으로 엇나가려는 내가 있다. 머리가 아무리 희어져도 내 안에 그대로 존재하는 일종의 늙지 않는 짐승 같은 것. 빌어먹을, 세상이 가리켜 보여주는 대로 늙어가는 일이 내겐 왜 이리 어려울까.

어쨌든 몸속에 상처를 쟁이고 쟁여서 마침내 그것 자체가 하나의 커다란 가시가 되고 말면 그게 바로 죽음인지도 모르겠다. 죽음이야말로 가장 단단한 가시가 아닐는지. 새로 펴낸 소설 《소소한 풍경》은 가시를 통해 그것을 은유적으로 진술한 소설이다.

더 늙어선 부디, 가시 없는 선인장이 되면 좋겠다.

두근거리는 고요

결핍과 상처로부터의 자유

나를 낳으셨을 때 어머니는 마흔한 살이었다. 고통스럽고 신산한 삶을 살아온 어머니의 젖은 마흔한 살에 이미 말라붙을 대로 말라붙어 팔순 노파의 그것과 하나도 다를 게 없었다. 열심히 빨았지만, 어머니의 젖은 비어 있어 언제나 내 배고픔의 반도 채워주지 못했다. 나는 동냥젖이나 암죽으로 주린 배를 겨우 채우면서 병약하게 컸다.

나는 반평생을 일벌레로 살았다.

이제까지 쓴 소설작품의 반 이상은 언필칭 '인기작가'로 불리기 시작한 79년부터 '절필'했다고 알려진 93년 사이에 쓴 것들이다. 그 15년여 동안 나는 소설을 거의 사십여 권 가깝게 썼다. 연재소설을 한꺼번에 세 군데씩 쓸 때도 있었다. 일이 많으면 일에 치어 불안했고 일이 없으면 텅 빈 시간 때문에 불안했다. 빨아도 빨아도 허기질 뿐인 '빈 젖'을 빠는 기분이었다.

하지만 내가 계속 일할 수 있는 에너지나 동력도 사실은 그 '빈 젖'으로부터 나왔다. 빨아도 허기가 가시지 않으니까 계속 더 악착같이 더, 더, 하면서 '빈 젖'을 빨 수밖에 없었다. 이틀씩 사흘씩 거의 자지 않을 때도 있었다. 책상 앞을 떠나고 싶지 않아 아내에게 부탁해 죽 등을 가져다가 쓰는 사이사이 물처럼 마셔서 배를 채우기도 했고, 역시 책상 앞을 떠나기 싫어 요강 대용품을 책상 밑에 두고 사용하기도 했다. 졸음이 덮치면 눈이 감기지 않게 호치키스로 눈을 찍어두고 쓰자고 생각한 적도 있었다. 한 달 7~8백 매의 원고를 쓸 때도 많았다. 쓰다가 죽을 것 같기도 했다.

나는 결국 더 이상 글을 쓰지 않겠다고 '절필 선언'을 했다.

1993년의 일이었다. 문화일보에 《외등》이라는 소설을 연재하다가 하루아침에 연재를 끊었다. 이른 새벽 신문사로 찾아가 출근하는 사장을 기다렸다가 다짜고짜 "오늘 이후 누가 권총을 뒤꼭지에 대고 쓰라고 해도 한 줄조차 쓰지 않을 거외다!"라고 나는 말했다. '아무리 지구의를 들여다보아도 세계를 알 수 없고 아무리 연대표를 외워보아도 역사를 알 수 없다'라고 시작하는 10여 매짜리 '연재를 중단하며'라는 글이 내가 마지막 쓴 문장들이었다. 나는 그 무렵 문화일보 객원논설위원으로 있었다. 매주 써오던 칼럼도 당연히 중단했다. 〈상상력의 불은 꺼졌다〉라는 제목을 달고 문화일보는 한 면 전체를 배정해 나의 절필 기사를 게재했다. 시대는 여전히 어두웠고, 그에 맞추어 나의 이른바 '절필'은 하나의 사건이 되었다.

그 무렵 내 몸과 마음은 피폐해질 대로 피폐해져 있었다. 첫째는 죽어라 쓰고 또 써온 내 안의 욕망이 가져온 것이었으며, 둘째는 유신 이후 여전히 개선되지 않는 닫힌 시대와의 불화가 필연적으로 불러온 결과였다. '80년 광주'가 준 충격과 트라우마는 세월이 가도 가시지 않았다. 장편 《불의 나라》를 쓸 때는 이태원을 그린 장면에서 미군을 비판적으로 묘사했다는 이유로 경찰서 대공과의 조사를 받은 적도 있었다. 불온하기 짝이 없는 시대였다. 역사의 잔혹한 울돌목에서도 작가로서 겨우 밥 먹고 살기 위해 연재소설이나 쓰고 있었다는 자학과 새로운 시대의 아침이 영영 오지 않을 것 무위한 절망감이 나를 사로잡고 있었다.

이런 시대에 문학은 과연 어느 제단에 바쳐져야 하는 것인가. 나는 작가로서 지금 어디에 서 있는가. 독자가 생각하는 작가로서의 나와 내가 생각하는 작가로서의 나는 또 얼마나 멀리 유리되어 있는가.

언필칭 '절필'했을 때 나의 고통은 문학과 삶과 대한 이런 식의 근원적 문제들과 강력히 맞닿아 있었다. 나는 분열되었고 분노에 사로잡혀 있었으며 자학의 깊은 수렁에서 빠져나올 길을 찾지 못했다. 용인 '한터산방'에서 혼자 은둔해 있거나 유랑하는 시간이 날로 늘어났다. 깊은 밤 헛것이 씌운 듯 혼자 헤매다가 굴암산 비탈길에 쑤셔 박혀 죽을 뻔한 적도 있었고, 네팔 히말라야 오지에서 길을 잃은 적도 있었다.

혼자 있으면 자주 눈물이 나왔다. 길 없는 길을 걷다가 무릎 꿇고 앉아 목 놓아 운 적도 많았다. 가슴은 갈가리 찢어져 맹목적으로 뜨거운데

길은 너무 멀어 가뭇없이 어둠 속에 묻혀 있는 느낌이었다. 작가로서 '절 필'이란 자기 죽음의 선언이었다. 스스로 죽음을 선언했으니 살아있는 나 날이 죽어 관속에 있는 것과 다름없었다.

몸과 마음속에서 생살이 돋는 기분을 느껴지기 시작한 건 글쓰기를 멈추고 용인 굴암산 아래 외딴집에서 2년여쯤 혼자 지내고 난 다음이었다. 무엇보다 그곳을 둘러싼 나무, 하늘, 바람, 흐르는 물 등이 내 가슴 속에 쏟아져 들어왔다. 자연은 놀라운 축복이 아닐 수 없었다. 매일 생살이 돋는 기분이었다. 그때쯤 나는 전과 달리 충만감을 가지고 숲을 자주 헤맸다. 밤새워 숲의 길 없는 길을 걷다가 아침에 경기도 광주군 어디에서 아침을 맞은 적도 있었다. 두려운 건 전혀 없었다. 길이 다 보이진 않았지만, 길이 다가와 내 앞에 놓이는 것을 나는 느끼고 보았다.

"나는 작가야!" 밤새 산속을 헤매고 나서 햇빛의 첫정을 온몸으로 받던 어느 날 아침 나는 비로소 뜨겁게 부르짖었다. 눈물이 났다. 충만감으로 터져 나온 눈물이었다. '절필'로 현실 속의 기득권을 잃은 다음이었지만 살아있는 존재로서의 본원적인 자유를 새로 얻었다고 나는 그 순간 느꼈다. '신은 인간을 자유롭게 창조했다.' 칸트의 문장이 떠올랐다. 애당초 자유로운 존재로 태어났으므로 인간은 '그 자신의 힘을 현명하게 사용하는 법을 배우기 위해서 자유롭지 않으면 안 된다'는 칸트의 말이 나를 비추고 있었다. 시도 때도 없이 '소설'을 중얼중얼, 입으로 쓰는 일도 자주 있었다. 내 안 상상력의 우물이 다시 차서 넘친다는 느낌이 들었다. 더 이상 망설일 것이 없었다. 나는 다시 소설을 쓰기 시작했다. 작가로서의 나 자신에 대한 엄혹한 비판과 성찰을 담아 다시 쓴 첫 소설은《흰 소가 끄는 수레》였다. '문동'에 발표하고 '창비'에서 책으로 펴낸《흰 소가 끄는 수레》로 작가의 자리에 되돌아온 것은 절필하고 3년여, 1996년의 일이었다.

나는 과연 자유로운가. 요즘도 나는 때때로 나 자신에게 묻는다. 타율적 억압은 오늘날 거의 모두 사라졌지만, 대답은 간단하지 않다. 비밀이 없는 시대가 아닌가. 인터넷으로 짜인 SNS가 모든 이의 삶을 밤낮없이 대낮처럼 비추고 있으니 생의 비밀이 존재할 리가 없다. 세월은 너무도 빨리 흐른다. 세상과 나 사이에 존재하는 거리가 나날이 더 벌어지는 걸 보는 건 두려운 일이 아닐 수 없다. '하늘의 별자리'를 보고 모든 사람이 길을 찾아가던 루카치 문장에 녹아있는 전 시대보다 우리가 진실로 더 자유로워졌다고 말할 수 있겠는가.

폐일언하고, 내가 거쳐온 개발의 시대에 산 많은 사람들은, 역사의 어두운 질곡과 절대빈곤의 가혹한 환경 속에서 각자 그들 자신의 마음 깊은 곳에 결핍의 상처들을 숨겨 갖고 있었다. 내 안에 굳은살로 존재하는 '빈 젖'도 바로 그런 것이다. 내가 죽어라 쓰고 뜨겁게 소리치며 살았던 시절은 그런 의미에서 볼 때 이른바 '빈 젖'의 상처에 눌려 그 에너지에 따라 욕망의 거친 바다로 불안정하게 나아갔던 시기였다. 뜨거웠지만 나는 그 시절 자유롭지도 행복하지도 않았다.

하기야 그것이 어디 나만 그랬겠는가. 절대빈곤이 가져왔던 굶주림과 소외와 모멸의 상처들이 그 시절, 개발시대의 모든 구성원들 가슴 속에 뼈저리게 도사리고 있었다. 아무도 진실로 자유로운 자는 없었다. 정치적인 억압 때문이기도 했지만, 그것보다 먼저 결핍의 굳은살들이 내모는 폭압적인 욕망이 우리의 본질적인 자유를 억압했기 때문일 것이다. 그렇지 않은가. 결핍이 내모는 우리들의 욕망이 가진 양면성이야말로 내가 살았던 시대 삶의 존엄하고도 불안한 실존적 조건이었다고 할 수 있겠다. 3만 불 시대를 연 동력이 거기 있고, 우리를 스스로 속박해 행복에서 멀어지도록 획책하는 나쁜 연원도 거기 있다는 것.

전시대에 나는 정치적인 억압 때문에 부자유했지만 동시에 내 창자 벽에 똬리를 틀고 있던 '빈 젖'의 기억 때문에도 부자유했었다는 사실을 부정할 수는 없다. 그러므로 맹세하나니 더 이상 '빈 젖'의 상처가 나를 억압하도록 내버려 두지는 않을 작정이다. 그런 것에 사로잡혀 있으면 새로운 시대의 더 정교하게 짜인 자본주의 메커니즘에 따른 조작된 욕망의 노예로 살기 쉽기 때문이다. 상처와 울분의 감옥으로부터 먼저 해방되어야 자유로워진다. 그게 행복하고 충만한 삶으로 가는 길이다. 야윈 자유인이 살찐 노예보다 낫다고 하지 않던가.

기억은-소설은 힘이 있다

2003년 11월 11일, 한 청년이 달려오는 전철을 향해 부나비처럼 뛰어드는 장면을 텔레비전 9시 뉴스에서 보았다. 나는 충격을 받았다. 성남의 단대오거리역 CCTV에 잡힌 장면이었다.

그 청년은 서른한 살의 크리켓 선수 출신으로 '코리안 드림'을 좇아 한국에 온 스리랑카 사람 '다르카'였다. 새로 제정되어 공포한 '외국인 근로자 고용법'에 따라 4년 이상 체류한 외국인 근로자는 무조건 쫓아내는 국가적 단속이 시행되던 시절이었다.

나는 다음 날 방송국에서 일러준 병원의 영안실로 찾아갔다. 성남이었다. 전철을 향해 비상하는 그의 모습이 너무 생생해서 도무지 찾아가지 않고 배겨낼 수가 없었다. 무엇이 스스로 젊은 목숨을 갈가리 찢게 했을까. 소설을 쓰고 싶다든가 하는 생각 같은 건 그때까지만 해도 전혀 없었다.

나는 병원 장례식장에 안치된 영정 속의 그를 아프게 바라보았다. 눈이 깊은, 아름다운 청년이었다. 젊은 날 떠나온 남루한 고향집의 녹슬고 우그러진 함석 대문 생각이 자꾸 났다. 불과 30여 년 전, 죽은 다르카보다 더 가난했던 시절의 내 기억이었다. 그럼에도 불구하고 유구무언, 나는 눈이 아름다운 영정 속의 청년에게 어떤 위로의 말도 할 수 없었다. 나 역시 그를 죽음으로 내몬 수많은 '코리안'의 하나였으므로.

'다르카'의 죽음은 신호탄에 불과했다.

그다음 날엔 방글라데시 사람 '비쿠'가 김포의 한 공장에서 소형 크레인에 목매 자살했고, 한 주 후엔 러시아의 '안드레이'가 귀국 중 배 위에서 바다로 뛰어들었으며, 11월 25일엔 우즈베키스탄인 '부르혼'이 쉰 살의 나이로 목재공장 화장실에서 역시 목을 매고 죽었고, 12월엔 우즈베키스탄인 '카임'이 스스로 명줄을 끊었다.

죽음의 계절이었다.

성공회 뜰에선 그 무렵 이주노동자들의 농성이 벌어지고 있었다. 나는 자주 농성장에 가서 그들과 함께 있었다. 늦은 밤 돌아와 잠들면 꿈에 죽은 그들이 나타나기도 했다. 가난했던 시절의 기억들이 다투어 떠올랐다. 잘살고 싶은 욕망을 좇아 조국을 등지고 만주, 하와이, 북미 대륙, 남미로 떠났던 우리의 이민자들도 오버랩되었다. 그 중엔 흑인 청년 로드니 킹 사건으로 촉발된 흑인폭동으로 무고하게 가족과 함께 재산을 송두리째 잃고 내 나라로 돌아와야 했던 우리의 미국 이민자들도 있었다. 국가 편의주의에 따른 제도의 폭압적 시행에 항거하면서 매일 죽어가던 그들, 이주노동자들은 바로 우리 자신의 과거 모습이었다.

나는 분노했고, 그 분노로 한참 후 소설《나마스테》를 쓰기 시작했다.

소설《나마스테》는 이주노동자에 대한 우리 정부의 정책 변경에 따라 성공회 뜰에서 벌어졌던 83일간의 농성 과정을 큰 얼개로 삼아 쓴 소설이다. 주인공 '카밀'의 고향은 네팔 안나푸르나 연봉들 사이의 아름다운 마을 마르파로 설정되어 있다. 티베트 고유문화를 티베트 현지보다 더 잘 간직하고 있는 그곳이야말로 아름다운 공동체가 살아있는 우리 모두의 '고향' 같은 곳이기 때문이다.

'카밀'은 티베트에서 히말라야를 넘어 안나푸르나로, 안나푸르나 지역에서 네팔의 수도 카트만두로, 그리고 이윽고 자본주의 욕망이 야수적으로 폭발하는 서울로 온다. 그가 걸어온 길은 잘살고 싶은 욕망을 따라 산길 들길에서 보다 넓은 신작로로, 포장도로로, 하이웨이로 걸어 나온 절대빈곤 세대인 나의 삶과 겹쳐져 있는 보편적 길이기도 하다.

그 두 개의 삶을 포개놓으려고 소설《나마스테》는, '아메리칸드림'에 끌리어 조국을 등졌다가 LA 흑인폭동으로 가족을 잃고 내 나라로 되돌아온 한국 여자 '신우'의 인생을 '카밀'과 겹쳐 놓는 방식으로 구성되어 있다. 현상에선 네팔 청년 '카밀'과 한국 여자 '신우'의 경험이 전혀 다르지만, 심층에 자리 잡은 기억의 원형에서 그들의 경험은 동일하다고 생각했기 때문이다.

나는 히말라야 지역을 거의 매년 다녀오고 있다.

그곳에 가면 만년 빙하가 상징하는 초월적인 영원성을 눈으로 볼 수 있을 뿐 아니라, 그곳 사람들의 소박한 삶이 나의 오래된 기억들을 수시로 일깨워 애당초 내가 가졌던 '첫 꿈'을 되돌려 받는 듯한 경이로운 내적 환희를 얻는다. 특히 안나푸르나 협곡에서 살고 있는 몽골리안들은 대부분 중국의 압제를 피해 히말라야산맥을 넘어온 티베트인으로서 오늘의 티베트 현지보다 더 티베트 문화의 정수를 지닌 사람들이다.

모든 문화는 당연히 서열이 없으며, 상상력에 의해 확장되는 모든 기억은 당연히 서로 맺어져 있다. 나는 히말라야 협곡 사이를 걸을 때 단지 풍광만을 보는 게 아니다. 장엄한 침묵으로 둘러싸인 그곳에 가면 사실을 보는 눈보다 사실 너머를 보는 내면의 눈이 더 밝아지기 때문이다.

사건이 일어나고 있는 순간, 그 현장에서 문장으로 모든 걸 진술할 수는 없다. 그러므로 소설에서 '현재형'이란 사실상 불가능하다. 사건이 지금 막 일어나는 것처럼 독자를 착각하게 하려고 형식상 '현재형'을 차용할 뿐이다. 작가는 진행되는 사건의 배후, 혹은 배후의 시간에 위치해 있다.

그렇다고 모든 문장이 과거에 소속되어 있는 것은 물론 아니다. 그가 진술하는 사건은 과거의 것일지 몰라도 그가 진술하는 상황은 철저히 현재진행형이라는 사실이 소설의 가장 미묘한 운명이다. 그는 현재의 관점으로 과거의 기억을 조율하고 반영한다. 그러므로 사건의 시간이 철저히 과거일 때조차 작가가 쓰는 모든 문장은 그의 현재를 거의 무의식적으로 담아낸다. 그러면서 그는 계속 자신이 왜 이 이야기를 쓰는가, 왜 이 이야기를 쓰기 시작했는가, 왜 이 이야기의 끝을 맺어야 하는가를 수시로 점검하고, 스스로에게 환기시키며, 그 모든 걸 철저히 믿으려고 애쓴다.

"왜 쓰는가!"

이것이야말로 모든 글쓰기 작업의 최초이자 최종의 동력이다. 특히 장편소설은 거의 정글과 같아서 이것을 잃어버리면 도무지 출구를 찾아

나갈 수조차 없다. 이 질문의 끝에 바로 '미래'라고 부르는 것이 있다. 작가는 명시적으로 미래를 말하지 않지만, 최종적으로 독자의 상상이 의도한 미래에 닿게 하기 위해 여러 전략을 구사한다.

작가가 지난 기억의 편린들을 의식과 무의식의 바다에서 건져 올려 현재의 프리즘을 통해 전략적으로 담아내는 것은 왜 쓰는가, 라는 질문을 통해 더 나은 미래를 꿈꾸는 작가, 또는 독자의 은밀한 욕망에 근거한다. 이를테면 소설 《나마스테》를 쓸 때 내 마음속에 계속 맴돌고 있었던 것은 알베르트 아인슈타인의 아래와 같은 문장들이었다.

> 인간은 우리가 우주라고 부르는 전체의 한 부분이며, 시간과 공간에 의해 제한된 존재이다. 인간은 자신의 사유와 감정이 주변의 다른 것들로부터 분리되어 있기라도 한 것처럼 생각하며, 일종의 의식이 빚어낸 착시현상에 사로잡혀 있다. 이런 미혹이 우리를 가두고, 우리를 개인적인 욕망과 가까운 몇몇에 대한 애정에 집착하게 만든다. 우리의 임무는, 문득 살아있는 생물과 자연 전체를 포용하기 위해 자비심의 테두리를 좀 더 넓힘으로써, 우리 자신을 이러한 감옥으로부터 해방시키는 것이다.

티베트말에 '모귀^{mögü}'라는 말이 있다.

한 단계의 정신을 넘어서기 위해서 징검다리 같은 매개가 필요한데, 그 매개는 바로 '스승'이며 스승에 대한 존경과 갈망이야말로 최고의 길잡이가 된다는 복합적인 의미가 담긴 말이다. 기억의 총체로 얻은바 과거의 진리를 현재형으로 받아들임으로써 결국은 미래에 대한 갈망의 테두리를 밝게 만든다는 것이다.

나는 히말라야에서 걸을 때, 보통 오래전 나의 기억들을 반추하면서 내가 걸어서 지나가는 마을들 혹은 그곳 사람들의 삶을 들여다보는데, 그 와 동시에 나의 눈은 매양 만년 빙하를 이룬 히말라야 스카이라인이 간 직한 영원성을 더듬는다. 눈으로는 내가 지향하는 것을 멀리 보고, 손발 로는 물집투성이인 내 손, 굳은살 박인 사람들의 발, 혹은 그것들을 받아 주고 있는 울퉁불퉁하고 좁은 길을 사실적으로 만지는 경험이다.

나는 소설《나마스테》에서 네팔 청년 '카밀'의 이야기를 썼지만, 그것 이 단지 네팔 청년만의 이야기라고 생각한 적은 거의 없다. 그는 네팔 청 년이면서 만주로, 미국으로, 남미로 일찍이 떠났던 우리의 이민자들이고, 배고팠던 시절 인간다운 삶의 환경을 얻기 위해 두 주먹을 앙세게 쥐고 고향을 등진 채 서울로 상경하는 젊은 나 자신의 모습이며, 동시에 보다 잘살기 위해 놀라운 인내를 바치면서 문명의 중심을 찾아 걷고 있는 세 계 이주민들의 얼굴이기도 하다.

작가로서 사물을 볼 때 나는 동시에 세 개의 눈을 사용한다. 하나는 '사실'을 보는 눈이고 둘은 '기억'을 보는 눈이며 셋은 '상상'의 눈이다. 내 가 보는 현상으로서의 사실과 현상 너머의 기억 사이를 긴밀하게 잇는 작업은 상상력을 통해 비로소 가능하다. 상상력은 사실-기억 사이를 잇 는 개연성을 찾아내 그것을 합치는 키워드라고 할 수 있다. 그리고 그 비 밀스런 결합은 당연히 사실-기억을 넘어서는 미래의 시간에 대한 어떤 열망을 독자에게 환기시킨다.

두근거리는 고요

이를테면《나마스테》의 경우, 독자들은 이주노동자 '카밀'과 '신우'의 이야기를 통해 자신들이 살고 있는 현재의 환경과 가난했던 과거의 기억을 한 덩어리로 떠올리면서, 그와 거의 같은 순간에, 정치체계나 제도적인 폭력에 의해 인간답게 살 수 있는 권리를 침해받는 사람들이 다시금 미래를 꿈꾸게 된다는 것이다. 이것이야말로 소설의 힘이다. 소설의 힘은, 그러므로 개연성을 전제로 한 상상력을 통해 기억과 사실을 체계화해 부조리한 현실을 가차 없이 드러내어, 그로써 독자로 하여금 더 나은 미래를 꿈꾸게 만들 때 최고조로 발휘된다. 기억에게 현재를 반영하여 미래를 꿈꾸게 하는 것이야말로 소설의 비밀스러운 운행구조라 할 수 있다.

_ 한국–인도 문학세미나 주제발표 원고. 뉴델리에서

긴 문장과 짧은 문장의 비극적 거리

코로나로 사람 만나러 나갈 일도 많지 않아 요즘은 자주 집 근처를 산책한다. 그날그날 충동이 가리키는 대로 걷는다. 버스를 타고 가다가 내려 낯선 동네를 걷기도 한다. 한 군데도 똑같이 생긴 골목, 똑같이 생긴 집은 없다. 사람의 얼굴이 천차만별이듯이 골목의 풍경이나 집집의 풍경도 천차만별이다. 골목을 보면 그 동네 사람들의 인심이 잡힐 듯 떠오르고 집을 보면 그 집에 사는 사람들의 품성이 어렴풋이 떠오른다. 소설가로 평생을 살아왔기 때문인지도 모르겠다. 글쓰기란 보고 듣고 만지고, 그걸 통해 사실적으로 느낀 것들을 진술하는 일이기 때문이다.

엊그제 겪은 일이다.
어떤 산동네 골목을 오르락내리락하다가 조용한 주택가 작은 찻집에서 길가에 내놓은 야외의자에 앉아서 카페라테 한잔을 앞에 놓고 앉아있는데 갑자기 사람의 말소리가 들린다. 카페 앞 빈터, 작은 언덕 쪽에서 들려오는 말소리다. 허리를 세우고 돌아보았더니 도심이 아스라이 내다보이는 언덕 비탈 소나무 그늘에 전화기를 귀에 댄 한 아낙이 등을 이쪽 편으로 대고 앉아있다. 품이 넉넉한 일상복에 둥그스름한 어깨를 가진 아낙

두근거리는 고요

이다. 얼굴은 뵈지 않지만 보나마나 쉰 살은 족히 넘겼을 것이다.

"그냥… 짧아. 말대답이 항상 짧아서 속상해."

큰소리는 아니지만, 워낙 조용한 곳이라서 아낙의 목소리가 쏙쏙 귀에 들어온다. 카페 출입문 유리창 안쪽엔 삼십 대를 막 넘겼음직한 젊은 여주인이 혼자 앉아서 책을 읽고 있다.

"통화하면서도 뭐랄까, 자꾸 전화를 끊으려고만 하는 것 같다니까."

설탕 한 봉을 다 넣었더니 카페라테가 아주 달다. 나이가 들어 그런지 나는 여전히 커피의 쓴 향기를 좋아하지 않는다.

"글쎄, 그렇다니까!."

아낙의 목소리에 날이 조금 서 있다.

"매번 그래. 예, 아니오, 뭐 그런 식…."

통화를 하고 있는 상대편이 아낙의 가족인지 가족 같은 친구인지는 잘 모르겠다. 단지 날이 선 것만이 아니라 아낙의 목소리엔 정한^{情恨} 같은 것과 아울러 간절함이 배어 있는 듯하다. 어디를 다녀오는 길일까. 아낙의 발치 마른 풀섶엔 검은 비닐봉지와 낡고 배가 부른 쇼핑백 하나가 나란히 놓여 있다. 배부른 쇼핑백과 어깨 둥그스름한 아낙의 뒷모습이 빼닮았다.

카페 안주인이 잠깐 내다보다가 나와 눈이 마주치자 부드럽게 미소를 짓는다. 안주인은 날씨도 쌀쌀한데 구태여 야외의자에 자리 잡은 백발의 나를 이상한 노인이라 여겼을지도 모르지만 나는 텔레비전이 아니라 책을 읽고 있는 카페 안주인이 좋아 보인다. 사람을 대하는 표정도 넉넉하고 부드럽다. 전화기를 든 아낙과 카페 안주인 사이에 놓은 내 의자의 위치는 그래서 사뭇 의미심장하다. 아낙의 말소리가 자연스럽게 카페 안주인의 이미지에 오버랩되어 들린다.

"내 쪽에서 문안 전화를 하는 셈인데도, 워낙 걔, 전화 받기를 싫어하는 눈치라서 어제는 전화 대신 문자를 보냈어. 네가 먼저 안부 전화 한번 하지 않으니 내 맘이 자꾸 맘이 좁아지려 한다고."

활화산처럼 터져 나오려고 하는 수많은 말들을 겨우 '자꾸 맘이 좁아지려 한다'라고 힘들게 수습하는 아낙의 내적 갈등이 환히 짚인다. 카페라테는 어느덧 식어 있고 골목엔 여전히 인적이 없으며 날씨는 계속 끄무레할 뿐이다. 아낙의 말소리가 이어진다.

"그랬더니, 답장이 뭐라고 왔냐 하면 네, 알겠습니다, 이거야. 이거뿐이야. 이게 전부라고. 마치 남처럼, 자주 안부도 묻지 않으니 자꾸 내 맘이 좁아지려 한다는 말에, 예, 알겠습니다, 이게 뭔 나라 말법인지 모르겠어. 앞뒤에 어머니란 말조차 붙이지 않고. 내 마음을 알면서도 말본새가 그렇다고. 그런 대답이 올 때마다 누가 내 심장을 면도날로 긋는 거 같아. 요즘 젊은 애들은, 왜 그리… 모진지 원!"

아낙이 지금껏 젊은 '며느리'에 대해 이야기하고 있었다는 걸 비로소 나는 깨닫는다. 전도를 나온 차가 지나는지 하나님 어쩌고 하는 스피커 소리가 아래편 큰길 쪽에서 들려온다. 눈발이 곧 날릴 것 같다.

"… 통화할 때는 물론 문자 할 때도 늘 그런 식이야. 나는 길게, 그러니까 말하자면 편지를 써 보내는데 걔는 짧은 외마디 소리로만 대꾸할 뿐이라고. 예, 아닙니다, 알겠습니다, 뭐 그런 거. 그런 짧은 답장을 받을 때

두근거리는 고요

마다 가슴이 후들후들 떨리고…, 헛산 거 같고….”

하늘을 올려다보는 내 가슴에도 괜히 찬바람이 휘리릭 지나간다. 보이지 않지만 나는 아낙의 눈가가 번질번질 젖어있을 거라고 속으로 상상한다. 아낙이 애태우면서 지켜내고자 하는 ‘긴 문장의 삶-사랑’과 새 시대의 젊은 며느리가 지향하는 사무적이고 간결한 ‘단문의 삶-사랑’ 사이가 영원과 찰나보다 더 멀다는 느낌은 아프다.

혼자 있는 내가 안 돼 보였던지 카페 안주인이 과자 두어 개를 예쁜 접시에 담아 내놓곤 돌아갈 때 아낙이 비닐봉지와 쇼핑백을 들고 길로 나온다. 집에 가려면 아낙은 그곳에서 더 올라가야 하는 모양이다. 비대한 편이라서 그런지 아낙은 마치 발을 질질 끌고 가는 듯하다.

자식을 몇이나 두었을까. 외며느리를 두었는지도 모른다. 자식을 키우며 겪었을 아낙의 세월이 아득하다. 나이가 들면 왜 말이 많아지고 길어질까. 긴 문장의 사랑이 꼭 깊다고 할 수 있을까. ‘심장을 면도날로 긋지’ 않기 위해 사람 관계에서의 문장은 얼마큼 짧고 얼마큼 길어야 할까. 우리네 세상, 간결체와 만연체 사이에는 도대체 어떻게 길을 내야 할까.

아무렴. 작가인바, 나는 그 길을 알고 있고 낼 수 있다고 믿는다. 서재로 가야겠다.

길이 끝나는 곳에서 시작되는 것들

현대문학을 가리켜 "길이 끝나는 곳에서 시작된다"고 한 것은 루카치다. 길이 끝났으니 당연히 스스로 길을 만들면서 가지 않을 수 없다. 이를테면 '지도가 없는 시대'가 도래한 것이고, 의미 있는 생을 살고자 한다면 '삶의 지도'를 스스로 그리며 걸을 수밖에 없는 지경에 이른 것이다. 어떤 이는 '정보화 시대'니 대명천지라 길이 사방으로 열려 있다고 말할 테지만, 모든 이가 공유하는 오늘날의 정보란 오직 하나, 따져보면 자본의 욕망에 복무하기 위한 것일 따름이다. 더 이상 명령하는 자가 없으므로 우리는 오로지 정보의 길을 따라 주입되는 자본의 명령만을 '주체적'이라고 착각하면서, 사실은 반 주체적 '불구의 자발성'으로 그 욕망을 좇아갈 수밖에 없다. 자발성인 듯 느끼지만, 기실 자발성이 아니니 '불구의 자발성'이라고 부르는 게 어떨는지.

요즘은 '힐링'이 대세인 듯하다. 베스트셀러 상위에 오른 책들도 대부분 힐링·치유와 관련된 것들이고, 텔레비전에서도 그런 프로가 각광을 받는다. 얼마 전 내가 출연한 적 있는 SBS의 〈힐링캠프〉에서, 나는 오욕칠정을 해방시켜야 진정한 힐링이 가능하다고 말한 바 있는데, 오욕칠정의 온전한 해방은 역설적이지만 삶에 대한 단단한 이데올로기와 확신이 전제돼야 가능하다. 요컨대 자본의 옥죔으로부터 빠져나오려면 자기 정체성이 전제돼야 한다는 말이다. 힐링이 대세인 것은 '반 힐링'이 우리를 옥죄고 있다는 뜻과 같다. 왜 힐링인가, 라고 물어야 하는 이유가 여기 있다. 트렌드처럼 회자하는 '힐링'은 일시적인 고통의 중절이나 게으른 자의 자기합리화에 머물 가능성이 크다고 본다.

왜 지금, 힐링인가?

많은 젊은이들이 만나야 할 문제가 바로 이것이다. 그들은 소비에서 내 세대의 젊은 날보다 뚱뚱하지만 어디로 가야 할지 그 방향을 가늠하는 자기 정체성의 문제에서는 내 세대보다 훨씬 홀쭉하다. 자본의 욕망이 주입하는 '불구의 자발성'을 주체라고 착각할 뿐, 자기 삶의 진실한 지도는 갖고 있지 않다는 뜻이다. 심지어 문학의 길을 가려고 생각한 젊은이들조차 내게 자주 하는 질문 하나는 자신에게 문학적 재능이 있느냐 하는 것. 문학에의 정체성에 옹골진 확신이 없으므로 많이 해보지도 않고 '재능'을 먼저 의심한다. 후회할 길을 가려는 건 아닐까 하는 두려움 때문이다. 오늘날의 젊은이가 고독한 것은 바로 이 때문이라고 할 수 있다.

모든 사랑이 그렇듯이 모든 재능은 시간의 시험을 거쳐서 완성된다. 이를테면, 지금의 내 스타일에 맞는 나의 문체는 데뷔 전의 습작기 때까지 합칠 때 거의 반세기 만에 완성된 것이다. 짧은 기간에 이루어진 것이 아니다. 이십 대의 내 문장, 삼십 대의 내 문장, 사십 대의 내 문장을 이어서 읽으면 오랜 세월에 걸친 진화과정을 고스란히 짚을 수 있다. 그래서 플로베르도 일찍이 "참다운 재능이란 참다운 인내"라고 말했던 모양이다.

휘트 버넷의 소설작법엔 이런 삽화가 나온다. 한 소년이 부둣가를 지나다가 너무나 크고 화려한 요트를 발견하고 요트 주인에게 찾아가 묻는다. "이 요트는 얼마입니까?" 소년을 한참이나 바라보던 주인은 이윽고 고개를 저으면서 이렇게 대답하고 있다. "얘야, 너는 아마 이런 요트를 가질 수 없을 거야. 왜냐면 이미 내게 값을 물었기 때문이란다."

모든 젊은이에겐 두 개의 길이 있다. 하나의 길은, 세계 자본주의적 욕망이 주입하는 길을 내가 주체적으로 선택한 인생의 지도라고 착각한 채 임기응변과 다양한 술수를 통해 매진해 가는 것이고, 다른 하나의 길은 '요트값'을 묻지 않고 내가 애당초 갖고 싶은 '요트'를 오로지 꿈꾸면서 냅다 그 길로 막무가내 달려가는 것이다. 장인이란 '눈을 가리고 달려가는 경주마'와 같다. 눈을 가렸으니 그는 작고 큰 장애에 따라 갈팡질팡하지 않는다. 그에겐 '힐링'이라는 것이 일시적인 고통의 중절이나 마취가 아니라 먼 비전에 대한 속 깊은 헌신이 된다. 첫 번째 길을 가는 이는 성공하든 말든 반드시 부식의 냄새가 나는 삶의 권태를 만나겠지만 두 번째 길을 가는 이는 결코 권태로울 새가 없다.

힐링은 단지 쉬는 것이 아니며, 바쁜 것, 빠른 것이라고 꼭 나쁜 것도 아니다.

나의 문학적 자궁 옥녀봉의 명월

강경읍 북쪽 강가에 자리 잡고 있는 옥녀봉의 본래 이름은 강경산江景山이다. 영조 때 편찬된 전국읍지《여지도서輿地圖書》에도 그렇게 표시되어 있으며, 김정호의《대동지지大東地志》나 이중환의《택리지擇里志》에도 그렇게 나온다.《대동지지》엔 강경을 두고 "충청도와 전라도 사이에 걸쳐 있어 바다와 육지로 통하는 요충지이므로 어부나 농부도 이곳으로 나와 물건을 사고판다. 선박이 모여들고 화물이 자유롭게 운반되는 금강의 대도회大都會다"라고 쓰여 있다. 오래된 하안 도시 강경의 표지석이 바로 옥녀봉이라 할 것이다. 해발 40미터가 겨우 넘는 언덕을 산이라 불러 대접한바 이 일대에서 옥녀봉의 근본이 얼마나 깊고 높은지를 명쾌히 말해주는 근거가 아닐 수 없겠다.

"아아, 금강. 백제의 고도 공주, 부여를 지나온 황토물이 성동 벌판의 북쪽 끝을 돌아와 ㄹ자로 휘돌며 강경포구를 쓰다듬고 흐른다. 강은 드넓은 갈대밭을 거느린 채 김대건 신부가 남몰래 조국에 돌아올 때 배에서 내렸다는 나바위성지의 솔숲을 건드리듯이 흘러가 돌아오지 않는다. 지평선이 보일 듯 광활한 성동 벌판도 손금처럼 내려다볼 수 있다. 동학군

십만 명이 공주로 올라가기 전 여러 날 진을 쳤다는 성동 벌판을 내려다 보면 절로 가슴이 뜨겁다. 강과 벌판은 너무도 잘 어울린다. … 운무 속에서 계룡산과 합류하고 있는 산들의 연접도 보기 좋다. … 강안의 갈대밭에서 날아오른 갖가지 새떼들이 연신 옥녀봉 꼭대기를 타고 넘는다. 안개 낀 날의 새벽 강은 너무 넓어 때로 바다처럼 보이기도 한다."

강경이 배경이며 만해문학상 수상작이기도 한 나의 자전적 장편소설 《더러운 책상》에 이런 진술이 나온다. 옥녀봉에서 보는 풍경에 대한 서술이다. 《더러운 책상》만이 아니다. 역시 장편 《소금》에서 옥녀봉은 개발의 연대를 숨 가쁘게 헤쳐온 아버지가 가출한 후 잃어버린 자아를 회복하는 장소로 설정되어 있고, 중편소설 〈시진읍〉과 〈읍내 떡빙이〉에선 이전하려는 경찰서를 지키기 위해 읍민 전체가 애향심 하나로 타오르던 시절의 전위대였던 청년봉사회의 본거지로 옥녀봉이 등장한다. 단편 〈여우 목도리〉도 그렇고 장편 《풀잎처럼 눕다》 첫 장면의 배경 돌산 부근도 옥녀봉과 마주하고 있으니 기실 옥녀봉과 무관하다고 할 수는 없다. 그런저런 관점에서 강경 옥녀봉은 내 문학의 지표이자 자궁이라 할 만하다.

고등학교 시절엔 학교에 가지 않고 돌산 아래 고수부지와 옥녀봉 일대에서 하루를 보내는 날이 자주 있었다. 중학교를 강경에서 졸업하고 나서 익산에 있는 고교에 진학한 뒤 기차로 통학을 했는데, 새벽밥을 먹고 부모님께는 학교 다녀오겠다고 인사하고 나와 무거운 가방을 든 채 내가 가는 곳은 보통 옥녀봉 발치 황산동 고수부지였다. 그곳은 그 시절엔 온통 키 큰 갈대가 우거져 있었다. 인적이 드물었다. 갈대밭 사이의 길 없는 길을 통해 강안에 닿으면 완벽하게 세상과 격리되는 느낌이었고 나는 그것이 마냥 좋았다. 나만의 비밀스런 은거지가 바로 옥녀봉 발치라고 할 수 있었다.

절대빈곤의 끝물이었으며 개발의 불꽃이 막 타오르기 시작한 연대였다. 일확천금을 꿈꾸는 사람들이 가차 없이 고향을 버리고 도시로 도시로만 밀려가던 그 시절, 나는 세계가 미쳤다고 생각했다. 미친 세계와 소통할 길을 찾지 못해 외로웠고, 또 한없이 고통스러웠다. 길을 물을 곳은 그러므로 책뿐이었다. '세계문학 전집'부터 지식인 그룹이나 읽을법한 철학류 서적까지 오로지 마구잡이 독서에 빠져 살던 때였다. 그곳, 황산동 강안의 갈대밭은 독서실로 삼기에도 안성맞춤이었다. 그곳은 또 우울한 소년이 지닌 자의식의 어두운 골방이기도 했다. 나는 그곳에서 도시락을 까먹으면서 종일 책을 읽었다.

어쩌다가 강심을 지나는 고깃배의 어부들 이외엔 아무도 만날 일이 없는 곳이었다. 통학 기차가 강경역에 닿을 시간을 계산해 갈대밭을 나와 갑문 쪽으로 걸으면 곧 옥녀봉이었다. 그때쯤엔 보통 해가 지기 시작했는데, 조석潮汐을 표시한 해조문이 새겨진 암석의 꼭대기에 서면 서남쪽으로 흘러 빠지는 드넓은 금강 위로 놀빛이 얹히는 걸 시시각각 볼 수 있었다. 이승의 풍경이 아닌 듯 황홀하면서도 애절한 정경이었다. 어떤 때는 눈물이 막 나기도 했다. 수면 위에 수천수만의 붉은 물비늘이 양각으로 드러나다가 급기야 그것들이 한통속이 되며 선홍빛 거대한 불꽃으로 타오르고, 이윽고 암갈색으로 침몰하면서 어둠을 받아 안아 제 속에 너그러이 품는 금강을 내려다보고 있으면, 누가 과연 존재의 근원에 가닿지 않을 수 있겠는가. 옥녀봉에서 보는 놀빛은 일테면 상주불멸의 본성이 실존적 나와 합쳐 영혼의 충만을 느끼도록 늘 도와주었다.

나는 지금, 무거운 책가방을 든 채 오래된 소읍의 낮은 추녀 사이로 고개를 한껏 숙이고 걷는 열일곱 살 나를 보고 있다. 강경역 앞을 지나 철조망을 따라 걸으면 채산동 어귀의 간장 공장 드높은 굴뚝이 눈에 들어온다. 그 공장 남쪽 경계에 엎드려 있는 낡은 기와집이 나의 집이다. 발끝으로 지그시 밀면 끄덕거리면서 마치 어둔 지하 세계로 들어가는 관문처럼 위태롭게 열리는 함석 대문이 잊히지 않는다. "어머니, 학교 다녀왔습니다!" 짐짓 큰소리로 인사하지만, 학교 가지 않고 갈대밭에서 책만 읽다가 돌아온 죄를 가리려는 자기방어의 허세일 뿐이다.

바라건대, 그 시절의 내 꿈은 미쳤다고 여긴 세계와 정상적인 내가, 정상적인 세계와 미쳤다고 여긴 내가, 더불어 원만한 소통을 이루어 하나로 만나는 것이었으며, 지금도 그러하다. 그 꿈으로 가는 길을 내보려고 그동안 수많은 문장을 써 왔지만, 여전히 미흡할 뿐이다. 그 꿈의 실체적인 완성은 보름달이 뜨는 날, 밤 깊어 옥녀봉에 올라가 보아야 만날 수 있다. 세계의 합일이 이루어내는 원만한 아름다움이 달빛에 의해 모든 게 한통속으로 아물리는 거기에 깃들어 있다고 나는 느낀다. 그래서 옥녀봉을 이를 때 명월明月이 관형구처럼 따라붙는 것일 테다.

어둠에 뒤덮여 속절없이 침몰한 금강은 달이 뜨면 환생하여 다시 솟는다. 북으로부터 내려와 옥녀봉 허리춤을 툭 건들고 이내 앵돌아져 남쪽으로 휘어지다가 강은 곧 능청스럽게 서쪽 진로를 잡는데, 금강의 본체가 이것이다. 대둔산 물이 논산천과 강경천을 타고 내려와 금강 본류와 합치하는 것도 바로 옥녀봉 발치이다.

달이 뜨면 강은 완연한 흰 비단 띠로 솟구쳐 떠오른다. 비단 금錦, 금강이란 이름의 연유를 실감나게 느끼려면 보름날 옥녀봉에서 강을 내려다보는 게 좋다. 말 그대로 하얀 비단이 너른 대지에 부드럽게 깔려 있는 걸 볼 것이다. 한낮의 그것과 달리 달빛에 젖은 강은 환생불還生佛처럼 고요하고 귀하고 드높다. 그러면서 결코 오만하지 않다. 이것과 저것, 안과 바깥, 주관과 객관, 나와 너의 편 가르기도 없다. 강안의 갈대밭과 멀고 가까운 살림집들과 사통팔달 흐르는 길들과 속살을 열어놓은 너른 들판과 모질지 않은 먼 산의 스카이라인이 경계 없이 섞여 하나로 통합된다. 세계가 제각각 제 자리에 존재하면서도 세계의 구분이 없고, 달을 비롯해 삼라만상이 흘러가지만, 시간이 멈추어 있는 듯한 그런 풍경이다.

달밤에 옥녀봉에서 내려다보는 풍경의 은유가 거기 있다고 나는 생각한다. 그것은 사실적 아름다움에만 머물지는 않는다. 옥녀봉의 명월이 주는 풍경의 힘은 비유컨대 사실 너머의 근원적이고 항구적인 그 무엇,

말하자면 이데아적이라고 해도 과언이 아니다. 그것이야말로 내가 평생 가졌던 꿈과 합치된다. 옥녀봉은 그러므로 내 문학의 근본이자 내 영혼의 참 자유라 할 수 있겠다.

한겨레신문에 연재했던 장편소설 《소금》의 경우. 주인공 '선명우'는 소비를 뒤쫓아가는 일에 지쳐 가출한 뒤 오랜 방황 후 옥녀봉 동북쪽 끝 버려진 슬레이트집에서 새 삶의 둥지를 튼다. 그는 그곳에서 새로운 인연들과 만나 한 가족을 이루고 일찍이 꿈꾸었던 대로 노래를 만들고 노래를 부르면서 살아간다. 옥녀봉에서 내려다뵈는 강과 들과 사람살이의 저 유장하고 아름다운 결합은 자본주의적 생산성의 질주에 내몰려 피폐해진 그의 영혼을 재생시킬 뿐 아니라 우리가 꾸리고 싶은 삶의 참된 이상을 항구적으로 제공한다는 설정이다. 생산성의 노예처럼 살았던 인생의 전반기를 혁명적으로 둘러엎고 나서 노래하는 가인歌人으로 한살이를 다시 꾸리는 선명우의 후반부 인생은 바로 옥녀봉의 명월이 주는 시그널에 따른 결과라 할 수 있다. 내가 옥녀봉의 명월에서 얻는 축복도 그것이라 할 것이다.

강경은 내 문학의 자궁이다.

내가 그리는 하느님의 현신

내가 태어난 마을은 들 가운데로 200여 호나 모여 사는 큰 마을이었다. 들 가운데 있어 큰 마을을 형성하긴 했으나 부자라고 할 만한 사람은 거의 없었다. 대부분 한 섬지기도 못 되는 농토를 가지고 있었고 소작으로 연명하는 극빈자도 많았다.

그래서일까 위뜸엔 개신교 교회, 아래뜸엔 성당 공소가 있었는데 양쪽 모두 신도는 별로 많지 않았다. 예배당이 아니라 '연애당'이라면서 괜히 비난하는 사람도 여럿 있었다. 아래뜸에 살던 나는 공소에서 흘러나오는 만과^{晩課}나 조과^{早課}의 기도 소리를 더러 들을 수 있었는데 듣기 싫지는 않았으나 특별히 관심을 둔 적은 없었다.

특히 공소에 다니는 형 중 하나가 폭력적인 성격이라 걸핏하면 언어맞고 사는 처지여서 짐짓 공소 쪽을 비켜 다니기도 했다. 본당 신부님이 가끔 들르는 모양이었는데 먹고 사는 게 워낙 힘든지라 신도 또한 영 늘어나지 않는 눈치였다. 공소는 대부분 비어있다시피 조용했다.

공소로 만과를 보러 간 적은 없어도 일요일에 시오리 바깥에 있는 본당으로 미사를 보러 가는 신도들의 꽁무니를 따라가는 일은 자주 있었다.

미사가 무엇인지도 몰랐으니 사실은 미사를 보러 가는 게 아니었다. 미사
가 끝난 후 성당에서 우윳가루를 나누어주었으므로, 오로지 그걸 받으려
고 가는 걸음이었다.

둑길을 따라 내를 넘어가면 아름다운 솔밭이 연달아 나오고 솔밭을 가
로질러 분뇨 냄새 진동하는 밭 가운데를 계속 걸어가다 보면 본당의 종탑
이 햇빛 속에 솟아있는 게 보였다. 어린 내겐 까마득하게 높아 보이는 종
탑이었다. 나는 걷다 말고 실눈을 뜨고서 한참씩 그걸 올려다보았다.

뎅그렁뎅그렁, 종소리가 울려 퍼지면 가슴에서 방망이질이 일어나기
도 했다. 하늘 끝까지 울리는 장대한 파동으로 느껴졌다. 어릴 때는 물론
인식하지 못했으나 이를테면 생명의 파동이 아마 그럴 터였다. "저기가
순교자들이 억울하게 죽임을 당한 곳이란다!" 성당이 저만큼 바라보이는
지점을 지날 때쯤 어른 신도들이 옷매무새를 고치면서 자주 말해주었는
데 순교가 무슨 말인지도 모르니 그 말 역시 귀에 들어올 리 만무했다. 무
진박해 때 스무 명이 넘는 신도가 체포되어 백지사白紙死로 순교한 곳이
그곳 '여산숲정이순교성지'라는 걸 안 것은 어른이 된 다음이었다.

그때 나의 영혼을 은밀히 흔드는 건 오직 생명의 파동 같았던 그 종소
리, 그때 나의 욕망을 끌어당겼던 건 오직 미사가 끝난 다음 나누어 받은
우윳가루뿐이었다. 아마도 '한미잉여농산물협정'에 따라 미국에서 보내
준 '잉여농산물'의 한 종류였을 것이다. 미사가 끝나면 양푼이나 작은 자
루 등을 준비해간 교인들이 길게 줄을 서서 그 우윳가루를 받아갔다. 받
자마자 맨 가루를 입안에 넣고 우물거리는 아이들도 있었지만 귀한 거라
서 그렇게 먹는 경우는 거의 없었다. 뜨거운 물에 개어서 마시는 경우도

드물었다. 우윳가루를 처음 구경한 것도 바로 그 성당에서였다.

배급받은 우윳가루가 담긴 찌그러진 양푼을 가슴에 안고 행여 넘어질까 봐 발걸음 하나까지 조심조심 시오리길 돌아오면 어머니가 그걸 곤물에 곱게 개어 밥에 찔 준비를 했다. 저녁밥은 당연히 무쇠솥, 밥물이 넘고 난 다음에야 어머니는 솥뚜껑을 열고 우윳가루를 물에 갠 그것을 솥 안에 들여놓았다. 우윳가루를 밥솥에 쪄내는 셈이었다. 아궁이 앞에 앉아서 나는 솥 안의 그것이 알맞게 익어가는 걸 온몸으로 느끼곤 했다.

"옛다!"

이윽고 어머니가 건네는 양은그릇엔 쪄진 우유가 단단히 엉겨 붙어 있었다. 식히고 나면 이도 들어가지 않을 만큼 단단한 덩어리가 되었다. 씹어 먹을 수 없으니 핥아먹거나 빨아먹어야만 했다. 과자나 사탕이라곤 전혀 없던 시절이었다. 나는 누나들이 빼앗을까 봐 그것을 나만 아는 곳에 숨겨두고 종일 틈나는 대로 핥아먹고 또 빨아먹으면서 지냈다. 비릿하고 달착지근한 맛이었다. 어머니의 젖 맛이 그럴 터였다.

성당을 생각하면, 아니 신을 생각하면 나는 항상 두 가지 그림을 먼저 떠올린다. 하나의 그림은 그 우윳가루고 둘의 그림은 여산성당의 그 종탑이다. 어른이 되어 찾아갔을 때 그 종탑이 내가 기억했던 것보다 높지 않아 실망한 적은 있지만, 상상하건대 내 기억 속에서 그 종탑은 여전히 세상에서 제일 높다. 우윳가루의 기억은 혀에 굳건히 남아있는바 감각적 기억이겠고, 한없이 높아 보였던 종탑 끝 그 십자가는 눈으로 보고 마음에 새겼으니 체화體化된 인식이라 할 수 있겠다.

원초적인 기억들이다.

원초적인 기억은 지적훈련을 통해 얻은 훗날의 어떤 인식체계보다 기실 힘이 세다. 하느님을 바라보는 내 이미지는 어떤 상황에서도 이 두 가지 삽화의 은유에서 크게 벗어나지 않는다. 이를테면 절에 가서 부처님께 공경심을 표현할 때에도 나는 본능적으로 어머니의 젖내가 나던 찐 우윳가루 맛과 햇빛 속에 솟아있던 여산성당의 십자가 이미지를 떠올린다. 그러므로 나에겐 하느님은 곧, 입으로 물어 나의 생명줄을 구체적으로 대고 있던 어머니의 젖꼭지이며, 동시에 한없이 드높은 종탑의 현신이다.

미사를 드리러 가지 않고 사는 요즘도 여전히 그러하다.

두근거리는 고요

대둔산의 낙조

내가 그 남자를 처음 본 것은 수락폭포가 막 눈에 들어왔을 때였다. 물안 개가 폭포 앞자락을 휘감고 있어서 풍경은 이승의 그것이 아닌 듯 사뭇 환상적이었다. 한 남자가 폭포 앞에 서 있었다. 남루한 행색이었다. 안개 떼에 가려 분명히 보이진 않았으나 이미지가 그러했다. 핫바지 저고리를 입은 것도 같았고 아주 낡은 오버코트를 걸친 것도 같았다. 더 특이한 것은 남자가 아이를 안고 있다는 사실이었다.

쌀쌀한 초겨울 날씨였다.

이런 날씨에 어린아이를 안고 산에 오다니. 나는 고개를 갸우뚱했다. 옷차림도 이상했고 아이를 안고 있는 것도 이상했다. 더욱 이상한 것은 그다음이었다. 발밑을 살피며 올라가다가 고개를 들었는데, 그 남자가 갑 자기 보이질 않았다. 길은 좁고 위태로운 외줄기였다. 그렇게 삽시간에 사람이 사라질 조건을 갖춘 길이 아니었다. 게다가 아이를 안고 있지 않 았던가. 그러나 남자의 모습은 사방 어디에서든 보이지 않았다.

내가 헛것이라도 보았단 말인가.

이제껏 걸어 올라온 산발치와 월성봉 쪽 능선들이 한눈에 환히 바라 보였다. 봉우리 하나하나가 모두 해탈한 나한상처럼 헌칠하고 수려했다.

특히 이쪽 수락계곡 코스에서 보는 산세는 다른 어느 코스에서의 대둔산보다 훨씬 더 깊고 원융한 맛이 있었다. 산꽃들이 지천인 봄철이나 단풍이 불타는 가을의 대둔산도 물론 아름답지만, 나무들이 잎사귀를 다 떨구고 난 후 이맘때쯤의 수락계곡에서 만나는 대둔산은 뭐랄까, 꽉 찬 듯하면서 동시에 텅 빈 느낌이라, 가히 만다라의 세계 그 자체라고 불러도 좋을 듯한 풍경이었다.

마천대 정상이 곧 다가왔다.

평일이라서 그런지 등산객은 거의 없었다. 하기야 이 정도 바람이면 운주면 쪽에서 올라오는 케이블카도 운행하지 못할 터였다. 옹골찬 산이었다. 거대한 화강석으로 이루어진 수백 봉우리들이 운무를 뿌리치며 시시각각 허공으로 장엄하게 솟아나고 있다고 나는 느꼈다. 누거만년累巨萬年이라 했던가. 그것은 허공과 시간을 넘어서는 대지의 살아있는 흰 뼈들 같았다.

그 남자를 다시 본 건 마천대를 떠난 후였다.

아기를 안은 남자가 안개 떼로 흐릿해진 능선길을 걷고 있었다. 아주 가벼운 걸음새였다. 나는 무심코 남자의 뒤를 쫓아갔지만 붙잡을 수가 없었다. 남자의 걸음이 워낙 빠른 데다가 안개가 파죽지세 봉우리들을 하나씩 지우면서 그 세력을 재빨리 넓히는 중이기 때문이었다.

"이런! 내가 이제 헛것을 보는구나!"

한참 지나 운무가 모두 흩어지고 난 다음에야 나는 중얼거렸다. 남자가 사라진 방향에 솟아있는 건 분명 '미륵바위'였다. 간밤에 늦게까지 읽다가 덮어두고 나온 《동학농민운동》이라는 책이 비로소 생각났다. 공주 우금치 전투에서 관군과 일본군에게 무참하게 패배한 동학군 지휘부 중 수십 명이 마지막까지 항전하다가 끝끝내 모두 산화한 곳이 바로 여기 대둔산 미륵바위였다. 다른 동학군들이 모두 죽거나 항복하고 전봉준 장군까지 붙잡힌 이후에도 접주 최공우를 비롯한 동학군 수십은 이곳 미륵 바위에 진을 치고 마지막까지 혁명에의 끈을 놓지 않았다.

사람의 접근조차 어려운 암봉이었다.

그들은 더 도망치거나 항복할 생각이 없었다. 모두 죽는다고 해도 자주적인 나라 평등한 새 세상을 향한 꿈은 마지막까지 지켜가고 싶었다. 춥고 긴 겨울이었다. 신식무기로 무장한 일본군 3개 분대가 미륵바위를 에워쌌다. 전력에서 그들은 버틸 수가 없었다. 최공우 접주를 비롯해 몇 사람이 간신히 연산 쪽으로 도망쳤을 뿐 나머지 동학군은 그 자리에서 모두 죽임을 당했다. 일본군에게 죽느니 차라리 자결이 낫다면서 한 살짜리 어린 딸을 안고 미륵바위에서 스스로 뛰어내린 사람은 김석순 접주였다.

"그것 참!"

김석순의 헛것을 보았다는 걸 뒤늦게 깨닫고 나는 혀를 찼다. 몸이 아주 약해졌거나, 늙어 내 혼이 영험해졌거나 한 모양이었다. 나는 운무가 다 흩어져서 말끔히 드러난 미륵바위를 오래 내려다보았다. 어디 동학군 뿐인가. 임진왜란 때 호남으로 가려는 왜군 2만 병력을 권율 부대가 격퇴한 이치대첩지梨峙大捷地가 바로 여기이고 일제 강점기, 6·25 전란 때에도 민족의 혼을 지키기 위한 항쟁이 계속돼온 곳이 바로 여기 대둔산일진대,

이 풍경을 어찌 다만 아름답다고만 말하고 말 것인가.

나는 낙조대 쪽으로 길을 잡고 걸었다.

대둔산에서 내가 제일 좋아하는 길이 마천대에서 칠성봉 앞자락을 지나 낙조대에 이르는 이 길이었다. 이 길에선 수십 수백의 나한상 같은 봉우리들과 그 발치를 싸고 흐르는 골골을 모두 막힘없이 볼 수 있었다. 천고암산千古巖山이라, 다이내믹한 위용으로 보면 세계적인 큰 산들과 가히 맞장을 떠도 될 만한 권위와 준열함을 지니고 있는 게 대둔산이었다. 아니 단지 봉우리의 위용만이 아니었다. 골골을 들여다보면 다감하고 비옥할 뿐 아니라 요모조모 사람살이에도 쓰임이 많은바 대둔산은 그야말로 호남의 영혼이라 불러도 손색이 없을 것이었다.

낙조대에 올랐을 때는 마침 저물녘이었다.

구름 사이로 보이는 놀빛이 참 좋았다. 가열차고 웅혼한 단심丹心이었다. 정한이 깊은 사람은 죽어 그 영혼이 놀이 된다고 했던가. 어린 딸을 안은 채 천길 벼랑 아래로 몸을 던진 동학군 접주 김석순과 그의 동료들이 남긴 피어린 정한과 딱 맞닥뜨린 느낌이었다. 대둔산의 옹골찬 암봉들은 그런 점에서 우리 백성들의 심지와 같다고 나는 생각했다.

타오르는 바랑산과 월성봉이 지척이었다.

그 너머, 굽이굽이 연접된 산들과 질펀하게 누운 들판을 골고루 적시면서 흘러가, 마침내 내가 사랑하는 '탑정호'가 되고 '금강'이 되는 대둔산 맑은 물의 전신이 손금처럼 내려다보이는 것 같았다. 본디 우리 민족의 군세고 맑은 영혼이 이런 산천에서 연유한 건 아니던가.

봄 꿈

산은 어느새/ 푸른 물이 들기 시작했는데/ 내 가슴은 막무가내 붉은 물이 드는
구나/ 이 위험한 비례는 본원인가 현상인가/ 본원이라면 나의 봄날/ 새 사랑이
기어코 발화할 것이고/ 현상이라면 나의 봄날/ 멸망이 필연일 것이다/ 이것과
저것이 다른 건지/ 같은 건지 모르겠다/ 푸르러지는 봄 숲에서/ 오늘은 화급한
붉은 물소리 들으며/ 그리운 흰 물소리 들으며/ 보아라 저기 온종일/ 봄날 아침
이 오고 있구나

― 시집《구시렁구시렁 일흔》에서

3월 초 어느 날, 북악의 숲을 헤매다가 돌아와서 불현듯 이런 시를 썼다.
그날의 숲은 바쁜 젊은 사람들은 알아채지 못할 만큼, 그러나 나처럼 한
가한 늙은 사람들은 알아챌 만큼 푸르스름 물들어가기 시작하고 있었다.
어느 산초나무는 그때 이미 어린 새순이 가지마다 세세히 맺혀 있었다.
아주 은밀한 푸른 물의 진군進軍이 이미 숲에서 시작되고 있었던 것이었
다. 새봄이 이미 와 있다고 나는 느꼈다. 코로나고 대선이고 상관없었다.
봄빛의 진군은 파죽지세였다. 내 가슴이 두근두근해졌다. 헤세의 소설
《데미안》에서 읽었던 아래의 문장이 불현듯 떠오르기도 했다.

알은 세계다.

태어나려는 자는

한 세계를 파괴하지 않으면 안 된다.

신생의 봄이 사무치게 가슴을 파고 들어왔다. 어린 송아지처럼 천지 분간 없이 세계의 바깥으로 뛰쳐나가고 싶었다. 세계의 모든 명령을 뿌리치고, 이를테면 생활의 진부한 습관과 훈육된 계몽주의적 이데올로기가 옥죄는 생각이 아닌 생각의 철제 박스를 쳐부숴 버려야지, 하는 생각. 그것이야말로 신생으로서 봄이 주는 참된 계시라고 나는 느꼈다.

낡은 것은 가라!

새봄의 진군이 내게 그렇게 소리치는 것 같았다. 나는 내 가슴이 봄의 푸른 진군보다 더 빨리 붉게 물드는 것을 느꼈다. 그것은 가속적인 노화에 대해 반역의 기치를 드는 열정의 시그널이기도 했다. 새로운 것을 꿈꾸지 않고 봄을 맞이하는 것은 비윤리적이란 생각까지 들었다. 그렇지 않겠는가. 매너리즘에 지속적으로 빠져 있을 뿐인 삶이라면 그 안에 어떻게, 저기 파죽지세로 움트는 산초나무 생강나무 떡갈나무 졸참나무의 새순들이 주는 봄의 계시가 깃들 수 있겠는가.

그런가 하면 이 봄에 나는 이런 시도 썼다.

두근거리는 고요

오래전 거닐었던 체르노빌 원자력발전소/ 풀이 무성했던 폐허의 봄 뜰이 생각
난다/ 시간차로 떠오르는 흑해연안의 오데사/ 전함 포템킨에서 보았던 학살의
계단/ 아슬아슬 굴러 내리는 순진한 유모차 생각/ 크림반도 고골리의 바닷가집
에서 / 큰 항아리가 마당에 놓인/ 안톤 체홉의 생가로 올라갈 때/ 흑해의 물빛
은 얼마나 새콤했던지/ 고즈넉한 비탈길에서 엇갈려 지나간/ 속눈썹 긴 러시아
계 소녀 생각/ 백석의 나타샤 같았던 흰 소녀생각/ 열 살쯤 젊었다면/ 혹시 스
무 살쯤 젊었다면 달려갔을까/ 오데사에서부터 아슬하고 귀여운 그곳/ 벚꽃동
산 체홉동산까지 피울음 낭자한데/ 찰나의 낮잠 속에서 /나는 이런 꿈을 꾸었
다네/ 포템킨 학살층계 추락하는 유모차 어린아기를/ 온몸으로 받아 떠받치는
꿈/ 떨리는 내 핏줄의 어기찬 꿈/ 늙은 몸 이고지고 하여간/ 소련제 따발총이라
도 들고/ 내 달리고 싶은 검은 흙의 나라/ 우크라이나를 향한 꿈/ 막무가내의//
왜 나는 지금 여기 누워 있을 뿐인가

이렇게 다시 봄이 오는데, 우리와 같은 별에 사는 지구의 어느 한쪽
사람들이 힘센 이웃 나라 러시아의 침략을 받아 매일 처참하게 유린당하
는 걸 보고만 있다는 건 고통스런 일이 아닐 수 없었다. 매화와 산수유가
피던 날에도 불에 탄 아파트, 멈추어 선 탱크, 거리에 널린 시체들을 나는
텔레비전 화면으로 보았다. 아무것도 없는 어두컴컴한 방공호에서 막 세
상에 태어난 우크라이나의 어린아이를 보던 날엔 텔레비전을 등지고 돌
아앉아 눈가를 훔치기도 했다. 이런 식의 야만적 국가폭력을 보고 있을
뿐이라니, 내가 사는 시대가 글로벌의 21세기라는 게 믿어지지 않았다.
처참한 봄이었다. 나는 자주 크림반도의 언덕 그늘진 꽃그늘에 파묻혀 옆

드려 울고 있는 안톤 체호프의 꿈을 꾸었다. 오래전 가보았던 크림반도의 안톤 체호프 생가 마당엔 여전히 검은 항아리들이 놓여 있었다. 우리네가 쓰던 항아리와 다를 바 없는 항아리였다.

우크라이나였으나 이제 러시아로 강제 병합된 크림반도 곳곳에 봄꽃이 피어 있는 게 아스라이 보이는 것 같았다. 어떤 꽃은 화려하고 어떤 꽃은 소박했으며, 어떤 꽃은 양지바른 광장 또 어떤 꽃은 그늘진 구석 자리에서 온 힘을 다해 피어나는 꽃들이었다. 세상의 모든 봄꽃들이 모두 그러할 터였다. 그들에게선 생성의 빛나는 북소리가 소리 없이 울려 나왔다. 모든 존재는 근본적으로 자유롭게 태어났으며, 어떤 고난이 닥쳐와도 급기야 끝끝내 제 몫몫의 꽃을 피우고 만다는 걸 알리는 2022년 새봄의 북소리.

두근거리는 고요

붉은 카펫 위의 흰 동그라미에 대한 기억

A일보 입사시험 면접을 보러 가기 위해 서울역에서 시청 쪽으로 걸어가던 오래전의 어느 새벽이 떠오른다. 이십 대 중반, 서슬 퍼렇던 군부독재 시절의 일이다. 중앙지의 필기시험을 통과한 것만으로도 '시골 청년'이었던 나는 한껏 고무돼 있다. 밤 기차로 올라와 새벽의 노점상에서 싸구려 토스트 한 조각을 사 먹고 난 '청년'은 시청 앞까지 더듬더듬 걷는다. 섬뜩하게 추운 날씨다. "잘살아보세-"로 시작되는 새마을 노래가 시청 앞 가로에 힘차게 울려 퍼지는 중이다. 최종면접 과정만 남긴바, 순진하게도 청년은 '특별시'에서 말뚝 박고 '잘살아볼' 절호의 찬스를 맞았다고 상상한다.

간단하게 끝나리라 생각했던 면접은 거의 하루 종일 진행된다. 상식 문답 코스, 영어면접 코스도 있다. 마지막이 사장 면접이다. 사장실 앞에서 순서를 기다리며 청년은 자꾸 시계를 본다. '특별시'에서 머물면 돈이 더 들기 때문에 어떡하든 면접을 끝내고 다시 기차를 타고 내려갈 예정이기 때문이다. 밤새 기차를 탄 데다 아침 점심을 대충 때웠을 뿐인 청년은 긴장과 피로와 공복감 때문에 거의 쓰러질 것 같다. 순서가 다가오자

잘 차려입은 사장 비서가 설명해준다. "안에 들어가면 백묵으로 두 개의 동그라미를 그려놓은 자리가 있는데요. 그 동그라미에 두 발을 대고 서서 사장님께 구십 도로 인사하세요. 꼭 그곳에 서야 해요!"

사장실로 들어선 순간 눈에 확 들어온 것은 붉은 카펫이다. 청년으로선 세상에서 처음 보는 화려한 깔개이다. 실밥 따위가 부슬부슬 풀어져 솟은 카펫이고, 그러므로 그 위에 백묵으로 그렸다는 '동그라미'는 얼른 눈에 들어오지 않는다. 174센티, 55킬로그램의 허약한 청년이다. "그 동그라미에 두 발을 대고." 비서의 말이 계속 고막을 쾅쾅 울린다. 문제의 동그라미를 찾아 서지 않으면 입사시험에서 떨어질 거라는 강박에 청년의 걸음걸음이 자꾸 휘청댄다. 교실 한 칸은 됨직한 너른 사장실이다. 자신보다 앞선 면접자들이 이미 여러 번 밟고 섰으니 백묵으로 그려놓은 카펫 위의 동그라미가 제대로 남아있을 리 만무하지만, 청년은 거기까지 생각할 겨를이 없다.

한순간 우렁우렁 말소리가 울린다. 누가 자신에게 던지는 말이라는 걸 청년을 본능적으로 알아차린다. 스톱모션이 되어 반사적으로 고개를 든 청년의 가슴이 또다시 철렁 내려앉는다. 말한 사람이 얼른 눈에 띄지 않았기 때문이다. 청년이 미처 대답을 못 하자 두 번째 말이 정수리를 때린다. 말소리가 천상에서 내려오는 것 같다. 청년은 비로소 말의 주인을 간신히 찾아 시선을 위로 올려본다. 저 높은 곳, 육중한 책상 너머로 낯선 얼굴이 보인다. 바로 A신문 사장님이다.

두근거리는 고요

사장은 그가 서 있는 곳보다 최소한 대여섯 계단을 올라간 자리에 앉아있다. 사장실이 반절은 높은 곳 반절은 낮은 곳으로 구획되어 있다는 걸 청년은 그제야 깨닫는다. 군부독재 시절일 뿐만 아니라 정부가 주인 노릇을 하는 신문이라 그랬을지 모르겠다. 이를테면 직원이 결재서류를 가지고 사장실에 가면 일단 낮은 단에 서서 높은 단 위의 사장에게 차렷 자세로 절을 하고 난 다음 예닐곱 계단을 올라간 뒤 육중한 나무 책상 위에 서류를 올려놓고 결재를 받는 식이다. 사장의 두 번째 하문을 받고 나서야 흐릿해진 백묵 동그라미 두 개가 바로 발 앞에 있는 걸 청년은 발견한다. 그제야 동그라미가 보이는 게 너무도 억울하다. 붉은 카펫에 백묵으로 그려놓은 동그라미가 선명히 남아있을 리 없다. 사장은 단상 위에서 두리번두리번 어릿광대처럼 헤매는 청년을 내려다보았을 것이다. 사장이 단상에서 뭐라고 하문을 하지만 기가 죽어 대답은 얼른 나오지 않는다. 알 수 없는 치욕감 때문에 왈칵 눈물이라도 쏟아질 것 같아 청년은 다만 피가 배어 나오도록 입술을 깨물고 있다.

나는 물론 그해 면접시험에서 낙방한다. 불안과 피로에 쩐 나는 그때 보나마나 새카매진 얼굴, 때꾼한 눈빛이었을 것이다. 광기의 세상에서 어떡하든 '특별시'에다가 삶의 끈을 비끄러매보자고 백묵으로 그린 동그라미를 찾아 두리번두리번 갈팡질팡하는 '시골 청년'을 높은 곳에서 내려다 볼 때, 사장의 머릿속을 스쳐 지난 것이 연민이었는지 혐오였는지는 여전히 분명하지 않다. 사장이 나를 내려다보면서 무슨 생각을 했든 그것은 아무 상관도 없다. 오래 지날수록 더욱 공고해지는 것은 거의 지워진 백묵 동그라미를 찾아 겁에 질려 두리번거리고 있는 나의 모습일 뿐이다. 특별시 시민이 되고 난 후에도 삶의 윤리성에 대한 마지노선으로 삼아 수없이 되돌아보고 또 되돌아보아 온 그림이다. 마치 피에로를 연기하는 마임의 한 토막을 보는 듯하다. 문제는 그 주인공이 나이며 허구가 아니라 실제라는 것이다. 그 삽화를 떠올리면 언제나 얼굴이 붉어진다. 쥐구멍에라도 숨고 싶은 마음이다.

치욕감은 어떤 이에겐 자기 존재를 강하게 단련하는 데 활용된다. 문학을 나의 '유일한 주인'으로 삼도록 만들고 오로지 그 길로 가도록 추동해준 삽화의 하나가 이것이다. 내가 어느 누구에게든, 어떤 세계의 구조에서든지 간에 다시는 백묵으로 동그라미 따위를 그려놓고 그 안에 서라는 명령 따위는 결코 다시 받지 않겠다고 결심한 날의 일이다. 나를 작가의 길로 나아가게 한 배경의 하나가 된 삽화이기도 하다. 그런 따위의 명령을 받지 않는 삶을 살고 싶었고, 그런 따위의 명령으로 사람들의 삶을 옥죄는 세상의 반인간적 구조에 대해 뜨겁게 발언하는 삶을 살고 싶었다. 작가의 길로 내가 시종 걸어올 수 있었던 힘의 근원이 거기 있다고 나는 믿는다.

모든 이의 삶이 물론 같을 수는 없다. 어떤 이는 치욕감으로 인해 나와 정반대의 길을 걸어갈 수도 있다. 문제는 그런저런 경험들을 통해 내가 누구인지, 내가 무엇을 원하는지, 내가 살고 싶은 세상은 어떤 모습인지를 구체적으로 깨닫게 된다는 것이다. 자신이 가고 싶고 꼭 가야 할 길을 찾아낼 수만 있다면 우왕좌왕하지 않게 될 뿐 아니라 누구든 강해질 수 있다고 나는 믿는다. 세상에선 그것을 '정체성'이라고 부른다. 불연속선의 반세기를 살아오면서 내가 이만큼이라도 '세상에 의해 훼손되지 않았다'라고 스스로 위로할 수 있는 자부심의 근거가 그것이다.

　신자유주의 세계화가 살갗을 파고드는 이런 세상에서 이것만이 내 것이다, 라고 말할 수 있는 가치를 얻고 그에 의탁해 사는 일은 낙타를 타고 바늘구멍을 통과하는 것처럼 어렵다. 믿나니, 먹고살 만해도 때로 한없이 쓸쓸하고 때로 한없이 벼랑 끝을 걷는 듯 불안한 것은 우리가 한 존재로서의 정체성, 그것을 버렸거나 찾지 못했기 때문이다. 혼자 걷되 함께 걸어야 하는 것처럼, 고유한 자기만의 꿈이 있어야 전체로서의 자유도 확보된다. 고유한 가치를 통해 글로벌 체제가 부추기는 욕망의 아우성으로부터 나를 지켜내는 것이야말로 우리 모두의 참자유일 것이다.

비밀의 어둔 방이 없는 삶은 황막하다

어릴 때 살던 연무읍 들 동네의 초가는 환기구 같은 작은 창이 하나 있을 뿐이었는데 그나마도 북향이었다. 바느질하던 어머니는 한겨울에도 곧잘 짜증스럽게 창호지 문을 활짝 열어젖혔다. 강경으로 이사한 다음에 쓰던 방 역시 창이 작아서 햇빛은 잘 들지 않았다. 한낮에 형광등을 켜놓고 책을 읽다가 전기료를 아끼지 않는다고 아버지에게 지청구 들은 적이 많았다. 비현실적인 자의식이 자라기 좋은 방이었다. 그 어스레한 골방에서 나는 우울의 숙주를 키워 내 영혼의 심지로 삼았다.

나의 소원은 더 밝은 곳으로 가는 일이었다.

나는 자나 깨나 넓고 밝은 터로 가고 싶었다. 속 좁은 사람이 된 게 모두 좁고 어둔 방 때문인 것 같았다. 논두렁길-신작로-포장도로-하이웨이를 따라 대도시 서울로 살림터를 옮겼다. 근대화의 길이었고 보편적인 길이었다. 서울로 살림터를 옮기고 나서도 좁고 어둔 셋방을 쉽게 면할 수 없었다. 불리한 조건을 유리한 동력으로 삼으려고 노력했다. 보다 넓고 밝은 중심을 향한 원심력을 내 삶의 동력으로 삼은 것이었다. 동굴 속 같은 방에서 다시는 살고 싶지 않았다.

두근거리는 고요

'서울집'을 지은 지 벌써 30여 년이 넘었다.

내 문패가 달릴 번듯한 집 한 채 짓고 싶었던 것은 서울로 살림터를 옮긴 후의 오랜 꿈이었다. 대지를 구입하고 나서 얼마 후 소개받은 설계사에게 나는 이렇게 주문했다. "무조건 모든 방에 햇빛이 쫙 들게 해주세요." 설계사는 고개를 갸웃하면서, '다크 룸'도 있어야 쉴 수 있다고 했다. 나는 설계사의 말을 단번에 거부했다. "필요 없어요. 내 아이들을 창 넓은 방에서 살게 하고 싶어요." 내가 서울에 처음으로 지은 '서울집'은 그래서 북쪽 방까지도 창이 넓게 배치된 밝은 방들로 이루어졌다.

그러나 나의 자의식이 빚어낸 꿈으로서의 밝은 집은 효용성이 별로 없었다. 아이들은 내가 꿈꾸던 것과 달리 한낮에도 주로 커튼을 치고 지냈다. "밝으면 집중이 안 돼서 그래요." 아이들은 말했다. 밝은 방이 아이들의 정서발달에 무조건 도움이 되는 게 아니라는 걸 그제야 나는 깨달았다.

나의 오랜 우울증이 꼭 창 없는 어둔 방 때문만은 아닐 거라고 비로소 생각했다. 어스레한 방이 싫어 죽어라 햇빛 밝은 세상의 중심을 향해 열심히 걸어왔는데, 그 걸음새로도 자의식의 어두컴컴한 방에서 내가 결코 자유로워지지 않았다는 걸 깨달았을 때, 나는 아팠다.

92년 섣달, 나는 글을 쓰지 않겠다고 세상을 향해 선언하고 용인의 외딴집으로 혼자 들어갔다. 이른바 '절필 선언'이었다. "내가 세상에 없다고 생각해!" 나는 아내에게 말했다. 작가로 데뷔하고 20년 만의 일이었다.

나는 그 무렵 '인기작가'라고 불리었다. 80년대에서 93년 절필하기까지, 책을 낼 때마다 베스트셀러가 되었으며, 영화나 TV 드라마, 연극으로 까지 장르의 벽을 넘어서 확장되는 등 센세이셔널한 흥행을 이루었고, 어디에서든 사인해 달라고 몰려드는 독자들이 금방 나를 에워싸기까지 했다. 인터넷과 영상문화의 전성기가 도래하기 전이었다. 몇몇 소설가가 배우나 가수 등 이른바 연예인보다 더 인기를 누리던, 영상보다 문자문화가 더 문화의 중심을 이루던 전설 같은 시대였다고 할 수 있었다.

책이 잘 팔리니까 당연지사 수입도 나날이 늘었고 사는 것도 여러모로 편해졌다. 세속적으로 말하면 최상의 전성기를 누리던 시기였는데, 어느 날 불현듯 글을 쓰지 않겠다고 '절필'을 선언함으로써 힘들여 쌓아 올린 기득권을 스스로 냅다 차버리고 만 셈이었다. 세속적인 관점에서 보면 어리석기 짝이 없는 선택이었다. 그것은 과거의 어둔 골방으로 되구부러져 돌아가려는 구심력을 짐짓 작가적 삶의 동력으로 삼겠다는 제의적, 혹은 자학적 선언에 해당했다.

글을 쓰지 않겠다고 선언, 아이와 아내까지 생이별을 하고 들어간 용인군 양지면 '한터산방' 거실엔 서쪽과 동쪽으로 창이 나 있었다. 급하게 지은 조립식 건물이었다. 서재로 쓰는 곳엔 작가 친구 김성동 형이 직접 쓴 글자를 목판에 새긴 '한터산방'이란 현판이 붙어있었다.

서쪽 창으론 자궁 속 같은 첩첩산중이 보였고 동쪽 창으론 불 밝은 도시로 이어진 포장도로가 보였다. 서창엔 존재론적인 것의 모든 그림자가 깃들어 있었고 동창엔 세속적 욕망에 따른 갖가지 아우성들이 깃들어 있었다. 나는 구심력의 세계라 할 서창과 원심력의 본향이라 할 동창을 번

갈아 내다보면서 종종 눈시울을 붉혔다. 구심력 끝에 놓인 밀실과 원심력을 좇는 광장 사이에서 자주 몸이 찢어지는 나날이었다. 평생 그래온 것 같았고 앞으로도 평생 그럴 것 같았다.

내가 다시 작가라는 이름으로 문단에 되돌아온 것은 그로부터 만 3년 만이었다. 3년 후에야 나는 글쓰기에 대한 나의 격렬한 내적 갈등을 고백하는 자전적 소설 《흰 소가 끄는 수레》를 썼다. 이른바 '인기작가'를 내박차고 더 깊은 세계를 갈망하는 새로운 작가의 시기를 열게 된 것이었다. 《나마스테》, 《더러운 책상》, 《촐라체》, 《고산자》, 《은교》 등을 연이어 썼다. 일부 평자나 엘리트 독자들은 나의 이 시기를 '박범신의 갈망기'라고 불렀다. 감수성과 열정이 늙지 않았다면서 독자들이 '영원한 청년작가'라고 불러주었던 시기이기도 했다.

그리고 다시 십수 년 후, 나는 감히 말년의 새로운 문학을 꿈꾸면서 고향이지만 너무 오래 떠나있어 타향 같기도 했던 논산시 가야곡면으로 '집필실'을 옮겼다. 고향의 시장께서 배려해준 덕분이었다. 아름다운 호숫가에 위치한 집이었다. 나의 아호를 따서 나는 그 집에 '와초재臥草齋'라는 현판을 달았다. 개발의 연대를 넘기면서 쓸쓸하게 돌아앉았고만 늙은 아버지의 초상을 그린 소설 《소금》을 바로 가야곡면 조정리의 그 '와초재'에서 썼다. 2011년, 내 '논산 시기'의 시작이었다.

오래전 떠나온 고향집 앞의 너른 벌판이 지척이었다. 소설을 쓰다 말고도 불현듯 그 벌판을 찾아가는 일이 자주 있었다. 나를 키운 8할이 논산과 강경 사이의 그 벌판이었다. 가을걷이가 끝나고 난 텅 빈 벌판 이곳 저곳에 짚단들이 쌓여 우뚝우뚝 솟아있던 기억도 눈에 선했다. 논에서 탈곡까지 하고 나면 흔히 그 자리에 짚단을 높이 쌓아두곤 했기 때문이었다.

개구쟁이 사내아이들은 곧잘 그 짚단 가운데를 뚫고 들어가 몸을 숨기곤 했다. 아늑하고 어스레한 비밀의 방이었다. 그곳에서 잠드는 일도 더러 있었다. 나락이 익어갈 때의 황금벌판은 풍요롭기 그지없어 보였지만 짚단 속 어둔 방의 어린 나는 늘 배가 고팠다. 그러므로 그곳에서의 잠은 늘 혼곤하고 쓸쓸했다. 짚단 속 그곳은 나의 실존을 남몰래 숨겨두곤 했던 일종의 알집이라고 할 수 있었다. 내게 잠재적으로 간직된 상상력의 우물은 애당초 그 짚단 속 어스레한 비밀의 방으로부터 비롯된 것이었다.

그러나 돌아간 고향 들판에는 그런 짚단 더미 속 어둔 방이 더 이상 남아 있지 않았다. 탈곡이 끝난 뒤의 짚은 가축의 사료로 팔아야 해서 들쥐조차 들어갈 수 없게 질긴 비닐로 단단히 포장하는 걸 나는 보았다. 짚단 더미 속 아늑했던 밀실은 이제 지상 어디에도 존재하지 않는다는 것을 확인하는 건 아픈 일이었다.

어찌 짚단 더미 속 골방뿐이겠는가. 내가 살아온 지난 반세기의 삶이라는 것은 우리들 모두가 합심해 날로 공고히 다져온 자본의 구조화를 통해 개개인의 '밀실'을 낱낱이 까발려 훼손하는 잔인한 과정에 불과했을지도 모르겠다. 위아래 할 것 없이 '세일즈맨'처럼 되고만 거대한 '보이스 피싱'의 세상이 아니던가.

세월호 침몰 이후 나는 새 소설을 시작조차 하지 못했다. OECD 국가에서 자살률 제일의 나라, 시시각각 미치는 생산성 중심의 정치-사회-문화의 폭력적 공세를 깊은 산속, 멀고 먼 바닷가, 내 고향 그 들판 끝에 가서도 결코 방어할 수 없는 나라, 수많은 어린 학생들이 탄 배가 바다 밑으로 가라앉는 걸 눈 뜨고 보면서도 아무것도 할 수 없는 나라, 그 욕망의 아수라장에서 이제 무엇을 위해 소설은 써야 한단 말인가.

"모든 지도^{direction}는 방향 전환$^{re-direction}$이다."

존 듀이의 말이다. 잘못된 방향이라고 생각하면 그 방향을 바꾸는 것이 삶의 주인인 각자가 지켜야 할 소중한 윤리성이거니와, 잘못된 우리의 방향을 용기 있게 바꿔가도록 선도하는 게 또한 지도력의 귀한 덕목일 터이다. 필요한 게 오직 우수한 세일즈맨뿐인가. 국가 경쟁력만을 강화하는 정파적인 전략뿐인가. 빚을 아무리 져도 GDP만 올리면 된다는 명제를 위해 사회적 불안을 명분으로 모든 이의 삶을 일사불란하게 줄 세우면 된다는 식으로는 아무리 국가 경쟁력이 높아져도 행복해질 길이 없다.

'생산성'이란 말에 모조리 저당 잡힌 우리네 삶의 실체를 보라. 도대체 이 나라는 해가 지지 않는다. 비밀의 방이 없다. 24시간 365일, 한낮이다. 그러니 어떻게 사랑하고 어떻게 사색하고 어떻게 상상하겠는가. 어떻게 인간의 얼굴을 하고 살아가겠는가.

사과씨가 살아있는 것은 사과씨가 누워있는 곳이 비밀스런 중심이기 때문이다.

소설 《소금》을 쓰고 나서

소설 《소금》은 내 고향 논산시 일대, 그중에서도 사랑하는 강경읍이 주 배경이다. 데뷔 40년 만에 펴내는 40번째 장편소설이고, 고향으로 내려간 그곳 집필실 '와초재'에서 처음으로 쓴 것이며, 아울러 자본의 폭력성에 대한 나의 '비판적 발언'을 전제한 소설 중 한 편으로 구상해 쓴 작품이기도 하다.

2011년, 장편 《나의 손을 말굽으로 변하고》를 쓰고 나는 혼자 논산으로 내려갔다. 그 무렵은 앞이 가로막힌 느낌이었다. 혼자 지내는 시간을 많이 가지려고 노력했으나 쉽진 않았다. 영화 〈은교〉가 새삼 화제를 불러일으켜 기자들이나 많은 독자들이 논산까지 찾아오는 일이 많았다. 나는 소설 《은교》의 작가니까 영화 〈은교〉가 불러온 화제는 나와 상관없다고 생각하려 애썼다. 되도록 '알집'에 들어가 있는 시간이 되기를 바랐다. 웬일인지 버려졌다는 느낌이 자주 들기도 했다. 아주 오래 소설을 쓰지 못할는지도 모른다는 불안한 예감 때문에 못 마시는 술로 나를 재운 적도 많았다. 독백 같은 '논산일기'를 페이스북에 쓴 것도 그 때문이었다.

두근거리는 고요

어떤 날 우연히 내가 쓴 소설 《비즈니스》의 작가 후기를 읽었다. 거기엔 이런 구절이 나왔다. "사실 이런 식의 현실 비판적인 이야기는 우리 문학판에서도 거의 실종 상태에 놓여 있다. 현재진행형으로 맞닥뜨리고 있는 사회 구조적 문제들을 문학판에서 오히려 유기하고 있다는 느낌이 들기도 했다. 이래도 좋은가. 우리네 삶을 몰강스럽게 옥죄는 전 세계적 '자본의 폭력성'에 대해 문학은 여전히, 끈질기게 발언해야 한다고 나는 믿는다."

그래서 2010년엔 자식의 과외비를 벌기 위해 '거리'로 내몰린 어머니의 이야기를 담은 《비즈니스》를, 2011년엔 자본에 은닉된 폭력문제를 정면으로 기술한 《나의 손은 말굽으로 변하고》를 연거푸 쓴 것이었다.

《비즈니스》의 작가 후기 중 윗부분을 읽고 나서, 한순간 뒤통수를 맞은 느낌이었다. 작가로서 내가 잠시라도 직무유기를 하고 있는 게 아닌가, 하고 생각했다. 자본의 폭력성에 대한 나의 '발언'이 아직 강력하게 남아 있다고 느끼기도 했다. 그렇다면 내가 할 일은 당연히 쓰는 일을 계속해야 한다는 것.

《소금》은 그렇게 시작되었다.

《소금》은 가족의 이야기를 할 때 흔히 취할 수 있는 일반적 소설 문법에서 조금 비켜나 있다. 가족을 버리고 '가출하는 아버지'의 이야기이기 때문이다. 주인공 '선명우'는 집으로 돌아오지 않는다. 자본의 폭력적인 구조가 그와 그의 가족 사이에서 근원적인 화해를 가로막고 있기 때문이다. 그가 간직하고 싶었던 눈물겨운 '첫사랑'을 끝끝내 상실한 것도 '자본' 때문이고 세상의 '모든 아침' 같다고 여긴 세 딸을 잃은 것도 '자본' 때문이다.

이 이야기는 특정한 누구의 이야기가 아니다.

동시대를 살아온 아버지 1, 아버지 2, 혹은 아버지 10의 이야기라고 할 수 있다. 늙어가는 '아버지'들은 이 이야기를 통해 '붙박이 유랑인'이었던 자신의 지난 삶에 자조의 심정을 가질는지도 모른다. 애당초 젊은이들에게 읽히고 싶어 시작한 소설인데, 정작 젊은이들에게 오히려 반발을 불러일으킬까 봐 걱정되는 대목이 많은 것이 딜레마다.

그렇지만 나는 여전히 묻고 싶다. 이 거대한 소비 문명을 가로지르면서, 그 소비를 위한 과실을 야수적인 노동력으로 따온 '아버지'들은 지금 어디에서 어떻게 유랑하고 있는가. 그들이 야수적으로 일한 것은 혹시 '자충수'가 아니었던가. 그들은 무엇을 얻고 무엇을 잃었는가.

솔직히 에너지가 옛날 같지 않다. 조만간 나는 자의 반 타의 반 얻어온 '청년작가'라는 수식을 반납하게 될지도 모른다. 그러나 여전히 나를 뒤받치고 있는 동력은 '문예반 학생' 같은 문학에 대한 나의 순정주의적 지향이다. 놀랍게도 나는 이 나이에도 오로지 소설쓰기를 통하여 나의 모든 발언, 모든 사랑, 모든 갈망을 다 담아낼 수 있다고 믿고 있다. 자본의 폭력적인 구조에 세계가 다 수감된 상황을 고려하면 참 난감한 일이 아닐 수 없다. 그래도 뭐 어쩌겠는가. 글쓰기야말로 내게 유일한 소통의 수단이고 또한 내 순정을 지키는 유일한 방패인 게 사실인데.

두근거리는 고요

여전히 '생명을 살리는 소금' 같은 소설을 쓰고 싶다.

어느덧 봄이다. 호수는 물론 온 산천에 봄빛이 가득하다. 저 봄빛에 행여 살이 벨까 봐 너와 지붕 두른 나의 '유류정流留亭'에 은신해 이 글을 쓰고 있다. 흐르고 머무니 사람이라고 생각한다. 내 삶도 그러하다. 흐르면서 머물고 머물면서 흐르니, 겉으로 갈팡질팡해 보일망정 작가로서 나의 삶은 아직도 열렬히 현재진행형이다.

매일 죽고 매일 깨어나는바,
작가로서 나는 날마다 고통스럽고 황홀하다.

소설 《유리》와 붉은 댕기

지난해 스페인에서 지중해를 넘어 모로코로 들어갈 때, 많은 사람들의 목숨을 실은 일엽편주 하나가 지중해 거친 물결에 위태롭게 흔들리는 걸 보았다. 잘살고 싶은 인류 보편의 꿈을 좇아 고향을 떠나온 난민들이었다. 서울행 완행기차를 타려고 강경역 플랫폼에 서 있던 스무 살 시절의 내 모습이 그 순간 느닷없이 떠올랐다. "조심 또 조심혀. 눈 뜨고 있어도 코 베어가는 사람들이 사는 디가 서울이랴." 플랫폼까지 따라 나온 어머니가 찐 계란을 가방에 밀어 넣어주며 말했을 때 두려움에 사로잡혀 부르르 몸을 떨고 말았던 기억이었다. "아, 나 역시 난민이었구나!" 나는 중얼거렸다. 난민의 역사가 곧 인류의 역사였다. 소설 《유리》는 그 자각에서 삐져나와 내 머릿속에서 곧장 '재크의 콩나무'처럼 무성히 자라기 시작했다.

'유리流離'와 '걸식乞食' 형제를 통해 동아시아를 배경으로 근대 백 년의 풍운을 그리고자 한 소설이 바로 《유리》다. 재미있게 쓰고 싶었고 무겁게 쓰지 않으려고 애썼다. 책상 앞엔 아시아 전도가 늘 붙어 있었다. 수만 리 길도 나의 《유리》에겐 먼길이 아니었다. "길은 몇 세기를 두고 우리를 속여 왔다"는 생텍쥐페리의 문장이 내 가슴에 있었다. 앞서가는 가는 사람이 길을 만든다거나 태초에 길이 있었다는 식의 잠언에 속지 않기 위해 주의를 기울였다.

맨발의 키 작은 사나이 '유리'에 대한 나의 사랑은 그래서 빠르게 깊어졌다. 나의 전생을 기록하고 있다거나 누군가의 계시를 받으며 후생에 내가 겪을 유랑을 미리 기록하고 있다는 식의 착각에 자주 빠지기도 했다. 거침없이 썼다.《은교》를 쓸 때는 슬픔의 힘에 밀려 거칠 것이 없었다면,《유리》를 쓸 때는 이야기의 힘에 밀려 거칠 것이 없었다.

행복한 글쓰기라고 생각했다.

고통스럽지 않았고 논리의 그물망에 갇혀 허우적거린 순간도 없었다. 길은 사방으로 환히 열려 있었다. 타고난 소리꾼처럼, 나는 '유리'가 되어 길 위에서 행복하고 자유롭게 노래하고 있다고 여겼다. 평생 찾아 헤맨 자유의 문이 서늘히 다가서는 느낌이었다.

'유리'가 살았던 '짐승의 시대'가 끝났다는 느낌은 물론 들지 않았다. 그런데도 시종일관 행복한 느낌으로 썼다는 사실에 '죄의식'을 느낀 건 탈고한 후 원고교정을 볼 때였다. 나의 아바타 '유리'가 말하는 소리가 그때 들렸다. "나는 단독자로서 주체라는 허울에 감싸인 나의 에고 속에 살았는지도 모르겠다. 후회는 없다만, 그게 최선의 길이었다고 생각하진 않는다." 아픈 자각이었다.

그 무렵 사랑하는 내 고향 눈산시민들이 위안부 소녀상을 세우고 거기에 부칠 짧은 글을 써달라고 했다. 옹골찬 희망을 품었으나 위안부가 되어 대륙의 땅 끝까지 끌려갔다가 끝내 고향에 돌아오지 못하고 타클라마칸사막 끝에서 생을 마감한 '유리'의 여주인공 '붉은 댕기'가 무진장 그리웠고, 동시에 그녀에게 뼈저리게 부끄럽기도 했다. 나는 검푸른 호수를 내다보면서 깊은 밤 홀로 엎드려 논산 시민공원의 '소녀상'에 부치는 글을 이렇게 썼다. 유리의 여주인공이자 위안부였던 '붉은 댕기'에게 부치는 문장이라고 할 수도 있었다.

"그해 5월, 몸져누운 아비를 위해 방직공장으로 돈 벌러 간다면서 푸르른 산굽이 길 넘어가던 너의 옹골찬 댕기 머리가 잊히지 않는다, 열다섯 살 봄꽃 같던 순아! 방직공장은 속임수에 불과했다. 네가 가는 곳을 알고 있던 이는 '짐승의 역사'를 이끌었던 이웃 나라 그들밖에 없었다. 머나먼 남십자성 아래 피어린 전선에서 너를 보았다는 소문뿐, 세세연년 봄꽃들이 피고 져도 아, 너는 끝내 돌아오지 않았다. 이제 해방 일흔한 돌, 너는 아직도 환한 봄꽃으로 남아 있고, 우리는 여전히 너의 귀향을 기다린다. 설령 역사가 지워질지언정 너의 붉은 댕기 머리를 우리는 결코 지울 수가 없다. 보아라, 순아. 저기 조국의 순정한 햇빛 속에 네가 지금 불멸의 오색나비로 날아오르고 있구나!"

꽃다운 나이에 위안부가 되어야 했던 논산이 본향인 '송신도 할머니'를 비롯, 그 외 수많은 '붉은 댕기'들에게 바치고 싶은 마음으로 쓴 소설이 바로 《유리》다. 아직도 고향으로 돌아오지 못한 '붉은 댕기'들에게 부끄럽지만 소설 《유리》를 바친다.

아침편지

평생 한가히 지낸 날이 별로 없었어요. 앉아서 쉬는 것보다 달려가며 쉬는 게 내 적성에 맞다고 생각했었지요. 그런 의미에서 보면 세상과 거리를 두고 고요한 나날 보내는 요즘이야말로 축복의 시간이라 생각해요. 머물러 있으니 세계가 오히려 무한대로 넓어지는 걸 경험하고 있거든요.

지난주엔 '니체'를 읽었고 지금은 부안기생 '매창'의 평전을 읽어요. 매창의 이야기에 《홍길동전》 작가 허균의 이야기가 나오는데요, 허균은 공주 목사에서 파직되고 나서 풍진세상을 등지고자 부안으로 가 버려진 절을 고치고 들어앉아요. 정암사요. 이때 매창과의 교분이 깊어지기도 했지요. 평생 외진 그곳으로부터 나오지 않겠다고 생각하고 자리 잡은 거 같아요. 그러나 허균의 결심은 불과 4개월 만에 무너져요. "세상이 나를 가만두지 않는다"라는 식으로 말하며 한양으로 다시 올라오지만 그건 고독감과 자기 욕망을 제어하지 못한 허균의 변명에 불과했을 거라고 봐요. 본원적 구심력을 따라 산으로 들어갔던 그가 세속을 향한 원심력을 따라 풍진세상으로 다시 나온 거지요.

우리 마음속엔 초월에 대한 그리움과 현실적 삶에 대한 이끌림이 동시에 깃들어 있어요. 그래서 버나드 쇼 같은 독설가도 죽을 때 "갈팡질팡하다가 이럴 줄 알았다"라고 고백한 것이겠지요. 만약 허균이 부안 은거지에서 매창과 더불어 시나 쓰며 지냈다면 그는 향기로운 작가로서의 생을 온전히 유지했을 거예요. 고독과 욕망의 끈을 놓지 못하고 풍진세상으로 돌아온 뒤 결국 반역죄를 얻어 거열형으로 죽는 허균의 후반부 인생은 많은 것을 생각하게 해요.

창 너머 잔설 덮인 뒤뜰을 내다보고 있어요. 새떼들이 연신 들까불며 피라칸사스 나뭇가지 사이를 드나드는 걸 보고 있는데 가슴이 불현듯 미어져요. 저것이 평화인가, 그런 생각. 피라칸사스 남은 열매를 찾아온 새떼들의 입장으로 볼 때 평화가 아니라, 저것은 다만 피어린 노동이겠지요.

나는 무엇을 찾아 지금 여기 이 자리에 좌초해있는가 하는 질문이 아프게 가슴을 후비는 햇빛 밝은 날이에요. 젊을 땐 그랬었지요. 환갑을 넘기고 나면 최소한 내가 왜 세상으로 왔는지, 나는 누구인지를 분명히 알아 사는 일이 늘 환한 아침 들길 걷는 것 같으리라 상상했어요. 그러나 여전히 나는 여기, 생의 비의에 따른 어떤 불가사의한 프로그램 사이에 놓여 있을 뿐이라고 지금 느껴요. 그럼요, 아직도 나는 내가 왜 이 세상에 와 있는지 모르지만, 살아 앉아 길을 묻고 있으니 존재의 빛이 아주 꺼진 게 아니라고 여겨요.

세상이 비춰주는 서치라이트가 아니라, 내 안에 간직된 이 빛이야말로 나의 참된 등불이겠지요. 세상의 서치라이트보다 내 안에 간직된 이것, 희미하고 푸른 불빛에 의지해 걸어가는 게 남은 생의 지혜라 생각해요. 푸르스름한 존재의 비밀스런 불빛 속에서 보면 아, 살아있는 일이 얼마나 아름답고 존귀한지요.

오래된 행복

대문간에서 허흠, 헛기침 소리가 나자 어머니는 단번에 이맛살부터 찌푸렸다. 중 복색에 삿갓을 쓴 채 사립문 가에 서 있는 사람은 얼마 전에도 이맘때 들러 자고 간 이모부였다. 보리곱살미로 대충 저녁밥을 때우고 난 뒤끝이었다. 사립문 너머로 휘영청, 달이 뜨고 있었다. 재바른 둘째 누나가 얼른 마당을 건너가 사립문을 열어주었다. "하이구, 너 많이 컸구나!" 이모부가 반색을 하고 말했다. 다녀간 게 한 달도 채 안 됐는데 많이 컸다니, 그냥 에멜무지로 던진 말이었다.

아버지는 그 무렵 장사를 한다고 강경읍내에 나가 있었다.

어머니는 딸 넷과 아들 하나를 혼자 도맡아 키우면서 농사까지 지어야 했다. 산골에서 들 동네로 시집올 때 어머니는 최소한 밥은 굶지 않고 살 줄 알았겠지만, 우리 집은 논이 겨우 다섯 마지기뿐이었다. 입에 풀칠하기조차 어려웠다. 하기야 국민의 팔 할이 삼시 세끼 먹기도 힘들었던 50년대 후반이었다. 오죽했으면 이모부 같은 멀쩡한 사람이 가짜 중 복색을 하고 탁발을 하러 다녔겠는가. 오늘 우리 집에 들른 것도 탁발하던 중 날이 저문 탓도 있으려니와 미상불 배가 고팠기 때문일 터였다. 어머니가 짜증이 난 것 또한 그 때문이었다.

"이년아, 나가서 배추 속잎이나 몇 개 따와!"

들고 있던 바느질감을 윗목으로 내던지며 어머니가 볼퉁하게 말했다. 본래 속이 뜨겁고 인정이 넘치는 분이지만 어머니는 잘하고도 공치사로 덕을 깎아, 남에게 매몰차게 구는 일이 다반사였다. 그날도 그러했다. 보리쌀에다가 아버지를 위해 감춰둔 쌀을 반이나 섞어 새 밥을 짓고 새우젓에 된장과 배추 속잎으로 짝을 맞춰 나름 쩍지게 밥상을 차려놓고서 마지막에 마음에 없는 한마디를 던진 것이 그만 사달을 일으키고 말았다.

"비렁뱅이 신세에 어찌 맨날 끼니도 못 맞추고 다닐꼬!"

"비렁뱅이라니!"

숟가락을 들던 이모부의 눈길에 반짝 노기가 서렸다. 이모부로서도 어머니가 계속 싫은 소리를 하는 걸 내내 참아온 뒤끝이었다. "아, 입은 비뚤어졌어도 말을 바로 해야지. 가짜 중이면 그게 곧 비렁뱅이지 뭐가 비렁뱅이요!" 이미 화살은 시위를 떠난 참이었다. 말이 말을 밀어내는 꼴로 몇 마디 더 극단적인 데까지 나가던 중 이모부가 참지 못하고 마침내 숟가락을 내던지고 벌떡 자리에서 일어섰다.

"허어, 이런 고이얀!"

바랑을 다시 메고 이모부가 사립문 가로 내달은 것과 어머니가 사태의 심각성을 뒤늦게 깨닫고 이모부를 따라나선 것은 거의 동시였다. 그러나 이모부의 발걸음을 붙잡기는 역부족. 고샅까지 쫓아나갔다가 되돌아온 어머니가 양푼에 밥과 배추 속잎 등을 쏟더니 광목보자기로 질끈 묶어 들고서 다시 사립문 바깥으로 잰걸음을 놓은 건 그다음의 일이었다.

"명자 아부지! 명자 아부지!"

이모부를 부르는 어머니의 목소리가 밤하늘로 길게 울려 퍼졌다. "그냥은… 못 보내유. 가려면… 제발 이거라도 들고 가유, 명자 아부지이!" 달이 밝은 밤이었다. 삿갓을 쓴 이모부가 성큼성큼 앞서가고, "명자 아부지!"를 부르는 어머니가 양푼 보자기를 든 채 뒤를 쫓아가고, 열네 살 짜리 큰누님이 "엄니! 엄니이" 하면서 또 그 뒤를 따라갔다. 만월에 가까운 달이 저 혼자 그 이상한 광경을 말없이 내려다보고 있었다.

그날 어머니는 시오리 길을 쫓아가서야 이모부를 붙잡았다.

큰누님의 말에 따르자면, 이모부를 붙잡은 것도 아니었다. 어머니가 하도 쫓아오니까 이러다가는 삼십 리 밖 재 넘어 이모부 집까지도 능히 쫓아오리라 여긴 이모부가 바랑을 소나무 가지에 걸어두고 소변을 보는 척 숲 그늘로 잠시 몸을 숨기는 것으로서 당신의 바랑 안에 어머니가 밥을 싼 보자기를 밀어 넣을 기회를 준 것이었다. 어머니로서도 이모부를 직접 대면하고 선후를 따져 이야기를 나눌 염치는 없던 참이었다. 바랑이 나뭇가지에 걸려 있는 걸 보고 옳다구나, 양푼만 바랑에 밀어 넣은 뒤 이내 되짚어 집으로 돌아왔다고 했다. 어머니는 그날 밤 마음에 없는 말로 이모부의 염장을 지른 죄로 달밤에 오고 가고, 삼십 리 길을 내달은 셈이었다.

큰누나가 말해주었다.

"그날 엄니 표정을 다들 봤어야 허는데. 밥을 싼 걸 이모부 바랑에 밀어 넣고 돌아선 엄마 얼굴이 글쎄 보름달보다 더 환했다면 알겄냐. 득의만면, 엄니가 고백허는 겨. 양푼에 쌀 때 밥 한쪽에다 슬그머니 식초를 뿌려놓았다면서 말허기를, '니 이모부는 본래 신 것은 입에도 못 대거덩. 그런데 니 이모는 처녓적부터 김치도 신 것만 골라 먹었어' 허는 겨. 그렇게 싸 보낸 밥의 신 쪽 반은 당신의 동생인 이모가 먹을 거라는 말. 결국은 이모도 이모부도 당신의 속마음을 속속들이 알 거라면서, 오사바사허지 않아도 사람다운 사람들이야 속정은 다 알고 있응게 하던, 또 그걸 알아야만 사람이라고 할 수 있다는 엄니 말이 안 잊혀. 하이고 참, 요즘 젊은 것들은 무엇으로 행복해지는지 잘 모르겄어. 예전 엄니 살아계시던 시절의 우리네들이야 그런 것만으로도 세상을 다 손에 넣은 것처럼 행복했었는데."

단편 연작 '들길 2'인 〈손님〉의 모티브가 된 사건이다. 이런 핑계 저런 핑계로 '들길' 연작을 이어 쓰지 못한 게 못내 아쉽다. 기회가 온다면 장편 《더러운 책상》의 속편과 단편 연작 '들길'은 꼭 쓰고 싶다. 그런 날이 오면 황홀할 것이다.

이야기하는 바람

오랫동안, 산이나 집채보다 큰 바위 같은 게 되고 싶었다. 산은 '큰 덕'이라는 말에 동의했고, 그래서 산을 닮으려고 틈날 때마다 산으로 갔다. 한때는 해마다 히말라야를 다녀왔고, 티베트 극서부의 성산 카일라스와 아프리카 최고봉 킬리만자로 꼭대기도 밟아보았다. 연전에 산티아고 순례길 800여 킬로를 혼자 걸은 것도 속 깊이 짚어보면 내가 너무 가벼워 결코 생의 중심에 다다르지 못한다는 존재론적 자의식 때문이었다. 그러나 산이 되는 일은, 신이 되는 일처럼 어려웠다. 태생이 가벼워 그런지, 그것은 내게 불가능한 꿈이었다. 어떻게 해도 나는 산이 될 수가 없었다. 슬펐다.

환갑 나이를 넘기고 난 어느 날 나는 불현듯 내가 '바람'이라고 생각했다. 북한산 숲 한가운데 혼자 앉아 있을 때였다. 강하지도 약하지도 않은 바람이 불고 있었다. 바람이 자맥질해 들어올 때마다 숲을 이룬 나무의 잔가지들과 수만 잎새들이 일제히, 혹은 들쭉날쭉 흔들렸다. 잎새들이 흔들리는 소리도 좋았고 그 모습도 보기에 좋았다. 흔들리는 저것은 나뭇잎인가 바람인가. 숲이 내는 이 소리는 잎새 소리인가 바람 소리인가.

두근거리는 고요

사실적으로 보이는 것은 숲이었지만 나는 기실 바람을 보고 있었다. 작가로서 나는 이를테면 바람처럼 독자라는 숲으로 자맥질해 들어가 언제나 그곳의 잎새들을 뒤집고 그 숲을 흔들고 싶었노라고 상상했다.

　"아, 나는 본디 이야기하는 바람이었던 거야!"

　그렇게 소리 내어 중얼거리기도 했다. 본래부터 산이 되고 싶었던 게 아니라 바람이 되고 싶었던 것이라고 고쳐 생각하자 갑자기 가슴이 확 열리는 느낌이 들었다. 여태껏 남의 다리를 긁으면서 살아온 셈이었다. 산이 아니라, 나는 가볍기 한정 없는 바람에 지나지 않았다.

　그러나 바람이 되기에 나는 너무 많은 걸 소유하고 있었다. 산에서 내려와 곧 그걸 느꼈다. 아내가 대문을 열어주었고 저녁을 차려주었으며 밥상머리에서 낮에 다녀간 아들 내외와 딸네 식구 이야기를 계속했다. 산에서 바람처럼 가벼웠던 내 어깨 위에 무엇인가 돌덩어리 같은 것이 얹히는 느낌이 들었다.

　나는 무겁게 고개를 끄덕였다.

　나에겐 아내가 있었고 세 아이가 있었고, 이층집이 있었고, 60여 권에 달하는 내 이름으로 된 저서도 있었고 수많은 독자도 있었다. 아내도 무거웠고 세 아이도 무거웠고 수많은 저서와 수많은 독자들도 무거웠다. 책임과 의무 따위로 엮인 강력한 네트워크 속에 내가 존재하고 있었다. 그러므로 나는 결코 바람이 될 수가 없었다. 그것 역시 불가능한 꿈이었다. "바람이라니, 어림도 없어!" 나는 슬프게 중얼거렸다.

　꽃샘바람이 부는 어느 이른 봄날이었다.

나는 뜰 한가운데 앉아 있었다. 새잎이 돋아나지는 않았지만, 새잎을 맺으려고 주먹을 불끈 쥔 마른풀과 마른 꽃나무들을 나는 망연히 보고 있었다. 그 중 유난히 눈에 띄는 건 가느댕댕한 몸매에 키만 껑충 큰 취나물들이었다. 자생적으로 자라기 시작한 취가 뜰의 가장자리를 따라 일렬로 도열해 있는 걸 나는 보았다. 봄이 깊어 새잎이 나오면 아내는 그것들로 취나물을 만들어 내 밥상에 올릴 터였다.

그것들이 일제히 꽃을 피웠던 지난해 가을의 풍경이 눈에 선했다. 티끌 하나 섞이지 않은 순백색 참취꽃은 가는 몸매와 연약하면서도 소복한 흰 꽃 때문에 유난히 애틋했다. 너무 착해서 세상에 도착하기 전 하늘나라로 간 어린 넋들이 피워낸 꽃인 것도 같고, 때로는 굴절 많았던 시대를 지나오면서 우리가 함께 짊어져 온 분열, 울분, 사랑, 눈물 따위가 승화해 피워낸 꽃인 것도 같았다.

환하고 애처롭고 고요했다.

워낙 줄기가 가느댕댕해서 바람이 조금만 불어도 크게 흔들렸고, 조금만 바람이 거칠게 불면 쉽게 쓰러지기도 했다. 아니 바람이 불지 않아도 저 자신의 내적 파동으로 가만가만, 세상이 잠든 다음에도 저 혼자 흔들리는 게 바로 취꽃이었다. 모든 존재가 가진 근원적인 파동의 실현을 나는 늘 내 집 뜰의 취꽃에서 보고 느꼈다.

그날 밤이었다.

나는 혼곤한 꿈속에서 내가 홀연 뜨락의 취꽃이 되는 꿈을 꾸었다. 봄의 뜨거운 상승으로부터 가을의 장엄한 침몰에 이르기까지, 연약하고 강인한 취꽃으로 피어, 흔들리고 흔들리면서, 이윽고 하늘에 맞닿는 꿈이었다. 돌아보면 한시도 흔들리지 않은 적이 없는 인생이었다고 생각했다. 바람이 불거나 불지 않거나 마찬가지였다. 바람은 허공에도 있고 생명의 근원이라고 할 나의 깊은 중심에도 있었다.

나는 나의 내부에서 불어오는 바람 소리를 귀 기울여 들었다. 그동안 내가 쓴 수십 권 '소설'도 나의 내부에서 불어 나오는 바람에 흔들린 흔적에 지나지 않는 것이었다. 누구인들 그렇지 않겠는가. 생명의 파동에 따라 흔들리고 흔들리면서 오늘도 앞으로, 앞으로 나아가고 있는 사람, 사람들. 모든 존재의 은밀하고 생생한 생의 비밀에 닿은 거 같아서 나는 꿈속에서일망정 그 순간 가슴이 뻐근해졌다.

이혼에 관한 해묵은 농담

교수직을 정년퇴임하던 날이었다. 밤이 깊을 때까지 나는 서재에 앉아 있었다. 창 너머 북악은 캄캄했다. 교수보다 작가가 본업인 걸 한 번도 잊은 적이 없으므로 교수직의 정년은 나에게 큰 의미가 없었다. 문제는 나이가 주는 자의식. 65세라니, 아주 낯선 느낌이었다. 나는 서재를 둘러보았다. 이만하면 가난한 젊은 날 꿈꾸던 서재의 소망을 충분히 이루었다고 나는 생각했다.

"아하, 나는 이미 가난하지 않구나."

난데없이 나는 중얼거렸다. 비탄에 가까운 중얼거림이었다. 갑자기 불안해졌다. 거실이 있고 TV, 오디오, 자동차, 서재도 있으며 평생 나의 충직한 시종처럼 살아온 아내도 있었다. 아내는 앞으로도 계속 밥을 짓고 빨래를 해줄 터였다. 부족한 것이 없었다.

그런데 이 불안감은 무엇일까.

창조적인 에너지는 당연히 '내적분열'에서 나온다. 작가의 상상력은 더욱 그렇다. 작가는 자신이 사는 시대가 가장 위태롭다고 느끼며, 그렇기 때문에 자신과 이웃의 삶이 벼랑길에 놓여 있다고 늘 생각한다. 객관과 주관, 집단과 개인, 광장과 밀실을 수시로 오가는 것이 작가의 일이다. 말하자면 작가는 가만히 앉아 있어도 상승과 추락, 냉탕과 온탕을 수시로 왕래하는 존재라 할 수 있다.

내가 느낀 불안은 바로 그것이었던 모양이다. 부족함이 없는 것. 안온한 일상이 불러올지 모르는 부식腐蝕에의 공포. 이를테면 나는 앞으로 걸어갈 길이 보다 안전한 인도일지 모른다는 예감에 본능적으로 공포감을 느꼈던 셈이었다.

바로 그때, 하나의 처방이 전광석화 떠올랐다.

이혼이었다. 아내와 나는 연애해서 결혼했고 애 셋을 낳아 기르면서 40여 년을 비교적 무난히 함께 살아왔다. 남자와 여자, 남편과 아내로서의 욕망에 따른 갈등도 대부분 봉합됐으니 싸울 일도 없었다. 세상에서 가장 믿을 수 있는 친구 혹은 동행자로 남은 인생 순하게 함께 걸어가면 될 것이었다. 그런 아내와 늘그막에 이혼한다면 그 여파는 만만치 않을 터였다. 그것이 불러올 고통스런 파동이 일파만파, 내 감수성 썩을 일 없이, 그 에너지로 계속 소설을 뜨겁게 쓸 수 있겠구나 싶었다.

나는 그래서 부리나케 침실로 내려갔다.

깊은 밤, 아내가 촉수 낮은 불빛 아래 잠들어 있었다. 일어나 봐. 아무래도 우리, 이혼을 해야겠어! 그 말이 내 목울대에 걸려 있었다. 나는 아내를 한참 내려다보았다. 생의 무게가 얹힌 가면 같은 얼굴이었고, 또한 한없이 낯설었다. 연애하던 시절의 처녀는 온데간데없었다. 아내를 깨우려는 순간 난데없이 콧날이 시큰해진 건 그 때문이었다.

뭐랄까, 늙은 아내의 잠든 얼굴엔 40여 년의 세월을 살면서, 함께 살아야 했기 때문에, 상실한 것들이 오롯이 깃들어 있었다. 그동안 얻은 것들도 없지 않을 텐데, 그런 건 전혀 보이지 않았다. 잃어버린 청춘의 빛과 무위하게 낭비한 시간들, 함께 살아오느라 알게 모르게 어느 낯선 길가에 우리가 함께 버려두고 온 젊은 날의 이상도 낱낱이 보였다.

나는 아내를 깨우지 못하고 서재로 올라왔다.

실패였다. 아직도 젊고 여전히 빛나는 아내라면 모를까, 누군가와 함께 사느라 잃어버린 것이 많은 늙은 아내에게 이혼하자고 말할 용기는 없었다. 그 대신 아침 식탁에 마주 앉아서 나는 아내의 눈치를 보며 말했다. "있잖아, 나 어디 먼 시골로 글방을 옮길까 하는데, 이사할래?" 아내가 내 앞으로 굴비 그릇을 옮겨주며 대답했다. "애들도 다 여기 있고, 나는 시골로 아직 못 가. 환경을 바꾸고 싶다면 당신 혼자 왔다 갔다 살아. 그건 오케이 할게."

옳거니. 그것은 예상했던, 내가 원하던 대답이었다. 이 나이에 어느 먼 변방에서 라면이나 끓여 먹으면서 혼자 고절하고 불편하게 사는 것만으로도 나의 짐승 같은 감수성을 훼손하지 않고 지킬 수 있을 거라고 나는 생각했다.

어떤 이는 내가 고향 논산으로 내려간 걸 두고 유유자적, 무위자연 등을 떠올리면서 나이가 들었으니 자연스럽게 존재론적 시간의 사이클을 따라 회향했다고 여길는지 모르지만 틀린 상상이다. 내게 아직 남은 불꽃이 있다면 자기갱신을 향한 욕망이라 할 것이다. 자기갱신의 욕망이 있다

두근거리는 고요

면 늙었어도 청춘이요, 자기갱신의 욕망이 없다면 젊었어도 이미 그는 늙은이라고 나는 생각한다. 갱신이란 본원은 유지하되 자신을 둘러싼 삶의 조건과 양식을 과감하게 바꾸는 일종의 '나 홀로 혁명'이라 할 수 있겠다.

내가 살아온 방식이 그러하다. 나는 평생 어떤 집단에도 소속되지 않으려고 노력해왔으며, 여러 방법을 동원해 '나 홀로 혁명' 혹은 작가로서의 '자기갱신에 대한 욕망'을 훼손당하지 않으려고 애쓰며 살아왔다. 자기갱신의 욕망이야말로 단독자로 살아야 하는 작가의 운명임은 물론이고, 의미 있게 살고 싶은 한 존재로서의 삶을 떠받치는 큰 지렛대라고 믿기 때문이다.

사실 요즘의 일부 청년들은 예전의 청년들과 달리 너무나 안전한 인도를 따라 걷는다. 그렇지 않은가. 하기야 어디 청년들만 그러한가. 자본주의 바이러스에 감염된 많은 어른들도 그렇고, 정치 사회의 지도층 인사들도 대부분 그러하다. 그들에게 최상의 행복은 자본이 주는 소비의 감미이거나 기득권의 전략적인 방어밖에 없다. 예컨대 여전히, 'GDP' '주상복합' '공약' '선거공학' '대박' 등이 뉴스의 헤드라인을 장식하는 것만 보아도 그렇다. 어떤 이는 부끄러운 줄 모르고 '대박!'이란 비속한 말로 자신의 이상을 설명한다.

내가 젊던 시절로부터 거의 반세기를 지나왔는데도 자동차가 좀 더 빨라지고 아파트가 좀 더 넓어진 것을 빼면 세상이 별로 나아진 것이 없다는 자각과 만나면 숨이 탁 막힌다. 그럴 때 나는 호숫가 외딴집으로 가서 〈마이웨이〉라는 노래를 들으며 숨을 고른다. 나를 갱신시키려는 욕망

으로 몸과 마음이 푹 퍼질지 모르는 늙어가는 나를 경계하고 싶기 때문
이다. 〈마이웨이〉의 한 부분 가사는 이렇다.

이제 끝이 다가오는군

이제 마지막 커튼도 내 앞에 있어.

나의 친구여, 확실하게 말해두지.

나는 나만이 알고 있는

나의 이야기를 할 거야.

3장
머리가 희어질수록 붉어지는 가슴
- 사랑 이야기

'당신'이라는 말

"가슴이 마구 무너진다. 당신, 이라는 낱말이 왜 이리 슬플까. 함께 견디어 온 삶의 물집들이 세월과 함께 쌓이고 쌓여 만들어진 눈물겨운 낱말이다. 그늘과 양지, 한숨과 정염, 미움과 감미가 더께로 얹혀 곰삭으면 그렇다. 그것이 당신일 것이다."

《당신-꽃잎보다 붉던》이란 소설 본문의 한 구절이다.

치매에 걸려 죽어가는 노부부의 눈물겨운 순애보를 그린 이 소설은 정염을 따라 바람 같이 살고 싶었던 여주인공과 사랑하는 사람의 가슴 속에 평생 제집을 짓고 싶었던 남자 주인공의 평생에 걸친 비극적 사랑을 다루고 있는 소설이다. 사람들이 묻는다. "혹시 작가의 이야기인가요?" 아니다. 나는 치매에 걸리지도 않았을 뿐 아니라 이런 인생을 살지도 않았다. 그러나 돌아보면 아내와 함께해온 사십몇 년의 세월이 이 소설의 행간 너머 곳곳에 깃들어 있는 건 사실이다. 이 소설에서 남자 주인공은 아내의 캐릭터에 가깝고 여자 주인공은 남자인 나의 캐릭터에 가깝다.

아내와 살아온 긴 결혼생활을 나는 흔히 세 단계로 비유한다. 내가 겪은 결혼의 첫 번째 단계는 '낭만주의 단계'로 연애가 결혼생활을 지배하는 단계다. 어떤 생물학자는 이 단계를 '정염'의 단계로 구분하기도 했다. 이 단계는 길어야 3년을 넘지 않는다. 모든 연애는 일상화의 시험이 기다리고 있다. 일상화에 도달하면 사랑을 상실한 쓸쓸한 자리에 리얼한 삶의 조건들이 물밀 듯이 밀고 들어와 자리 잡는다.

그래서 나는 결혼생활의 두 번째 단계를 흔히 '리얼리즘 단계'라고 부른다. 자식을 키우고 재산을 불리고 사회적 신분도 향상시켜 나가는 과정으로 생활이 연애의 낭만성을 거세하고 또 지배하는 결혼생활 중 가장 길고 혹독한 단계라 할 수 있다. 일반적으로 남편들이 아내들보다 빨리 이 단계로 진입한다. 남편은 리얼리즘 단계에 도달해 있는데 아내는 아직 낭만주의 단계에 머물러 있으면 매양 소모적인 갈등에 시달린다. 아내는 부부관계보다 직장상사와의 관계에 더 신경을 쓰는 남편을 이해하지 못하고 남편은 여전히 철없이 구는 아내의 관심과 사랑에 스트레스를 받는다. 많은 부부가 이 '시간차'의 원리를 이해하지 못하고 위기에 봉착하거나 또 헤어지고 만다. 이 시기에 '당신'이란 말은 사랑이 깃든 호칭이라기보다 철저히 상대편을 가리킬 뿐이다. '당신=YOU'인 것이다.

그리고 나처럼 40년을 훌쩍 넘겨 함께 살고 난 원만한 부부가 맞이하는 결혼의 마지막 단계를 나는 '인간주의 단계'라고 부른다. 서로에 대한 낭만주의적, 혹은 사실주의적 욕망들은 대부분 해체되고 오로지 깊은 인간적 우의로 맺어져 있는 시기라고 할 수 있다. 청춘이 모두 지나갔다는 쓸쓸한 자의식을 공유하면서, 생로병사로 이어지는 유한성의 길목에 함께 서 있다는 존엄한 결론을 붙잡고 걸어가면서, 서로의 존재를 눈물겹게 확인하는 단계이다.

이때쯤엔 말하지 않고도 서로 말하고 싶은 걸 알아듣는 수준에 도달한다. 이 단계에서 사용하는 '당신'은 단지 상대편이 아니다. '당신=You, Me' 또는 '당신=Together'라고 할 수 있다. 쓸쓸하면서도 사랑의 부동심을 마침내 얻었다는 아름다운 자부심과 만나는 축복의 시간이라 할 수도 있다.

인간이 최종적으로 이기지 못할 건 시간과 허공, 두 가지밖에 없다. 연애의 본질인 '정염'은 너무나 찰나적이어서 믿을 수 없으나 세월의 더께가 입혀진 '당신'이란 말은 시간을 넘어선 부동심과 만나면서 마침내 불멸의 한 끝에 닿는다. 너와 나로 요약되는 젊은 날의 '연애'는 끝내 상실의 슬픈 종말과 만나지만, 오랜 세월 함께 견디면서 나아가다가 얻는 '당신'으로서의 관계는 시간의 제한을 넘어설 수 있다는 뜻이다. 시간의 제한을 넘어서면 그것이야말로 곧 불멸의 사랑이지 않겠는가.

곰취

내가 좋아하는 꽃 중 하나는 취꽃이다. 봄나물로 밥상에 오르는 취가 꽃을 피우는 건 가을. 길고 얄쌍한 가지 위에 가녀린 흰 꽃을 피우므로 작은 바람에도 크게 흔들리는 게 참 보기 좋다. 언제부터인지 이 취가 우리 집 마당에 자생적으로 자라기 시작, 가을이면 좁은 마당 둘레를 따라 무더기 무더기로 꽃을 피운다. 내가 누리는 가을 행복의 반은 취꽃이라 할 수 있겠다.

우리 집에서 자라는 취는 일반적인 참취다. 취는 참취 이외에도 노랑 꽃이 아름다운 미역취도 있고 단풍잎을 꼭 닮은 단풍취도 있고 서리취, 분취도 있지만 밥상 위에서 으뜸으로 치는 건 역시 곰취다. 힘 좋은 곰이 먹는다는 전설이 서린 곰취나물은 생것으로 먹어도 좋아 보약으로 친다. 그러나 내가 곰취를 좋아하는 건 곰취나물 때문이 아니라 균형 잡힌 하트형의 곰취 잎 모양 때문이다. 그 맵시는 원만한 사랑의 기호 같다. 그래서 참취가 자생적으로 자라고 있는 우리집 마당에 곰취를 보태 심으면 좋겠다는 욕심이 생겼는데 내 입장으론 자연스런 욕심이라 할 만하다.

곰취 씨앗과 곰취 모종을 검색했더니 아니나 다를까, 다른 채소의 그 것에 비해 훨씬 비싸다. 더구나 씨앗의 경우, 곰취는 휴면기를 갖기 때문에 15일 이상 젖은 수건에 싸서 보관 후 파종해야 비로소 싹을 틔울 수 있다고 한다. 본래 귀한 것들은 이리 까다롭게 군다. 그래도 그러우면 성미 까다로운 그것들의 비위를 맞출 수밖에 없다.

결론적으로 말하자면, 얼마 전 곰취 모종을 사서 반그늘의 소나무 밑에 심은 것들은 성공적으로 착근을 이루었는데 보름 넘게 젖은 수건에 싸서 냉장 보관했다가 정성껏 뿌린 곰취 씨앗의 발화는 실패한 것 같다. 파종한 지 열흘이 지났는데 여전히 소식이 없으니까.

곰취 잎이 보여주는 상징처럼 원만한 하트, 그러니까 '원만한 사랑'이 있을까. 어떤 사랑이든 사랑은 완전한 소유를 욕망하게 되므로 자연스럽게 내적 갈등을 불러오게 될 뿐 아니라, 수시로 솟구치는 욕망의 토네이도 때문에 매 순간 상승과 추락, 천당과 지옥을 왔다 갔다 하기 마련이다. 상대편의 태도와 상관없이 나 홀로 안뜰에서 벌어지는 일이다. 그래서 니체도 이르길 사랑이란 '평화보다 투쟁에 가까운 감정'이라고 한 것일 게다.

내가 모종을 사서 심은 곰취는 현재 무사히 성장하고 있다. 원만한 사랑이 원만하게 자라는 거 같아 매일 그것들을 들여다보며 가슴 한끝을 푸르게 적시는 중이다.

두근거리는 고요

인간은 상상력을 가졌으므로 삶이 계속되는 한 일정량의 판타지도 계속된다. 젊은 날의 사랑이 사실주의적 욕망이라고 한다면 늙어가며 상상력으로 키우는 사랑은 판타지에 가깝다. 판타지라서 혹 슬픈가. 아니다. 판타지라서 실은 날이 갈수록 더 간절하고 더 깊어지고 더 완전해진다. 나의 노년은 그렇다.

가을이 주는 각성

또다시 가을이다. 예전에 한 번도 만난 적 없고 다음에도 다시 만날 길이 없는 2017년 가을이다. 기다렸다는 듯이 지금 가을꽃들이 다투어 피기 시작한다. 우리 집 좁은 뜰에는 하얀 취꽃이 가득하다.

어떤 이는 평생을 살면서 한 번도 제 몫의 꽃을 피워보지 못했다고 느낀다. 상대적 빈곤감에 사로잡힌 그런 사람에게 시간은 더 가혹하다. 분노가 쌓이거나 정한이 깊어 자기 모멸감에 빠지거나 집착의 덫에 걸리기 쉽다. 성공과 실패의 이분법 문화가 지배하는 우리 사회에선 더욱 그럴 염려가 많다.

그러나 꽃을 피운다는 것이 무엇인가.

모든 꽃이 다 오월에 필 수 없는 것처럼 모든 꽃이 다 모란이나 접시꽃처럼 크고 붉을 수는 없다. 어떤 꽃은 밤에만 남몰래 피고, 어떤 꽃은 아주 작고 가냘프며, 또 어떤 꽃은 아무도 보는 이 없는 험한 바위틈에서 저 홀로 피었다가 지고 만다. 어떤 꽃은 봄에 피고 어떤 꽃은 8월 9월에 피고 어떤 꽃은 가을에 피고 심지어 한겨울 눈 속에서 피는 꽃도 있다. 작고 볼품없이 핀다고 해서, 남보다 좀 늦게 핀다고 해서, 그 꽃이 '실패'한 것이겠는가. 사는 일도 마찬가지. 우리 역시 실패했다고 느끼는 건 어쩌

두근거리는 고요

면 우리의 자의식이나 세상이 우리에게 주입해준 생각이 아닌 생각, 이를 테면 경쟁 제일주의가 만들어낸 획일적 서열의식 때문일 것이다.

가을엔 내면의 뜰이 넓어진다.

여름에 열어놓은 외부를 향한 창을 하나씩 둘씩 닫으면 내면의 뜰이 불현듯 넓어지는 걸 누구나 느낄 수 있다. 그 뜰에 앉은 유장한 시간 속의 당신을 보라. 당신이라는 존재가 사실은 얼마나 아름다운지, 은혜로운 순간들이 기실 얼마나 많았었는지, 다가오는 앞날에의 꿈은 얼마나 향기로운지.

서둘 건 없다.

인생은 우리가 생각하는 것보다 길다. 당신이 취꽃이면 이 가을에 필 것이고, 당신이 국화라면 서리 내릴 때까지 견딜 일이며, 또 당신이 바람꽃이나 매화나 민들레라면 설한풍의 긴 겨울을 오지게 이겨내면서 새봄을 기다리면 된다. 살아있다면 언젠가, 크든 작든, 화려하든 소박하든 '내 꽃'을 피우고 마는 것이 존재이고 사람이다.

가을은 그런 각성의 힘을 우리에게 준다.

그해 겨울 히말라야에서 만난 어머니

그해 겨울 나는 안나푸르나 라운딩코스를 걷고 있었다. 해발 3,540미터의 마낭 마을에 도착했을 때 폭설이 내렸다. 많은 순례자들이 서둘러 배낭을 메고 산을 내려가기 시작했다. 앞서 마을을 떠났던 사람들도 속속 되돌아 산을 내려오고 있는 중이었다. 눈이 많이 내리면 안나푸르나 라운딩코스의 정상인 '쏘롱 라'를 넘어갈 수 없다. 여행안내서엔 1월의 눈 쌓인 쏘롱 라^Thorong La · 5,416미터를 무리하게 넘다가 살아 돌아오지 못한 사람들의 이야기가 아무렇지 않게 기록되어 있다.

일행들이 둘러앉아 토론을 해봐도 확실한 결론은 얻을 수가 없었다. 일행의 반은 무리하게라도 넘어가자는 쪽이었고 나머지 반은 돌아서 산을 내려가자는 쪽이었다. 벌써 일주일째 걸어온 데다가 해발 3,500을 넘은지라 사실 걷는 것만 해도 힘이 드는 형편이었다.

그런데 그날 밤 꿈에 어머니가 나타났다.

꿈속의 어머니는 가만히 웃고 있었다. 너무도 생생한 꿈이었다. 아침식사 자리에서 나는 일행들에게 두려워하지 말고 쏘롱 라를 넘어가자고 제안했다. 모두 확신은 없었지만, 나이가 제일 많은 내가 넘어가자고 하니 마지못해 고개를 끄덕거리는 시늉을 했다. 에베레스트 정상을 오른 바 있는 유능한 셰르파가 우리를 안내하고 있었고, 한국에서부터 동행한 산악인 S도 8천 미터 히말라야 고봉을 여섯 개나 오른 베테랑 알피니스트였다. 결국 우리는 폭설이 계속 내리고 있는 쏘롱 라를 넘어가기로 결정했다.

마지막 마을이라고 할 수 있는 쏘롱 페디Thorong Phedi · 4,420미터에 도착했을 때 눈은 이미 1미터가 훨씬 더 될 정도로 쌓여 있었다. 영하 20도가 넘는 추위도 문제였다. 천지사방 순례자는 우리 일행 몇뿐이었다. 쏘롱 페디까지 올 때는 그나마 전인미답의 설경에 감동해 무엇에 홀린 듯 걸었는데, 인적 드문 쏘롱 페디에서의 캄캄한 밤은 땅끝에 밀려난 고절함뿐이었다. 지구의 종말 뒤 우리 일행만 남겨진 것 같은 기분이 들기도 했다.

쏘롱 페디에서 새우잠을 자고 난 새벽 3시.

때마침 음력 설날이었다. 우리는 얼어붙은 길 위에 미리 준비해간 몇 가지 제수로 제사상을 차렸다. 그사이 더부룩해진 일행들의 수염에 얼어붙은 눈이 반짝이고 있었다. 우리는 차례차례 얼음 위에 무릎을 꿇고 간신히 절을 했다. 아무도 말하는 사람은 없었다. 히말라야 8천 미터 14좌를 최초로 완등한 라인홀트 메스너는 일찍이 그곳을 가리켜 '죽음의 지대'라고 했거니와, 천지사방 눈으로 덮였으니 우리가 엎드려 절하고 있는 그곳도 기실 죽음의 지대라 할 만했다. 이승을 떠난 넋들이 가까이 당도해 있다고 나는 느꼈고, 어머니의 혼령이 그곳에 함께 있다는 생각도 했다. 하루에 1천 미터 이상 고도를 높여 쏘롱 라를 넘고, 숙소가 있는 묵티나스까지 먼 거리를 주파해야 하는 고통스런 여정이 우리를 기다리고 있었다. 도처에 위험이 깃들어 있는 길이었다.

캄캄한 한밤중 우리는 출발했다.

경험이 많은 셰르파와 S가 앞장서서 길을 내었다. 셰르파가 앞서간 길을 따라간다 해도 허리까지 쌓인 눈길이라 한발 한발이 천근처럼 무거 웠다. 입을 여는 사람은 아무도 없었다. 매일 내리던 눈이 그친 게 그나마 다행이었다. 우리는 헤드 랜턴에 의지하여 오직 금강석 같은 고요 속으로 걸었다. 들리는 것이라곤 우리 자신들의 거친 숨소리뿐이었다. 강가푸르 나^{Gangapurna · 7,455미터}를 비롯한 고봉들이 우리를 내려다보고 있었다. 사람 이 살지 않는 해발 4,800의 하이캠프를 지나서야 먼 곳으로부터 여명이 터오기 시작했다. 눈사태 위험 구간이라는 표지가 세워진 구역이 계속 이 어졌다. 행여 눈사태가 날까 봐 앞장서 걷는 셰르파도 손짓으로만 우리를 안내하고 있었다. 45도 경사면이었다. 누가 야호, 소리만 질러도 쏟아져 내려올 눈이었다.

마지막 고개 어귀에 다가서자 바람이 불기 시작했다.

갑작스럽게 불기 시작한 바람이었다. 고개 위에서부터 바람에 쓸려 내려오는 눈 폭풍 때문에 눈조차 뜰 수가 없었다. 앞서 걷는 동행의 뒤통 수도 보이지 않을 정도였다. 한 발 내딛는 것이 마치 한 생애의 단애를 건 너뛰는 것처럼 고통스러웠다. 차라리 눈 폭풍에 쓸려 내려가 켜켜로 쌓인 눈 밑에 잠들고 싶기도 했다. 그때였다. "괜찮아!" 내 귀에 분명히 그런 소 리가 들렸다. 나는 필사적으로 좌우와 뒤를 돌아다보았다. 보이는 건 여 전히 눈 폭풍뿐이었다. 환청인가, 생각했다. 다시 걸음을 떼어 놓는데 또 그 소리가 들렸다. "괜찮아. 갈 수 있어!" 잠시 후 눈가가 갑자기 뜨거워졌다. 목소리의 주인공이 어머니라는 걸 뒤늦게 깨달았기 때문이었다.

"아아, 어머니!"

나는 속으로 소리쳐 불렀다. 더 이상 두렵지 않았다. 어머니가 내 곁에 있다고 나는 생각했다. 너무도 사실적인 느낌이었다. 걷는 발걸음에 힘이 실리기 시작했다. 어머니가 내 허리를 밀어주고 있는 걸 선연히 느낄 수 있었다.

드디어 바람이 그쳤고 해가 떠올랐다. 찬란한 햇빛이었다. 해발 6,482미터 야카와캉^{Yakawakang} 고지가 만년 빙하를 머리에 인 채 손에 잡힐 듯 다가서 있었다. 나는 쏘롱 라 정상에 서서 수십 수백의 설봉들을 바라보았다. 더 높은 곳에서부터 더 낮은 곳으로 햇빛이 음계를 짚듯 내려앉고 있었다.

그것은 놀라울 정도로 황홀한 광경이었다.

나는 5,416미터 쏘롱 라 눈밭에 주저앉아서 좌우를 둘러보았다. 어머니는 보이지 않았다. "어머니!" 소리 내어 불러 보았으나 물론 어머니의 대답은 들을 수 없었다. 어머니 돌아가신 지 벌써 30여 년이었다. 설산의 수십 봉우리들이 우뚝우뚝했다. 그중의 한 봉우리는 제트기류 때문에 설연을 피워 머리 풀고 하늘로 올라가는 형국을 하고 있었다. 나는 웃으면서 마침내 혼자 말했다.

"대답 안 해도 알아요. 어머니 지금 거기 계신 거!"

히말라야 설산까지 나를 따라온 어머니가 내게 숨바꼭질을 하자고 하고 있다는 걸 나는 그 순간 확고히 믿고 있었다. 나는 행복했다.

불멸에의 오랜 꿈

증조부모님과 조부모님 유골을 용인 근교로 모셔온 건 30년쯤 전의 일이었다. 그 시절만 해도 조상들의 묘소를 정성껏 가꾸고 자주 찾아뵙는 것이 자손으로서 소중한 도리라 여겼던지라, 전라북도 익산에 있던 네 분의 유해를 모셔 와 부모님 산소가 있던 가까운 공원묘지 볕 좋은 자리에 나란히 모신 것이었다. 증조부모님은 고종황제 시절 살아계시던 분들이라 옮겨올 때 이미 유골이 거의 소실되고 없었다.

어쨌든 '가족 묘원'이 생긴 셈이라서, 공동 묘비를 세우려고 묘비명을 여러 날 생각했다. "대대로 불멸을 꿈꾸었나니 여기 와 다 이루었네!" 내가 마지막으로 생각한 묘비명은 이것이었다. 큰아들은 "너무 무겁다"고 했고 작은아들은 "어렵다"고 했고 딸아이는 "너무 장엄해 할아버지 할머니들이 부담될 거"라고 했다. 부모님 앞에 이미 비석이 있었기 때문에 차일피일 미루다가 결국 공동 묘비는 세우지 못하고 말았다.

가까이 모셔놓긴 했지만 상상했던 것과 달리 묘지엔 자주 갈 수가 없었다. 설에 한 번 추석에 한 번 성묘 가는 것이 전부였다. 바쁜 일이 있으면 그것조차 거르는 경우도 있었다. 장성한 자식들도 아비인 내가 가자고 하지 않으면 그냥 무심히 넘기는 게 보통이었다. 게다가 떼가 잘 자라질 않아 장마가 지나가면 흙이 패고 씻겨 볼썽사나운 꼴이 되는 게 다반사였다. 그럴 때마다 봉분에 떼를 다시 입히는 사초沙草를 해줘야 하는데 그 비용이 터무니없이 비쌌다.

연전에 폐암 수술을 받은지라 죽음이 한결 가까이 다가왔다고 느껴 그랬는지 몰라도, 수술 후 찾아간 조상들의 묘지가 황폐해진 걸 보니 더욱 가슴이 아팠다. 내가 묻힐 곳으로 정해둔 빈자리도 떼가 패여 붉은 흙이 말쑥이 드러나 있었다. 다시 사초를 해야 할 판이었는데, 불현듯 내가 죽은 다음엔 과연 누가 귀찮고 소모적인 이런 일을 계속 감당할 것인가 하는데 생각이 미쳤다. 관리비도 매년 내야 하고 때때로 사초도 해야 하고 아울러 비석과 망두와 상석 등에도 손길이 미쳐야 할 터였다.

고종황제 시절을 산 증조부모님은 뼛골조차 이미 다 흙이 된 상태가 아니던가. 새로 묘원을 잡아 화장해 유골을 안치하는 방식으로 다시 조성하려면 최소 몇천만 원이 더 들어가야 할 참이었다.

어느덧 불혹의 나이를 넘긴 아이들에게 그래서 또 물었다. 딸과 작은아들은 애비의 눈치만 보고 있는데 본시 눈치가 없고 직선적인 성격의 큰아들이 앞뒤 살피지 않고 대뜸 "화장해 뿌리지요!" 했다. 가슴을 면도날로 긋는 것 같았다.

큰아들이 모르는 것은 조상의 유골을 어찌할까 하고 물어본 내 속뜻이 실은 나중 나의 주검을 어찌 처리할 생각이냐는 질문에 맞닿아 있다는 사실이었다. 큰아들이 마치 차후에 죽은 나의 유해를 아무 데나 마구 뿌려버리겠다고 말하는 것 같았다. 내 입장으론 금도를 넘은 반응이었으나 현실적으론 옳은 처방이기도 했다.

해를 넘기지 않아야겠다는 생각에 여섯 분의 유해를 파묘해 다시 화장한 것이 12월 중순이었다. 큰아들, 작은아들, 딸네 가족들이 모두 함께했다. 증조부모와 조부모는 거의 뼛골조차 남아있지 않았다. 화장장에서 건네받은 유골은 대부분 흙이었지만 불에서 나온지라 살아있는 존재보다 더 뜨거웠다. 조부모님과 증조부모님의 유골은 큰아들 말대로 산골^{散骨}했다. 태반이 흙일뿐인 유골이 내 손을 떠날 때 허리에 찢어지는 듯한 통증이 찰나적으로 왔다. 나는 허리께를 붙잡은 뒤 하늘을 올려다보았다. 좋은 날씨였고 청명한 하늘이었다.

마지막 남은 유해는 어머니와 아버지였다.
차마 두 분만은 아직 내게서 놓아드릴 수가 없었다. 대안을 정한 바도 없어서 나는 두 분을 모시고 집으로 돌아왔다. 거실 한쪽 여닫이문이 있는 진열장 안에 깨끗한 백지를 깔고 유해를 모신 뒤에 두 분 사진과 고상을 걸어두었다. 오래 앓아누우셨던 아버지가 돌연 세례를 받기 원한 건 돌아가시기 석 달쯤 전이었고, 신부님이 집에 방문하시어 세례를 주신 건 겨울이 시작될 무렵이었다. 아버지는 그렇게 '요셉'이 되어 하늘나라로 떠나셨다.

나는 요즘 시도 때도 없이, 심지어 선잠을 깰 때도 아내 몰래 거실로 나와 진열장 문을 열고 나의 '요셉 아버님'께 문안을 드린다. 신기한 것은

두근거리는 고요

아버님 어머님 유해를 집으로 모신 다음 날 나의 형제 중 마지막으로 생존해계시던 큰누님이 돌아가셨다는 것이다. 큰누님은 92세였고 잠자다가 유명을 달리해 그 죽음이 참으로 고요했다. "아버지 어머니가 서울 우리집으로 오셔서 큰누님께 일테면 작업을 거신 거라고 봐. 괜히 고생하지 말고 당신들에게 그만 오라고 말이야." 내 말에 아내는 눈가를 적셨다.

네 분의 누님과 어머니 아버지가 지금 초월적인 어디, 멀고도 가까운 곳에서 평화롭게 함께 계시리라는 걸 나는 믿는다. 부모 형제가 모두 떠나고 나 혼자 지상에 남았는데 이상도 하지 고독한 게 아니라 이상야릇 홀가분하다. 더 이별해야 할 부모 형제가 없기 때문인 모양이다. 언젠가 나의 죽음도 부디 홀가분하게 나를 방문했으면 싶다. 홀가분한 죽음이야말로 마지막 받는 신의 축복일 것이다. 나의 주검도 지상에 남기지 않기를.

비밀의 문

몇 년 전 부탄에 간 적이 있다. 티베트불교 국가로 아직도 전통적 사회구조를 간직하고 있는 부탄은 왕국으로서 세계에서 가장 높은 행복지수를 갖고 있다고 알려져 있는 나라이다. 세 번째 방문이었지만 부탄의 동부여행은 그때가 처음이었다.

해발 3천쯤이나 되는 어느 고장을 지나다가 사람들이 잔뜩 모여 있는 걸 보고 차를 내렸다. 동행하던 부탄 사람이 무슨 일이 있느냐고 묻자 늙수그레한 촌장이 대답했다. "활불이신 ✱✱✱ 님이 이곳으로 오고 계십니다. 그분께 축복을 받기 위해 근동의 마을 사람들이 다 나온 거지요." 활불이란 전생활불轉生活佛의 약칭으로서 죽었다가 다시 환생한 고승을 가리키는바, 일반적으로는 보살의 화신으로 간주된다. 부탄엔 자천타천해서 무려 3천여 명이나 되는 활불이 있다.

나는 가던 길을 멈추고 현지인들 틈에 끼여 보살로서 세상 구제를 위해 다시 태어났다는 그분을 기다렸다. 좋은 날씨였다. 바람은 부드러웠고 만년설이 쌓인 히말라야산맥의 스카이라인은 마치 초월의 세계처럼 빛나고 있었다.

두근거리는 고요

드디어 기다리던 그분이 도착했다.

백 살은 된 것 같은 노인이었다. 잘 걷지를 못하는지 사람들이 노인을 차에서 안아 내려 보료가 깔린 의자에 앉혔다. 짓무른 눈엔 눈곱이 끼어 있었고 콧물이 연방 흘렀다. 그래도 표정만은 영락없이 유순한 어린아이 같은, 맑고 환한 인상이었다. 사람들이 하나씩 그분 앞에 다가서서 축복을 받았다. 짧은 대화를 나누는 경우도 더러 있었지만, 대부분은 그냥 절을 받고 나서 손을 잡거나 머리를 쓰다듬거나 만져주는 식이었다.

내 차례가 돌아왔다.

나는 그 무렵 늙어가는 고통과 아프게 만나고 있었다. 독자들은 '청년 작가'라는 별칭으로 나를 불렀고 나 또한 죽을 때까지 "현역작가로 시종하고 싶다"고 말하고 다닐 때였지만 다 허세에 불과했다. 나는 생로병사의 유한성과 위태롭게 맞닥뜨리고 있었다. 일테면 탄생 이전으로부터 부여받은 근원적인 슬픔이 나의 실존을 아프게 옥죄고 있는 상태였다. 나는 그래서 그분의 손을 잡고 통역을 통해 이렇게 물었다.

"마음의 평안과 행복을 얻는 길이 어디 있습니까?"

그 무렵 내 조국은 오로지 자본주의가 가르치는 생산성 제고에만 매달려 있는 듯해서 교회든 절이든 학교든, 근원적 길을 물어볼 데가 거의 없다고 생각하고 있었다. 그렇게 생각하고 있었기 때문에 나는 내 나라에서 늙어가는 것이 더 외로웠고, 그래서 일테면 정신의 안락을 구하고자 먼길을 떠나온 참이었다.

내 질문을 들은 그분이 잠시 눈곱이 잔뜩 낀 눈으로 나를 아득하게 바라보았다. 아니 나를 바라보는 건지, 나를 관통해 내 어깨너머의 어느 먼

설산을 바라보는 건지 가늠하기 쉽지 않은 눈빛이었다. 둘러선 모든 사람이 그분을 주시하고 있었다.

그분이 앙상하게 마른 팔을 뻗어 검지로 내 가슴 한편을 쿡 찌르고 나서 히잇, 웃고만 것은 다음 순간이었다. 아주 실없는 웃음이었다. 덧붙여 뭐라고 짧은 말을 한 것 같았지만 그냥 중얼거리는 말이어서 통역조차 그분의 말을 제대로 듣지 못했다고 했다. 그분을 수행해 온 건장한 젊은 남자가 곧 나를 밀어내고 다음 사람을 그분 앞으로 끌어당겼다. 말 한마디조차 듣지 못하고 나는 개밥에 도토리처럼 줄에서 밀려날 수밖에 없었다.

활불이라니, 이것 역시 내 나라의 숱한 사이비 종교가 그렇듯이, 어떤 이득을 거두기 위한 사술인지 모르겠다고 나는 생각했다. 무한경쟁의 문명사회에서 살아온 사람답게 나는 의심이 많은 사람이었다. 크게 은혜를 입지 못하고 나는 결국 집으로 돌아왔고, 내가 기왕 가졌던 근원적인 질문들은 그 후로 나날이 더 깊어졌다.

해답을 얻을 길이 없었다.

그사이 현실 안에서 사뭇 고통스러운 일과 맞부딪치기도 했다. 억울하게 망신을 당한 일이었으나 나는 그냥 묵묵부답으로 견디었다. 그 정도 일을 두고 내 죄가 없다면서 크게 소리치고 싶지 않았고, 세상에 소음을 보태고 싶지도 않았다. 몸과 마음이 좀 부서지는 느낌이었으나 부서지면 부서지는 대로 받아들이자고 생각했다. 내가 오래전부터 근본적으로 맞닥뜨려온 존재론적 질문이 주는 위태로움에 비하면 모든 게 소소한 일이라고 여겼기 때문이었다. 나는 누구인가. 어디에서 왔고 어디로 어떻게 또 떠날 것인가. 죽음은 무엇인가. 죽음 뒤엔 무엇이 있는가. 그런 질문들이 나를 계속 괴롭히고 있었다. 깊은 산속을 헤매다가 길을 잃은 적도 있었고 먼 강을 따라 여러 날 혼자 걷기도 했다.

내가 청년기를 보낸 소읍에 작은 아파트를 구해서 혼자 가 있던 어느 날이었다. 금강을 따라 난 아름다운 길을 따라 자전거를 타고 달리다가 그만 자전거에서 나가떨어진 일이 있었다. 구부러진 길에서 속도를 제때 줄이지 못해 휙 날아가 왼쪽 어깨를 땅바닥에 강하게 부딪치며 곤두박질 치고 만 것은 봄이었다. 강안에 무더기무더기 피어 있는 봄꽃들이 다가왔다 멀어지고, 다가왔다 멀어지기를 반복했다. 반쯤 혼이 나간 느낌이었다. 간신히 상반신을 세우고 오른손으로 더듬어보았더니 왼쪽 어깨 위로 뼈 하나가 솟구쳐 나와 있었다. 쇄골이었다. 쇄골이 어깨뼈에서 떨어져 나와 하늘로 곧추선 것이었다.

바로 그때였다.

난데없이, 정말 밑도 끝도 없이, 머나먼 부탄의 히말라야 산협에서 만났던 눈곱이 덕지덕지 낀 그분, 그 활불이 툭 떠올랐다. 앙상히 마른 손가락으로 내 가슴 한편을 찌르면서 히잇, 웃는 환영이었다. 부탄 사람인지, 우리나라 어느 노승인지도 애매했다. 그 순간 환영처럼 불현듯 나타난 그분은, 손가락으로 장난스럽게 내 가슴을 쿡 찌르면서 우리말로 이렇게 말하는 것이었다. 그분은 부탄말로 말했을지 모르지만 나는 분명히 우리말로 그의 말을 들었다. 내 가슴을 쿡 찌르면서 한 그분의 말은 대강 이러했다.

"평안으로 가는 문이 여기 있는데, 뭐 하러 이 먼 곳까지 찾아왔누!"

두근거리는 고요

사랑의 전설, 바이칼

바이칼은 세로 630여 킬로, 가로 40~80킬로, 수심이 1,700여 미터로서 세계 담수의 20퍼센트 정도를 담고 있는 거대한 호수이다. 여러 개의 호수가 오랜 세월에 걸쳐 하나로 합쳐진 끝에 지금의 바이칼을 이루었다고 한다. 높은 산맥에 둘러쳐져 있어 3백 개 이상의 강물이 이곳으로 흘러들지만, 물이 흘러나가는 출구는 안가라강 하나뿐이다. 안가라강은 격정을 다해, 북서진해서 몽골로부터 달려온 예니세이강과 시베리아 중서부에서 합류, 북극해로 나아간다. 당차고 재바른 걸음이다. 안가라강 초입은 그래서 영하 30도의 한겨울에도 얼어붙는 일이 없다. 바이칼호를 좋아해 몇 차례 가본 적이 있는바.

옛날 바이칼호숫가에 바이칼이라는 홀아비 추장이 살았다. 바이칼 추장은 애오라지 딸 하나를 사랑으로 키웠다. 딸의 이름은 안가라. 안가라 역시 아비인 바이칼이 세계의 전부였으나 꽃다운 처녀가 되자 섭리에 따라 새로운 사랑을 만나게 되었다. 젊은 무사 예니세이가 바로 안가라의 사랑이었다. 늙은 아비는 어느덧 눈 쌓인 바이칼처럼 백발로 뒤덮였고 젊은 예니세이는 바이칼 여름 물빛처럼 푸르고 싱싱했다.

아비의 깊은 사랑도 젊은 딸 안가라를 붙잡을 수는 없었다. 예니세이를 따라 딸 안가라가 격류의 유속으로 떠난 뒤 혼자 남은 바이칼 추장은 자신이 평생 갈망했던 게 기실은 영원히 변하지 않는 바이칼호의 심연이라고 생각했다. 바이칼호는 수심 2백 미터에 이르면 물의 온도가 섭씨 1도가 되는데, 그 온도는 1,700여 미터 바닥까지 균일하게 유지된다는 걸 바이칼 추장은 처음으로 뚜렷이 인식했다. 완전한 고요가 이룬 초월이며 무색계라 불러도 될 지고한 가치라 할 수 있었다. 부동의 가치, 부동의 사랑이 거기 있었다.

바이칼 추장은 말할 수 없는 환희를 느꼈다.

환희의 각성이었다. 젊은 무사 예니세이를 따라 안가라가 떠나고 나서, 이제 늙어 움직이기조차 어려워진 바이칼 추장은 남은 정한을 모은 힘으로 기어나가 절벽 아래 호수 중심부로 마침내 몸을 날렸다. 평생 갈망하고 갈망했던 생의 심연이 바이칼 추장의 육신을 부드럽게 품어주었다.

안가라강은 오늘도 예니세이강을 향해 격류로 흘러가고 있다. 최종적으로 닿을 곳이 풀 한 포기 자라지 못하는 북극의 얼음 바다인 걸 내다보지 못해 젊은 안가라는 저리 격류로 내달리는 것일까. 아니다. 우리들 생의 참된 중심이 기실 영원히 변하지 않는 바이칼호 심연에 놓여 있다는 걸 살아서 아는 이가 얼마나 될까. 바이칼 심연을 향해 스스로 투신해 무색계에 도달한 바이칼 추장의 결단이 부럽고, 한편으론 현상으로서의 격정적 사랑을 향해 내달리는 저 안가라가 부러우니, 여전히 내 영혼이 경계의 위태로운 모서리에 놓여 있는 것만은 이제 알겠다. 하기야, 바이칼

추장이든 안가라든 생각건대 각자 제 몫몫의 사랑을 향해 제 몫몫의 속
도로 내달리고 있는 게 존재의 숨결이 아니던가.

아무렴, 사랑의 중심을 향해 내달리고 있는 이는 모두 아름답다. 그것
이 어쩌면 생의 유일한 법칙일지도. 사랑이야말로 존재의 지고한 숨결일
것이다.

성숙

생존의 기술은 늘지만, 삶의 본질적 기술은 늘지 않아요. 행복해지려고 안달하는 사람은 오히려 행복해지기 더 어렵다는 아이러니와 같지요.

나는 요즘 추락의 기술, 상실의 기술을 연마하고 있어요. 아름답게 늙어가기 위해서 갖추어야 할 기술이지요. 애오라지 상승의 기술만을 연마하던 젊은 날보다 신과 더 가까워지는 느낌이 들어요. 나의 오랜 일부처럼 그분이 내 안에서 느껴질 때면 추락과 상실의 먼길이 내 앞에 놓여 있다고 상상해도 전혀 두렵지 않아요. 나 자신, 쓸쓸한 듯 따뜻하고 고요한 듯 온전해지는 느낌이지요. 나는요, 이렇게 나날이 성숙하고 있답니다.

오늘 종일 봄풀 같은 햇빛이네요. 햇빛 속에 앉아 손등의 불거져 나온 핏줄에서 피돌기가 뜀뛰는 걸 한참 들여다보아요. 생명의, 햇빛의 파동이라고 할까요. 살아 존재하는 게 이처럼 눈물겨운바, 나도 모르게 나는 지금, 이렇게 중얼거리고 있어요.

"어디 먼 데서 오는 게 아니라, 내 목숨이 곧 봄이구나!"

두근거리는 고요

시간의 마술

가까이 보면 바다는 수평을 이루고 있다. 그러나 옛날에도 바다가 수평이 아니라는 사실을 알고 있는 지혜로운 사람들이 존재했다. 멀리 내다보는 사람들이다.

가까이 보면 시간은 수직으로 흐른다. 오늘이 어제로 흘러가는 일은 없기 때문이다. 그러나 시간 또한 멀리 물러나 보면 다르다. 이를테면 나는 지금 나이 들어 고향으로 돌아와 고향을 떠나던 젊을 때의 그 첫 마음으로 산다. 수십여 년간 원심력에 의해 시간의 수직적 눈금을 따라 멀리 흘렀다고 생각했는데 웬걸, 구부러진 원형의 눈금을 따라와 요즘은 무엇인가를 새로 시작하는 느낌이다. 지구가 그렇듯이 시간 또한 알고 보면 원형일는지 모르겠다는 말이다.

사람들은 내게, "머리에 검은 물을 들여보시지요. 십 년은 젊어 뵐 텐데요" 하고 말한다. 그럼 나는 웃으면서 이렇게 대답한다. "흰머리가 내 섹시 포인트인데 뭐." 사실이다. 검은 물을 들여보라고 권하는 이들은 머리 색깔과 달리 내 가슴이 날로 붉어지고 있다는 걸 모르고 있다. 문학에 대한 사랑과 갈망도 전혀 줄지 않는다. 머리가 희어지는 속도보다 가슴이 더 빠르게 붉어지고 있다는 걸 어떻게 설명할까. 가속적으로 늘어나는 흰 머리가 불변의 청춘으로 회귀하고 있는 속도를 드러내는 역설적인 표상일 수 있다는 걸 합리적으로 설명하는 건 쉽지 않다.

스페인 남부는 끝없는 올리브밭이다. 올리브는 묘목을 심은 뒤 최소 20년을 기다려야 첫 수확을 한다. 제대로 수확하려면 50년이 걸린다. 그런데도 나는 스페인에 갔을 때 뙤약볕 아래에서 구슬땀을 흘리며 열심히 묘목을 심고 있는 늙은 농부들을 많이 보았다. 그들은 정말 아름다운 '청춘'이었다. 다음 세대까지 염두에 두고 오늘 수고를 아끼지 않는 그들을 두고 누가 '뒷방 늙은이'라고 할 수 있겠는가.

한 해가 가고 새해가 온다.

누구에게나 공평하게 배정되는 게 '새해'라는 건 시간을 수직적으로 이해하는 자들의 고정관념에 불과할는지 모른다. 누구는 어제처럼 오늘을 살고, 누구는 습관에 기대 살아온 인생을 송두리째 때려 없는 '나 홀로 혁명'을 오늘 꿈꾸기도 한다. 변혁을 꾀하는 건 앞날을 꿈꾸는 자들이나 할 수 있으며, 먼 앞날에 희망을 걸어두는 건 오로지 인간뿐이다. 나는 그래서 이렇게 생각한다. 늙었든 젊었든 수십 년 후를 내다보면서 오늘 '올리브나무'를 심는 이들이야말로 참 청춘이라고. 시간은 큰 문제가 되지 않는다고.

아, 아버지!

요즘은 자주 아버지 꿈을 꾼다. 장편 《소금》에서 가출한 아버지의 이야기를 다루면서부터 생긴 일이다. 《소금》은 당신들의 아버지들이 어떻게 굴욕과 치사함을 견디면서 오늘날 이만큼의 '번영'을 만들어냈는지, 특히 젊은이들에게 하고 싶은 말이 많아 쓴 소설이다.

《소금》의 주인공 '선명우'는 1951년생으로 이른바 '베이비부머' 세대이다. 그는 6·25 전쟁의 와중에서 태어났고, 십 대에 4·19와 5·16을 겪었고, 이십 대를 '유신'의 그늘에서 보냈으며, 사회생활의 대부분을 강력한 경제개발의 주역으로 살았다. 미국의 베이비부머 세대는 승전국으로서 풍요 속에서 성장하며 반전운동이나 록, 그리고 히피 문화로 흘렀으나 우리의 베이비부머 세대는 전쟁의 와중에 태어나 기형적인 분단 조국에서 성장했고 오로지 빈곤을 넘어서라는 사회의 절대적 명령을 수행하는 '일꾼'으로 살았다.

수당조차 받지 못하고 하루 열몇 시간씩 노동하며 살았던 게 베이비부머 세대의 일상이었다. 자신의 고유한 꿈을 좇아 살 틈이 없었다는 점에서 그들은 '붙박이'로 산 '기형적인 유랑인'이었으며, 그래서 나는 소설

《소금》에서 그들을 '붙박이 유랑인'이라고 명명했다. 우리가 오늘날 누리는 안락과 번영은 말할 것도 없이 그들, 붙박이 유랑인들의 헌신과 희생에서 비롯되었다. 그들은 야수적인 노동으로 오늘의 부를 창출했을 뿐 아니라, 정치적인 민주화의 커다란 성과도 함께 이루었다. 놀라운 에너지를 역사 안에서 보여준 것이었다.

그러나 지금, 늙어가는 아버지들을 들여다보면 쓸쓸하기 이를 데 없다. 그들은 우리 사회가 갖고 있는 온갖 그늘의 멍에를 지고 사회 곳곳에서 가속적으로 퇴출당하고 있으며, 가족에게서도 소외된 지점으로 나날이 밀려나고 있다. 그들은 젊은 날, 절대빈곤을 벗어나게 하라는 사회적 명령을 수행하느라 어떻게 소통해야 하는지 일찍이 배운 바가 없고, 더 나아가 사랑하는 법도 익힌 적이 없다.

가족관계도 마찬가지이다.

그들은 가부장제의 그늘에서 어린 시절을 보내면서 부모로부터 남자라는 이름의 '권력자'로 길러졌으나, 정작 그들이 아버지가 되었을 때는 가부장제에서 누리던 권력이 나날이 해체되던 시점이었다. 그들은 권력자 행세를 할 수도 없고 그렇다고 수평적인 소통을 자유롭게 시도할 수도 없는 어정쩡한 어름에 갇히고 만 것이다.

나는 십 대 때 매우 우울한 청년이었다. 독서량은 방대했으나 주관과 객관, 개인과 전체를 아울러 보는 통찰력은 없었다. 세상은 미쳤는데 나 혼자 정상인 것 같았고, 세상은 정상인데 나 혼자 미친 것 같았다. 세상과

나 사이에 너무나 깊은 불화가 존재하고 있었으며, 그러므로 내가 완전히 고립돼 있다고 느꼈다.

통학 기차를 타고 수면제를 다량 복용한 것은 고등학교 2학년 봄이었다. 나는 대전역에서 발견되어 위세척을 받고 살아났다. "책 귀신이 붙은 게야!" 아버지는 말했다. 늦둥이로 얻은 막내 외아들을 잃을까 봐 아버지는 전전긍긍했을 터였다. 아버지의 입장으론 어떻게든 나를 '책'으로부터 떼어놔야 할 필요가 있었다. 궁리 끝에 아버지는 나를 책과 격리시키기 위해 그해 여름 계룡산 국사봉 8부 능선에 있는 외딴집으로 데려갔다.

지금의 계룡역 자리였을 것이다.

'두계'라고 했던가, 간이역에서부터 국사봉 8부 능선까진 십여 리쯤이나 되는 비탈길이 이어졌다. 내가 사용할 이불 짐을 메고 아버지가 앞서 걸었고 아무것도 들지 않은 맨손으로 고개를 숙인 내가 아버지의 뒤를 따랐다. 뙤약볕 아래였다. 그때 이미 건강이 좋지 않았던 아버지의 등은 이불 짐에 눌려 잔뜩 구부러져 있었다. 가파른 비탈길을 올라갈 때의 아버지는 금방이라도 주저앉을 것 같았다.

그때 아버지가 짐 지고 있었던 것이 어찌 이불 짐뿐이었겠는가. 자꾸 죽으려고만 궁리하는 늦둥이 외아들을 살려내야 한다는 절박한 소망과 아울러, 가족 부양의 책임과 생로병사의 막다른 길로 내몰리는 당신의 존재론적인 번뇌도 아마 그 이불 짐 위에 얹혀 있었을 터였다. 그런데도 몸집이 아버지보다 더 컸던 젊은 나는 국사봉 8부 능선 '송 씨 어른'의 집에 당도할 때까지 아무것도 짐 지지 않은 채 아버지의 뒤를 직수굿 따라갔다.

내가 짊어진 건 존재론적 번뇌뿐이었다.

아버지 돌아가신 지 30여 년이나 됐지만, 그때를 생각하면 지금도 가슴이 무너진다. 나의 회한은 "아버지, 그 이불 짐을 제게 주세요, 제가 짊어질게요!"라고, 왜 그때 말하지 않았을까 하는 것이다. 그렇게 말만이라도 했더라면 아버지 혼자 짐 졌던 생의 모든 무게가 훨씬 가벼워졌을 게 틀림없다. 나는 아버지를 떠올리면 요즘도 부지불식중 회한에 가득 차서 "아버지, 그 이불 짐을 제게 주세요!" 하고 중얼거린다. 그러나 안타깝게도 아버지는 곁에 계시지 않는다. 곁에 계시지 않으므로 나는 끝내 당신의 이불 짐을 나눠 질 수가 없다.

시대는 변했지만, 아버지의 가부장제적인 권력은 대부분 해체됐지만, 아버지의 책임과 의무는 옛날에 견주어 별로 덜어지지 않는 게 이상하다. 세상에서 밀려난 늙은 아버지조차 더 많은 과실을 따오지 않으면 죄의식에 시달리고 또 가족에게서까지 소외되는 것이 우리네 오늘날의 풍경이다.

어려웠던 시절에 야수적인 노동력으로 우리를 반만년의 가난에서 구한 '아버지'가 아닌가. 젊은 아들딸들이 강남의 휘황한 커피숍에서 만 원짜리 커피를 마실 때 늙어가는 아버지들은 변두리 공사장 뒤편에서 몇백 원짜리 종이컵 커피를 들고 쓸쓸히 주저앉아 있는 이 세태가 과연 온당한가. 압축성장의 과정에서 아버지 세대가 만든 사회적 그늘이 없는 건 아닐지라도, 그 모든 그늘의 책임을 늙은 아버지에게만 물을 게 아니라,

힘들고 때로 막막할지라도, 새로운 세대가 젊은 동력 지혜로운 근면으로 함께 짐 져 가면 안 되겠는가. 그러니, 지금 쓸쓸히 밀려나고 있는 늙은 아버지의 굽은 등을 한 번이라도 따뜻이 돌아보자고 말하고 싶다. 깊은 밤 홀로 앉아 한 번쯤, 아버지를 '아버지'가 아니라 '아무개 씨!'라고 그이의 고유명사를 불러 보자. 그러면 안 인간으로서 그들 '붙박이 유랑인'이 당신들 때문에 상실하고 유기한 것들이 떠오를 것이다. 나의 회한처럼, 바라건대 젊은 자식들이 이렇게 말할 수 있기를.

"아버지, 그 짐을 제게 주세요. 젊은 제가 나눠질게요!"

아내의 버킷리스트

봄이 오기 직전에 히말라야 안나푸르나에 다녀왔다.

안나푸르나는 '수확의 여신'을 뜻한다. 푼힐 코스. '푼힐Poonhill'은 비록 3,200미터에 불과하지만, 안나푸르나 주봉8,091미터을 비롯하여 제2봉, 제3봉, 제4봉, 남봉, 마차푸차레봉 등 7,000미터급의 여러 봉우리와, 동쪽으로는 마나슬루Manaslu · 8,163미터 산군山群, 서쪽으로는 다울라기리Dhaulagiri · 8,172미터 산군이 병풍처럼 둘러쳐진 그 중심에 있는 언덕이다.

푼힐에서의 일출은 누구든 한번 보고 나면 오래 잊을 수 없는 장엄한 풍경으로 기억된다. 푼힐이 아니고선 만년 빙하를 인 설산의 파노라마를 이만큼 감동적으로 보기 쉽지 않다. 일출 때, 음계를 짚어내리 듯이 보다 높은 지점으로부터 낮은 지점으로 탁, 탁, 탁, 옮겨붙는 점화의 이미지는 이승의 풍경이라기보다, 영원성의 표상이라 할 수 있다.

작년 겨울을 비롯하여 벌써 여러 번 그 코스를 다녀왔지만, 이번 여행은 아주 특별했다. 아내와 동행했기 때문이다. 최근에 아내는 몸이 여기저기 계속 아팠으며, 특히 히말라야로 떠나기 일주일 전엔 치료 중 잘

못 처방된 약물 쇼크로 몇 번이나 실신할 정도의 고통을 겪었다. 예정된 여행을 취소하는 게 최선이라고 생각한 것이 여러 번이었다.

아내는 그러나 막무가내, 가겠다고 고집을 부렸으며, 그 고집은 안나푸르나 트레킹이 시작되는 아름다운 도시 '포카라'에 도착해서도 마찬가지였다. 더구나 아내는 혈압약을 먹고 있었다. 뇌혈관이 좁아져 있다는 진단도 받아둔 상태. "고소증이 왜 오는지 알아?" 나는 아내에게 설명했다. 고도가 높아져 산소가 부족해지면 피가 응고되어 미세한 실핏줄까지 원활하게 돌지 못하기 때문에 생기는 갖가지 증상이 고소증이다. 아내의 경우 혈관도 좁아진 터, 트레킹 도중에 뇌출혈이라도 일으키면 속수무책이 될 참이었다. 게다가 아내는 퇴행성관절염도 있는지라 특히 돌계단이 많은 푼힐 코스를 잘 올라갈지 역시 미지수였다. "날씨 따뜻하겠다, 설산도 보이겠다, 호수도 아름답겠다, 그냥 여기, 포카라에서 며칠 지내다가 돌아가는 게 제일 좋아!" 나는 성의껏 경고하고 설득했으나 아내는 여전히 고개를 저었다.

나는 일찍이 히말라야 트레킹 여행을 열 번 넘게 했다. 5,600미터 쏘롱 라를 넘은 적도 있었고 안나푸르나 베이스캠프나 에베레스트 베이스캠프보다 더 높은 칼라파타르를 순례한 적도 있었다. 90년대 이후엔 거의 매년 히말라야를 여행했다고 해도 과언이 아니었다. 2005년엔 명지대 교수직을 때려치우고 나선 히말라야산맥을 따라 두 달 반 넘게 떠돌아다닌 적도 있었다.

60대가 되면서부터, 삶의 유한성에 따른 존재론적인 번뇌야말로 내가 직면한 가장 큰 고통이었다. 히말라야는 그런 내게 깊은 위로를 주었다. 그것은 신의 제단이었고 불멸의 뜨거운 그림자 같았다. 트레킹 여행기 《비우니 향기롭다》, 네팔 청년의 이야기 장편소설 《나마스테》 그리고 산악소설 《촐라체》를 쓰기도 했다. 히말라야가 내게 준 위로를 되갚을 요량으로 쓴 산문들이었다. 아내는 그동안 내가 히말라야로 떠날 때마다 묵묵히 여행 배낭을 꾸려주었고 묵묵히 기다려주었다. 히말라야에 '무엇'이 있어 걸핏하면 그리 '도망'가는 거냐고, 아내가 물어온 일도 물론 있었다. "그냥 제단에 무릎 꿇으러 가는 거야. 히말라야는 불멸인지라" 나는 웃으며 대답했다고 아내는 아득한 눈빛이 되곤 했다. 그러므로 아내가 고집스럽게 푼힐 언덕을 올라가 보고 싶은 건 결국 나 때문이었다.

하지만 그렇다고, 목숨까지 걸면서 그곳에 갈 필요는 없었다. 나는 포카라에 도착해서도 계속 아내를 아이처럼 어르고 달래며 푼힐행을 말렸다. "내년에 건강해져서 다시 오면 되잖아. 내후년에라도." 아내는 내 말에 또 고개를 저으면서 웃었다. "다음은 못 믿겠어. 당신 곁에 있으니 나, 갈 수 있을 거 같아. 내 버킷리스트에 있는 곳이야. 당신처럼, 꼭 푼힐 언덕에 서서 일출을 볼 거야!" 아내는 말했다. 더 이상 토를 달 수 없었다. 더 건강했던 예전에, 왜 한 번이라도 함께 오려고 하지 않았을까, 하고 나는 비로소 생각했다.

사람과 사람 사이의 '관계'는 일종의 질병과 같은 구석이 있다. 자나 깨나 그리운 것도 사람이고 징글징글한 것도 사람이다. 떠나고 싶어도 떠날 수 없으며 지우고 싶어도 지울 수 없는 것이 사람 관계라는 질병이다.

오죽하면 선인仙人도 일찍이 이르기를 '사랑하는 사람 만들지 마라. 미워하는 사람 만들지 마라. 사랑하는 사람은 너무 못 만나 괴롭고 미워하는 사람은 너무 자주 만나 괴롭다'라고 노래했겠는가. 오래 함께 산 부부나 가족관계에서는 더욱 그렇다. 문제는 그 관계가 공평하지 못할 때가 많다는 것이다. 공평한 관계는 안정적이고 보편적이지만 불평등한 관계는 불안정하며 비윤리적이다.

특히 가부장제 문화의 관습 속에서 살아온 우리 세대의 '부부관계'란 불공정 관행의 연속이었다고 할 만하다. 가령 밖에서 술 마시느라 자정 넘을 때까지 혼자서 아내가 기다린 적은 부지기수이지만, 내가 아내를 기다린 적은 거의 없다. 아내가 저물녘까지 돌아오지 않으면 불같이 화를 낸 일이 있을 뿐이다. 이 일 저 일 해서, 세계 곳곳에 안 가본 데 없이 돌아다녔지만, 아내는 애들 키우고 가족들 끼니 챙겨 먹이느라 거의 집을 떠나지 못했다. 아내가 몸이 불편할 때에도 내가 병원까지 동행한 일은 드물지만, 내가 병원에 가야 할 때는 늘 아내가 동행했다. 나는 또 '과실'을 벌어온다는 핑계로 작고 큰일에서 '가장의 권력'을 휘둘렀지만, 아내는 중요한 일에서 자기 뜻에 맞게 권력을 행사한 적이 거의 없다. 이런 식의 예를 들자면 끝이 없을 것이다.

자주 아픈, 늙어가는 아내를 보면서, 나이 때문인지 철이 드는 건지, 최근 들어선 자주 지난날의 그 '불공정 관행'이 가슴 아팠다. 사랑한다고 말하면서 결혼하고 아이 낳고 함께 살아오지 않았던가. 부부라는 이름으로 함께 걸어온 생애에서 오랜 '불공정 관습'에 따른 빚이 한 짐 쌓여 있다면 죽을 때 마음이 편하지 못할 것 같았다.

실정법과 더불어 '염라대왕법'을 염두에 두고 사는 게 늙은이의 지혜라고 나는 생각한다. 사람의 최종적인 윤리성은 죽기 전까지 모든 인간관계, 모든 사회적 관계에서의 불공정 관행을 거두고 그것이 적절한 수평 저울이 되게 마음을 기울이는 데 있지 않을까 싶다. 돌아보면 내가 관습적으로 불공정했던 첫 번째는 아무래도 아내와의 관계. 실정법을 위반한 건 아닐지라도 이대로 죽으면 염라대왕 앞에 섰을 때 미상불 나를 변호하기 쉽지 않을 터였다. 그래서 요즘은 자주 나보다 아내가 늦게 들어오기를 바라고, 아내가 나를 두고 외국이든 어디든 혼자 여행을 떠나기 바라고, 또한 소소한 가사에서조차 아내가 나보다 앞서 '권력'을 휘둘러 결정하기를 바란다. 일상적으로 그리해도 죽을 때까지 아내와의 관계가 완전히 공평해지긴 어려울 테니 걱정이 아닐 수 없다. 매년 한 번씩 아내가 가고 싶은 여행지를 무조건 동행해 여행하기로 한 것은 그 때문이다.

첫해 여름엔 아내와 함께 만리장성과 자금성을 방문했다. 아내가 가보고 싶은 첫 번째 여행지로 만리장성을 꼽았기 때문이었다. 나로선 몇 번이나 가본 곳이었다. 아내는 만리장성과 자금성을 둘러보고 나서 "왜 중국 사람들이 예로부터 우리에게 조공을 바치라고 했는지 알게 됐다"고 말했다. 이듬해 여름엔 캘리포니아에 갔다. 죽기 전에 꼭 가보고 싶은 아내의 '버킷리스트'에 '그랜드 캐니언'이 들어있기 때문이었다. 그랜드 캐니언 역시 나는 예전에 와본 곳이지만 아내는 처음이었다. 그랜드 캐니언에서 돌아오면서 "미국은 땅덩어리가 넓어서 참 좋겠다!"고 아내는 말했다. 히말라야 푼힐 언덕 트레킹은 아내의 세 번째 버킷리스트 여행지인

두근거리는 고요

셈이었다.

안나푸르나는 막 봄꽃들이 피고 있었다. 하늘은 놀랍게 푸르렀고 만년 설산은 간헐적으로 가까워지고 멀어지기를 반복했다. 동행한 후배 부부들이 하나같이 좋은 분들이라 아내의 산행을 위해 여러 가지로 친절을 베풀었다.

가장 중요한 친절은 속도를 조절해주는 일이었다.

한나절 계속 올라가야 하는 돌층계 구간에서 아내는 열 계단 올라가고 한참씩 쉬기를 반복했다. 느리게 가는 건 문제 될 게 없었다. 그러나 옆에서 속도를 조절해 맞춰준 사람은 내가 아니라 산을 잘 알 뿐 아니라 사람 사랑이 깊은 방송인 후배 이*였다. 돌층계 구간을 다 올라갔을 때 아내의 쉬었던 목소리가 어느덧 툭, 트여 있었다.

"봐, 내가 잘할 수 있다고 했잖아!"

아내가 사뭇 자랑스럽게 말했다. 꽃들이 피어 있었고, 계곡마다 맑은 물이 흘렀으며, 바람은 아주 싱그러웠다. 풍요의 여신 '안나푸르나'가 아내를 잘 이끌어주고 있다고 느꼈다. 무릎관절도 그런대로 잘 견디어주고 있었다. 시간이 지날수록 아내의 목소리는 놀랍게도 더욱 싱싱해졌고 팽팽해졌다.

그리고 이틀 후 새벽, 아내는 힘들게 걸어 마침내 해발 3,200미터 '푼힐' 정상에 도착했다. 육체적인 고통이야 말할 수 없겠지만 시간이 지날수록 아내는 오히려 생생한 표정이 되었다. 여명도 트지 않은 어둠 속을 걸어 푼힐 언덕으로 올라갈 때는 아내가 오히려 나보다 앞장서서 걸었다. 푼힐 정상에 도착하자 비로소 여명이 텄다. 많은 사람이 언덕에 올랐지만 사위는 경건하고 조용했다. 날씨가 쾌청한 게 큰 행운이었다. 드디어 해가 떠오르기 시작했다. 아내가 두 손을 합장한 채 서서 세계의 모든 아침 같은 정결한 해를 맞고 있었다. 누구 하나 큰 소리로 말하는 사람은 없었다. "자비롭고 환한 신의 출현"을 푼힐에서 보았다고 아내는 나중에 술회했다.

햇빛의 첫정이 안나푸르나 제1봉 정상에서 반짝 빛났다. 눈으로는 높은 순서를 가늠할 수 없지만, 햇빛은 정확히 높이 순서대로 그 봉오리를 비추며 내려왔다. 마치 음계를 짚듯이 높은 곳에서 더 낮은 곳으로 차례차례 내려오면서 설산 꼭대기에 붉은 꽃봉오리를 얹는 일출의 파노라마는 정말 장관이 아닐 수 없었다. 그것은 최상의 감미였고 존엄이었으며 초월적 풍경이었다. "이제 당신 혼자 히말라야로 가더라도, 집에서 당신이 뭘 보며 어떻게 걷고 있는지 상상할 수 있게 돼 기뻐." 아내가 눈가를 적시고 말했다. 아내의 세 번째 '버킷리스트'가 완성되는 순간이었다. 나는 아내에게, 안나푸르나에게 감사했다.

연애할 때 나는 아내에게 "언제든, 마지막 날이 오면 당신 곁에서 죽을 거야!"라고 말했다. 철없이 던진 '작업 멘트'였다. 나는 이를테면 타고난 역마살을 가진 사람으로서 유랑에의 유혹에 약한 타입이다. 이를테면 아내가 '장롱' 같은 붙박이 타입이라면 나는 바람 같은 타입이라 할 수 있다. 결혼이 무엇인지 몰라서 그렇지 미리 알았더라면 나는 결코 누군가의

두근거리는 고요

'남편'이나 누군가의 '아버지' 같은 건 되지 않았을 것이었다. 그러니 마지막 어쩌고, 철없이 던진 그 무책임한 맹세 하나가 얼마나 자주 내 허리를 앙세게 붙잡았겠는가. 아주 집을 떠나고 싶은 적도 있었고 그냥 모든 걸 내던지고 싶은 날도 많았다.

시간은 그사이에도 물처럼 흘러갔다.

아이들이 차례로 생겼고, 함께 노력해 장만한 물건들도 턱없이 늘어났다. 그럴 때쯤 이상한 일이 내 안에서 벌어졌다. "언제든, 당신 곁에서 죽을 거야!"라고, 철없이 한 '작업 멘트'가 시간의 유속流速을 견디면서 어느덧 금강석처럼 단단히 굳어 저 스스로 숨을 쉬고 말을 하기 시작했다. 단단한 놈이었다. 경이롭기도 하고 무섭기도 했다.

아, 그리고 마침내 시간의 어느 지점에 도달해서 나는 알게 되었다. 사소하게 던진 한 시절의 그 '작업 멘트'가 어느새 결코, 썩지 않는 아주 단단한 광물이 돼 버렸다는 것을. 철없이 던진 그 한마디가 아내와 나 사이에서 세월과 마구 버무려져 지구보다 무거워지고 말았다는 것을.

그 이듬해 나는 아내와 인도의 '타지마할 궁전'을 다녀왔다. 나는 전에도 역시 두 번이나 가본 곳이었으나 아내의 버킷리스트에 올라있는지라 기꺼이 동행했다. 타지마할의 화려한 아름다움에 감동해 아내는 눈시울을 붉혔고 타지마할에 얽힌 비극적 사랑의 이야기 앞에선 끝내 눈가를 닦기도 했다. 찌는 듯 더운 날씨인데도 아내는 잠자리 날개 같은 긴 드레스를 펄럭이며 타지마할을 거닐었다. 마치 자신이 왕비가 된 듯했다. 아내의 가슴속에 초월적 꿈을 꾸고 있는 아주 순수한 젊은 처녀가 여전히 깃들어 있다는 걸 그래서 알았다.

　다음 아내의 버킷리스트에 올라있는 곳은 이집트의 오래된 신전들이다. 올겨울엔 그곳을 아내와 함께 갈 계획을 잡아 놓았다. 물론 그곳 역시 나는 이미 다녀온 곳이지만, 더 이상 그렇게 말하고 싶지 않다. '처음 가보는 곳'이라고 말할 생각이다. 혼자 보는 것과 함께 보는 것은 다르기 때문에 둘이 가는 걸 '처음'이라고 말하는 것이 꼭 틀렸다고 할 수만은 없다고 생각한다. 나는 정말 '처음' 가보듯이, 시간을 넘어선 이집트의 신전들을 아내와 함께 볼 것이다. 그로써 오랜 '불공정 관행'에 따른 마음의 짐을 조금이라도 더 덜어낼지 모르겠다. 아내와 서로 간의 공덕을 조금이나마 비슷하게 저울추를 맞추기 위해서, 문명의 경이로움과 대자연의 향기로움, 그리고 그 너머 초월의 풍경까지 함께 보고 기억하면서, 앞서거니 뒤서거니, 시간의 저 불가사의한 유속에 실려 가고 싶은 마음이다. 철없이 맹세했던 그 '마지막 날'이 올 때까지.

아주 오래된 꿈

뻔한 농담 같은 말이지만, 나는 중년이 될 때까지만 해도 내가 일흔 살이 넘은 '할머니아내'와 살게 될 줄을 정말 몰랐다. 내 아내는 영원히 새댁이거나 새댁 같아야 한다고 믿었던 모양이다. 이거, 너무도 순진하여 오히려 슬픈 판타지가 아닌가.

코로나가 사람들 사이를 갈라 사람살이를 섬처럼 만든 지 어느덧 이태, 장구와 판소리 등을 문화센터 등에서 가르치는 일에 특별한 희열감을 가졌던 아내가 그 일에서 타율적으로 분리된 게 화근이었을 것이다. 아내는 점진적으로 우울해졌고, 아울러 무엇이든 자꾸 잃어버리는 일이 부쩍 늘었다. 약속을 까먹거나 카드를 잃어버린 적도 여러 번 있었다.

"나 치매 아닐까?"

아내는 공포감에 차서 자주 중얼거렸다. 우울감도 가속적으로 깊어지는 눈치였다.

"뭘 좀 배우러 다니면 어때?"

스트레스도 풀 겸 도자기나 서예, 혹은 스포츠댄스 같은 걸 배우러 다니면 어떨까 하고 던진 말이었다. 그러나 나의 여러 번에 걸친 권유를 받은 아내가 조심스런 표정으로 최종 선택한 것은 뜻밖에도 영어 회화였다.

"여고 때 회화 그룹 지도를 받다가 그만둔 게 지금도 후회돼."

아내가 한 말이었다.

나는 열심히 검색하고 발품도 팔고 해서 종로에 있는 영어 회화 기초 반 수강 신청을 해주었다. 일주일에 두 번씩 받는 강좌였다. 영어 실력이 야 늘든 말든 상관없었다. 코로나 사태 이후 거의 집에서만 생활해온 아 내인지라 변화가 나들이를 하는 것만도 큰 의미를 거둘 거라고 나는 확 신했다. 더구나 아내는 허리협착증으로 걷는 걸 늘 회피해온 터, 부담은 되겠지만 오며 가며 걷는 것 또한 부가적인 큰 수확이 될 거라는 계산도 있었다.

그러나 아내는 종로까지 다닐 일부터 영 자신이 없는 눈치였다. 아내 는 젊을 때부터 공간지각능력이 아주 부족한 '길치'였으며, 어느덧 '7학년 3반'에 진입한 할머니였고, 차를 몰고 동네 밖으로는 나간 본 적조차 없 는 소극적인 타입이었다. 나는 할 수 없이 수강 첫날과 둘째 날 함께 버스 를 타고 학원까지 동행하면서 광화문에서 종로에 이르는 여러 갈래길과 주요 건물, 버스정류장을 등을 적극적으로 학습시켰다.

실수는 둘째 날 공부가 끝나고 집으로 돌아올 때 일어났다.

학원 앞까지 마중은 나갔는데, 약속이 있어 버스정류장이 보일 듯한 종각 어귀까지만 데려다준 다음 지하철을 타고 내가 먼저 그곳을 떠난 게 문제였다. 아내는 전날에 이미 내가 학습시킨 종로 1가 버스정류장을

두근거리는 고요

찾지 못하고 다음 정류장까지 겁에 질려 걸었다고 했다. 몹시 추운 저녁이었다. 평생 전업주부로 살았지만, 서울 생활이 반세기가 넘었는데도 버스정류장 하나를 못 찾고 고생했다니까 울화통이 터졌다.

"아니 그 정류장 위치를 내가 손으로 가리켜줬는데도 그걸 못 찾았단 말이야!"

참지 못하고 내가 짜증을 부렸더니 자책을 감당하지 못한 아내의 눈가가 금방 젖고 말았다. 이래저래 가슴만 아팠다.

그다음 주 수업하는 날은 일 때문에 내가 시골을 다녀와야 할 처지가 되었다. 이틀을 시골에서 보내고 돌아왔더니 아내의 무릎과 정강이에 작은 상처가 여럿 눈에 띄었다. 내가 무슨 상처냐고 다잡아 묻고 나서야 아내가 고백했다.

"학원 끝나고 횡단보도를 넘어왔는데 글쎄, 인도로 올라서는 순간 나무토막처럼 넘어졌지 뭐야. 지금도 잘 모르겠어. 왜 그렇게 픽 하고 쓰러진 건지."

한순간 정신이 아득했던가 보았다. 지나가던 사람들이 다투어 달려와 아내를 일으켜주었다고 했다. 부축해주는 사람도 있고 상처를 살펴거나 주물러 주는 사람도 있고 괜찮겠냐고 여러 번 물어봐 주는 사람도 있었다.

"그런데 여보, 그 사람들이 모두 스물몇 살밖에 안 되는 젊은이들이었어. 추운데도 가지 않고 내가 제대로 걷는지 확인까지 하면서 살펴주고, 얼마나 마음이 놓이고 또 따뜻한지. 요즘 젊은 애들, 남의 일에 다 관심

없이 이기적이라고들 하지만, 소문이 그런 거지 안 그런 것 같아. 영어공부도 부담되고, 길도 낯설고, 그래서 종로 거리에 정이 도무지 안 갔었는데, 그 일을 겪고 나서 갑자기 종로 거리가 무지 다정하게 느껴지더라니까. 학원에서 버스정류장까지 오는 길도 이제 훤하고"

아내는 말하면서 활짝 웃었다.

넘어지는 일을 계기로 아내는 환하고 다정한 세상의 한 모퉁이와 만난 것이었다. 그것은 코로나로, 혹은 나이 때문에 아내와 내가 언제부터인가 잊었거나 무심코 내다 버린 세상의 소중한 한 모퉁이였다.

오늘은 수요일. 아내가 영어학원에 갔는데 갑자기 눈이 내리기 시작했다. 폭설이다. 허리도 안 좋은 아내가 눈길에서 또 넘어지면 어쩌나 싶어 수업이 끝날 때쯤 학원으로 마중을 갔다. 눈길을 함께 걸어오다가 어느 젊은이들이 빼곡하게 들어앉은 일본식 카레 집에 들어갔더니 모든 주문을 인터넷 모니터에서만 하게 되어 있다. 나이든 우리에겐 너무도 낯선 풍경이었다.

"다른 데로 가지 뭐."

등을 돌리려는 내 팔을 아내가 잡았다.

"우리도 여보, 더듬거리면서라도 해봐요!"

아내의 권유를 받고서야 함께 모니터를 더듬듯 하며 굼뜬 손가락질로 간신히 음식을 주문했다. 그런 방식으로 음식을 주문한 첫 경험이었다. 한참 후 주문한 음식들이 빠짐없이 나오는 걸 보고 아내가 속삭였다.

"종로에 나오니까 이런 것도 해보고, 삼십 년쯤 젊어진 것 같아."

나는 크게 고개를 끄덕여주었다. 뭔지 모르게 뿌듯했다. 학부형의 입장에서 학원비가 아깝지 않은 듯한 느낌이 드는 것도 기분이 좋았다.

"모국어야 잘하지만, 당신도 뭐 영어는 진짜 젬병이잖아. 코로나 끝나고 나서 당신이랑 혹시 외국 여행이라도 가게 되면 이제 걱정 마, 내가 통역해줄 테니."

아내가 킥킥거리면서 덧붙이는데, 카레 집 창밖으론 함박눈이 하얗게 쏟아져 내리고 있었다. 서설瑞雪이었다.

아주 오래된 성찰

그해 나는 무주 산골에서 초등학교 교사로 있었다. 교육대학을 졸업한 게 만 스물한 살이었다. 오로지 경제적인 형편에 맞추어 간 대학인바, 교사로서의 신념이 올곧게 형성돼 있을 리 없었다. 그 무렵의 나는 훌륭한 교사보다 오로지 작가가 되고 싶었다. 나는 교장 선생에게 간청했다. 작가가 되기 위한 일에 마음을 더 쓸 요량이니 여유시간이 많은 저학년 담임을 맡겨달라는 것이었다.

교장 선생은 고개를 가로저었다. 정년이 가까운 교장 선생은 신중한 타입이었다. 교장 선생은 젊은 내가 6학년을 맡아 가르치는 게 옳다고 했다. 이십 대 교사는 나뿐이었다. 서운했지만 교장 선생의 말을 듣지 않을 수는 없었다.

하기야 시간이 많다고 해서 그만큼 더 쓰고 더 읽는 것도 아니었다. 존재론적이거나 사변적인 질문들이 그 무렵의 나를 사로잡고 있었다. 이를테면 목숨은 어디에서 오는가, 목숨을 유지해야 하는 당위성은 내게 있는가, 나는 누구이고, 세계는 어디에 존재하며, 또 세계는 내게서 얼마나 먼가, 나와 세계는 어떻게 분리돼 있는가, 하는 따위.

그곳은 무주에서 충북 영동으로 이어지는 국도에서도 한참이나 안으로 휘어져 들어간 산속에 위치해 있었다. 무주천이 ㄷ자로 감싸고 흐르는 마을이었다. 내가 머무는 하숙집은 학교에서도 1킬로쯤 떨어진 작은 방죽을 지난 곳에 있었다. 나는 수심이 자못 깊은 방죽 앞에서 많은 시간을 보냈다.

전기조차 들어오지 않던 시절이었다. 마을은 늘 텅 빈 듯 조용했다. 추녀가 낮은 집들은 나날이 땅속으로 꺼져 들어가는 것처럼 보였고, 밤이 되면 그야말로 세상이 온통 어둠의 심지처럼 느껴지는 곳이었다. 스물한 살의 나에게 그곳은 하나의 감옥과 다름없었다.

내가 세계로 나아갈 길은 글쓰기뿐이었다.

이듬해 나는 결국 교사직을 무작정 사직했다.

영동역에 와서야 상행선을 탈 것인가 하행선을 탈 것인가 결정해야 한다는 걸 깨닫고, 동전을 던져 상행선으로 행선지를 정한 뒤, 비로소 서울행 차표를 끊었다. 그러나 서울이라고 금방 길이 열리는 건 아니었다. 그곳은 불야성이었지만 길이 닫혀 있기로는 마찬가지였다. 그럴듯한 직장을 얻을 수 없으니 우선 당장 밥을 먹는 것도 문제였다. 하루 한 끼를 먹지 못하는 날도 있었다. 그럴수록 현상 너머, 더 본질적인 그 무엇을 향한 나의 그리움은 더욱 깊어졌다.

나는 세상에도 상처받고 나의 문학에도 상처받았다.

여러 종류의 알바를 전전했고 심지어 시내버스 안내양을 감시하는 '버스계수원'을 한 적도 있고, 월급 9천 원을 주는 잡지사에서 일하기도 했으며, 9천 원으로는 살 수 없어 밤엔 다른 알바를 하기도 했다. 잡지사의 어떤 선배가 문장력이 좋다고 칭찬하면서 글쓰기 아르바이트 거리를 주었는데 어느 유명 가수의 노래를 방송국에 신청하는 가짜엽서를 쓰는 일이었다. 연인에게 바치는 사랑의 편지를 가짜로 지어내고 가수 아무개의 무슨 노래를 들려주세요, 하는 신청 엽서를 써주는 값으로 나는 한동안 밥을 먹었다. 하루에 수백 장의 엽서를 쓰기도 했다. 소수의 사람이나 보는 흑백 TV 미국 수사드라마 더빙 대본을 가져와 소설로 바꿔 쓰는 아르바이트를 한 일도 있었다.

작가가 된 건 1973년이었다.

연애하던 아내와 대책도 없이 결혼식을 올리고 두 달 만에 중앙일보 신춘문예에 당선되었다는 소식을 들었다. 그 무렵 나는 새댁인 아내와 함께 논산시 강경읍 옛집에서 부모에게 얹혀살고 있었다. 새해 첫날 신문에 실린 내 사진을 나는 뜨거운 마음으로 보았다.

작가가 됐으므로 이제 길이 열렸다고 믿었다.

나는 젊은 아내를 데리고 상경, 정릉천 변에 단칸셋방을 얻어 서울 생활을 시작했다. 그러나 작가가 됐으니 살길이 열릴 거라고 여긴 건 착각에 불과했다. 원고청탁은 여전히 오지 않았고 갓 데뷔한 신인 작가를 알아주는 사람도 전무했다. 먹고 살길을 찾아 서울 여기저기를 헤매고 헤매다가 어느 날 강경 집으로 돌아갔더니 어머니가 말했다.

"무주의 교장 선생님이 오셨더라. 하이고, 그 먼길을…."

바로 저학년을 맡겨달라는 내 부탁을 들어주지 않고 6학년 담임을 맡겼던 그 교장 선생이었다. 그 교장 선생은 그때 학교를 정년퇴직한 뒤 무주 읍내에 머물러 살고 있었다. 그 무렵은 교통 사정이 어려워서 무주에서 영동이나 대전을 거쳐 강경까지 오려면 버스 기차 등을 여러 번 갈아타고 족히 네댓 시간 이상을 잡아야 하는 먼길이었다. 내가 부재중이라는 말을 들은 교장 선생은 툇마루에 앉은 채 찬물 한 사발을 마시곤 곧 되짚어 무주로 떠났다고 했다. 새벽에서 밤중까지 걸렸을 먼길을, 이제 일흔이 된 그 어른이 대체 왜 찾아왔단 말인가.

교장 선생은 다행히 내게 짧은 편지를 남겼다.

나는 툇마루에 걸터앉은 채 교장 선생이 만년필로 눌러쓴 편지를 읽었다. 또박또박 쓴 단정한 글씨체의 편지였다. 편지를 지금껏 간직하고 있지 못해 아쉽지만, 기억을 맞춰 보면 편지 내용은 대충 이러했다.

"박 선생의 얼굴을 얼마 전 신문에서 사진으로 보았소. 작가가 된 거 축하하오. 나는 박 선생이 앞으로 많은 소설을 써서 고단하게 사는 사람들의 인생을 크게 위로할 걸 믿소. 미안하오, 그때, 박 선생이 나에게 작가가 될 준비를 하고 싶다면서 저학년 담임을 맡겨달라고 했었는데, 굳이 박 선생에게 6학년 담임을 맡겼던 일 말이오. 돌이켜 보거니와 그때 박 선생 청을 들어주었더라면, 아마도 이미 몇 년 전에 작가가 돼서 벌써 여러 편의 소설을 썼을 텐데. 교육자로 살았으면서도 사람의 쓰임을 가려 보지 못한 우매함이 크오. 멀리 내다보지 못한 지난날의 내 부덕함을 용서하시구려. 앞으로 큰 작가가 되기 바라오!"

그분의 마음자리가 환히 짚히는 짧은 편지였다.

오고 가고 열 시간이 걸렸을지 모르는 그 먼길을 애오라지 그 마음을 전하려고 온 거라니, 사람 관계에서 상처받는 일이 생기면 으레 상대편 탓을 먼저 하려 들던 그 시절의 나에게 그분의 편지는 죽비로 내려친 듯 너무도 큰 울림을 주었다.

따져보면 나에게 6학년을 맡긴 건 그분의 교유한 권한인바 그분에겐 조금도 잘못이 없고 근무시간에서조차 사사로운 꿈에 매달려 보겠다고 저학년 담임을 맡겨 달라 한 내게 더 많은 과오가 있을 터, 그럼에도 불구하고 행여 타인에게 누가 되는 일은 없었을까 하면서, 당신의 인생을 찬찬히 돌아보고 그 깊은 마음을 실천적으로 표현하고자 찾아온 먼길일진대, 그 얼마나 깊고, 귀하고, 향기로운 성찰인가.

아주 작은 지적이나 비판도 견디지 못하고 더욱더 큰소리쳐 자신을 방어하고 나서는 사람들이 오히려 득세하는 요즘 세태를 보면 항상 그 교장 선생이 떠오른다. 그분과 같은 성찰을 가진 사람들이 주인이거나 지도자인 세상은 얼마나 따뜻하고 얼마나 행복할까.

정직하게 살고자 하는 수많은 사람의 지향과 꿈에 큰 누累를 끼친 게 분명한데도 자신에겐 오로지 '법적 잘못'이 없다면서 과오를 지적한 사람들을 오히려 고소 고발하고 나서는 반인간적 지도자급 몰염치들을 수시로 보면서, 또 이런 분들을 내 편이라고 한사코 품고 가려는 반문화적이고 정파적인 권력 구조를 매일 만나면서, 그래도 희망을 버릴 수는 없기 때문에, 나는 여전히 힘주어 이렇게 말하고 싶다. 그 교장 선생이 내게 보여주었던 어른다운 인간주의적 성찰이야말로 가장 힘이 있으며 또 가장 오래가는 가치라고. 인류의, 어쩌면 지구의 미래까지도 그런 성찰의 유무에 달려 있을지 모른다고.

아주 오래된 왕관 이야기

외출에서 돌아온 나를 향해 아내가 손부터 씻으라고 야단이다. 한 자리 숫자로 내려갔던 일일 코로나 확진자 수가 두 자리로 올라가 여러 날째 떨어지지 않고 있기 때문이다.

"죽는 건 안 무섭지만 코로나로 죽는 건 무서워!"

아내가 다짜고짜 세면실로 나를 몰아넣는다.

"코로나에 걸리면, 죽는다고 해도 가족들조차 면회가 안 된다잖아. 당신과 서로 손 한번 잡아보지 못하고, 애들도 못 보고. 아이고, 나는 그렇게는 못 죽어! 나 죽을 때는 당신이 머리맡 지키면서 꼭 손을 잡아줘야 해! 평생 당신 밥을 챙겨 먹인 진짜 보람을 그거 말고 내 남은 인생의 어디에서 거두겠어?"

요컨대 아내는 죽음 앞에서 일지라도 평생을 함께해온 내가 곁에서 손을 잡아준다면 조금도 무섭지 않을 것 같다는 것이다. 나는 고개를 끄덕거린다. 아무렴, 사랑하는 사람들과 이별의 눈빛 한번 나누지 못하고 혼자 죽어가야 한다면 얼마나 모질고 무섭겠는가.

코로나는 라틴어로 왕관이란 뜻이다.

일식이나 월식 때 해나 달의 둘레에 생기는 광환光環도 코로나다. 확

두근거리는 고요

대해 찍은 사진에서 코로나바이러스는 먼 세계로의 확장성이 느껴지는 아름다운 균형의 광환으로 되어 있다. 코로나 입장에서는 아름다운 균형이겠지만, 사람에게 이 광환은 죽음의 기호에 가깝다. 미국에서는 코로나바이러스를 가리켜 '부머 제거제'라고 부르기도 한다. 젊은 사람은 무증상으로 지나가기도 하지만 '베이비부머' 세대 이상의 노인들에겐 치명적이기 때문이다.

하기야 '치명적'이라는 것도 생각 나름이겠다. 이를테면 교통사고로 사망하는 숫자가 하루 평균 10명 이상이라는 걸 고려하면 코로나 사망률은 얼핏 소소하게 느껴질 수도 있다. 그러나 우리가 가진 두려움은 교통사고와 비교할 수 없다. '불안은 영혼을 잠식한다'라고 하지 않던가. 동네 국밥집에 내려갔는데 손님이 하나도 없다. 주인은 "재난지원금 때 반짝하더니 요즘은 다시 이래요. 코로나를 어찌나 무서워들 하는지!" 한다. 코로나보다 공포감이 더 큰 문제라는 말에 전적으로 동의하기도, 난처하지만 무조건 아니라고 할 수도 없다.

코로나바이러스는 우리를 시험하고 있다.

중국 우한에 코로나가 창궐하던 초기만 해도 우리는 그것이 남의 일인 줄 알았지만, 이내 코로나는 우리의 문제가 되었다. 우리가 코로나 공포감에 시달릴 때 북유럽이나 미국도 코로나를 단지 아시아인들의 문제라고 생각했을지 모르나, 그것은 또 전 세계인의 코로나로 금세 둔갑했다. 다시 말해, 코로나 팬데믹이야말로 인류가 전 세계적으로 또 전 존재적으로 긴밀하게 맺어져 있다는 것을 확연히 상기시켜주었다는 것이다. 거의 폭력적인 속도로 진행돼온 세계화의 부정적 성과를 코로나가 여실히 보여주었다면 과장일까.

그러나 코로나가 나타나자 세계는 갑자기 모든 문을 닫기 시작했다. 국경은 봉쇄됐다. '세계인'이라고 부르면서 글로벌의 가치를 높이 사던 사람들이 불현듯 우리나라와 남의 나라, 너와 나를 엄격히 가르고 더 나아가 강력한 통제를 불렀다. '격리'라는 말이 보편화되었으며 자발적 거리 두기가 강제적 거리 두기로 전환됐다. '악수'는 나쁜 문화가 되었고, 이기적 고립이 착한 문화의 중심을 이루었다.

이것이 무엇이란 말인가.

전 세계가 한통속으로 연결되어 있다는 걸 강력히 환기시킨 것도 코로나요 전 세계, 나아가 친구조차 등진 채 고립되어 있으라고 가르치는 것도 바로 코로나다. 모순된 두 개의 가치를 코로나는 마치 전제군주의 '왕관'이라도 쓴 양 우리에게 오만하게 요구하고 있다. 병 주고 약 주는 것도 정도가 있지, 이 모순된 명제 사이에서, 수천 년간 쌓아 올린 문명의 체계를 의심하면서, 갈팡질팡하거나 쩔쩔매는 나약한 우리 자신을 보라. 돈의 가치로 신의 가치도 이길 수 있을 듯 오만했던 우리와 비교하건대, 지금 눈에 보이지도 않는 저것, 코로나바이러스 앞에서 쩔쩔매고 있는 우리는 대체 누구란 말인가.

인간은 섬이 아니며 섬으로 존재할 수도 없다.

코로나가 무섭다고 삶을 멈출 수도 없는 노릇이다. 세계로 나아갈 것인가, 독방에 머물 것인가. 타인을 받아들일 것인가, 의심하고 부정할 것인가. 우리 모두가 필연적으로 연결되어 있음을 명백히 깨닫는 순간 모두를 뿌리친 채 고립되어 있으라는 이 모순된 명제를 어떻게 받아들일 것인가. 이 단순한 대립적 가치 사이에서 몸과 마음이 단지 갈팡질팡하고 있을 뿐이라면, 고독과 불안과 불신과 분노와 체념과 무기력 따위에게 우리가 삶을 통째로 저당 잡히는 꼴이라 하지 않을 수 없다.

"나 죽을 때, 그때는 당신이 꼭 곁에 있어야 해!"

아내가 끝내 내게 손가락을 걸자고 한다. 나는 아내의 손가락에 내 손가락을 건다. 누가 먼저 갈는지는 모르지만 죽을 때 곁에 꼭 있어 달라고 손가락 걸어 약속할 사람이 세상에 아내 말고 또 누가 더 있겠는가. 코로나바이러스 때문에 내가 평생 맺고 살아온 수많은 관계의 참된 정체성이 확연히 드러나는 것을 그 순간 확인하고 경험한 셈이다.

나는 누구인가. 나의 무엇이 내 삶의 참 주인인가. 나는 그동안 세계와 어떻게 맺어져 왔고 어떻게 분리돼 있었던가. 내게서 참은 무엇이고 거짓은 무엇인가. 인류의 문명에 과연 더 나은 내일이 보장되어 있는가.

세계와 필연적으로 맺어져 있으면서 그러나 그 세계로 가지 말라는 모순된 명제 사이에 서면 삶은 실존적 상태에 놓이고, 그러면 당연히 자신에게 돌아올 수밖에 없다. 요컨대 정체성의 근본이다. 그러므로 나는 누구인가 등의 문제들을 진지하게 바라볼 계기로 삼을 수 있다면, 코로나바이러스의 이 국면이야말로 축복이 될 수도 있다는 말이다. 죽을 둥 살 둥 수상한 세계화의 길을 달려오느라 언제 한번 나를 돌아다볼 새나 있었던가.

삶은 기실 코로나바이러스보다 더 무섭다.

그렇지 않은가. 아무런 의미 없이 그냥 내던져져 있을 뿐이라면 부자가 되든 남보다 높은 자리에 오르든, 삶은 그저 공허한 허공에 매달린 것에 불과해진다. 세계와 거리를 두라고 강요당하는 요즘이야말로 일찍이 우리가 욕망을 좇아 달려오느라 어느 길가, 어느 빌딩 그늘에 버렸을지도 모르는 우리 자신과 다시 만날 절호의 기회로 활용할 수 있다.

그러니 확진자 몇 명 따위의 뉴스만 좇으며 불안에 떨 일이 아니다. 오래전 읽다가 내던져놓은 책이라도 한 권 찾아들고 본래의 내가 돌아올 저 귀한 의자에 차분히 앉아보면 어떨까. 사랑하는 사람에게 첫 마음으로 돌아가 손편지 하나쯤 써보는 건? 하다못해 무심코 지나쳐온 가로수 그늘에 멈춰 서서 한 번쯤 그 그늘의 깊이를 재보는 건 어떨까.

중요한 것은 영혼의 품격이다.

영혼의 품격을 높이는 기회를 코로나가 가져왔다고 여길 수만 있다면 그렇고말고, 그까짓 코로나가 무서울 것 없다. 나는 지금 당장이라도 품격 높은 당신의 턱 밑까지 다가들어, 멋진 당신의 향기를 맡고 싶다.

두근거리는 고요

어여쁜 이별

누나들 가운데 셋째 누나가 제일 예뻤다. 셋째 누나는 키도 컸고 갸름한 얼굴형에 목이 길었으며 피부도 고왔다. 바느질 솜씨가 좋았고 특히 수를 잘 놓았다. 나보다 꼭 열 살이 많은 누나였다. 수틀을 들고 있는 모습이 보기 좋아 누나가 수틀을 들고 앉아 있으면 어린 나는 늘 그 옆에서 빈둥거리며 놀았다. 누나는 옛날이야기도 잘했다. 슬픈 이야기를 들으면 눈물이 났고 무서운 이야기를 들으면 누나의 치마폭으로 파고들었다. 소설가로서의 내 운명이 누나에게 들었던 그 이야기들로부터 비롯됐을 것이다.

오래 진행돼온 파킨슨병에 치매가 더해져 누나가 병원에 입원한 것은 6개월쯤 전이었다. 처음 문병 간 날 누나는 "건강 생각해 담배를 끊어라!" 하고 말했다. 나는 담배를 끊을 마음이 전혀 없으면서 건성으로 머리를 끄덕여주었다.

누나의 병세는 그 이후 급속도로 기울었다.

바쁘다는 핑계로 달포 만에 찾아갔더니 누나는 말을 잘하지 못했다. 그 무렵엔 매형도 치매로 같은 병원에 입원해 있었다. 괄괄했던 매형이 사람을 잘 못 알아보고 종잡을 수 없는 말을 하는 것을 이해할 수가 없었다. 남녀가 유별하니 누나와 매형은 같은 치매를 앓고 있었지만 같은 병실을 쓸 수도 없었다. 매형은 병원 6층, 누나는 5층이었다. 평생을 함께한 부부가 마지막 단계에선 서로 얼굴도 못 보고 그렇게 따로따로 누워있었다.

이별을 준비하라는 의사의 말을 들었다는 조카의 전화를 받고 간 날, 누나는 산소 호흡기에 의지해 어렵게 숨을 쉬고 있었다. 튜브를 통해 음식물을 주입받은 것도 벌써 두 달이나 지나 있었다. 마를 대로 말랐으나 피부만은 여전히 맑고 고왔다. 동료환자들이 누나를 "예쁜 할머니"라고 부른다며 조카는 눈시울을 붉혔다. 고단한 살림에도 4남매를 훌륭히 키워낸 누나는 말은 못 했으나 더러 알아들을 때도 있다고 했다. 가슴이 탁 막혔다.

본래 영민하고 깔끔한 성격이었다.

그렇게 누워 시간을 오래 끄는 것은 누나의 성격으로 보아도 견딜 수 없는 오욕이자 고통일 터였다. "괜찮아. 누나가 사랑하는 애들도 다 여기 있잖아. 그러니 무서워하지 마. 힘쓸 것도 없어. 하느님에게 맡기고 그냥 마음을 턱 내려놔!" 나는 누나의 뺨을 쓰다듬으면서 귀에 대고 속삭여주었다. 누나가 한순간 눈을 크게 떴다.

내 말을 알아듣고 있다고 나는 느꼈다.

집으로 돌아와 채 몇 시간이 지나지 않아 누나가 이승을 떠났다는 문자를 받았다. 4남매가 한 사람씩 당신의 귓가에 사랑의 마음을 충분히 전한 다음이었다. 누나의 머리를 안고 있던 큰 조카는 "어머니의 혼이 아주 고요하고 부드럽게 빠져나가는 것을 느꼈다"라고 했다. 여의도에 매화가 피었다는 봄소식을 듣던 날이었다.

나는 누나가 마침내 새봄의 첫 꽃으로 피었다고 생각했다.

두근거리는 고요

옛꿈

누가 따라오잖아 깊은 밤

어스레한 골목길 돌아들 때

먼 곳에서 봄눈 내리는 소리 혹 들리거든

돌아봐, 검은 베일로 얼굴 가리고

기우뚱기우뚱 당신을 쫓아오는

저기 저 성긴 물혹들

옛꿈의 유령

지난겨울 어느 집 추녀 밑에

무심코 떨어뜨리고 온

피 젖은 살점 하나

속눈썹 하나

봄은 또 온다는데

아우성치는 자갈밭을 지나와

햇빛 아래 앙바틈 돌아앉아

사랑은 눈물보다 희다면서

발뒤꿈치 굳은살 떼어내다가 말고

먼 바다 물새들 힘찬 날갯짓

돌아봐 누이야 오늘도

봄꽃들 소담소담 벙글어지는 소리

 - 시집 《구시렁구시렁 일흔》에서 〈옛꿈〉

논산에 내려간 뒤 한때 목공예를 배우러 다녔다. 폐교에 자리 잡은 목공예 작업실에는 늘 갖가지 목재들이 쌓여 있었는데, 그 사이에 앉아 있으면 절간에 간 것보다도 더 마음이 편안해졌다. 목재들의 느낌도 그렇거니와 주인장이신 목인 선생의 수수하고 조용한 인품도 한몫했을 것이었다. 편안하기만 한 것이 아니라 마음이 정화되는 느낌까지 있었다.

네 명이나 되는 어린 손녀딸의 식탁 의자를 짜기도 했다. 자못 힘든 작업이었다. 대패질 톱질이야 그럭저럭 넘어간다 쳐도 여러 번 반복해야 하는 사포질은 쉽지 않았다. 작업을 하고 돌아오면 몇 시간씩 누워서 허리와 어깨 등을 달래야 겨우 책이라도 읽을 수 있었다. 그래도 사랑하는 손녀들의 의자를 짜는 일이라서 작업하던 매일매일이 행복했다. 아이들 모두 초등학교도 입학하기 전이었다. 자라면서 키에 따라 다리를 자르면 어른이 될 때까지 사용할 수 있도록 크고 튼튼하게 짰다. 등받이 한쪽에 '사랑하는 정에게', '사랑하는 솔에게', '사랑하는 연에게', '사랑하는 준에게'라고 육필로 써서 새기고 일곱 색깔을 입힌 뒤에, '무지개의자'라고 명명하기도 했다.

나무가 좋아 젊을 때는 목공예를 배우러 다닌 적도 있었다. 삼십 대였다. 동물의 형상을 깎기도 하고 목재로 된 그릇이나 함을 만들기도 했다.

전통적인 함을 깎아 그룹전에 출품한 적도 있었다. 계속 나무만 다루고 살면 행복할 것 같았다.

그러나 연재소설로 밥을 먹고 살던 때였고, 일일이 원고지에 손으로 직접 원고를 써야 하는 시절이었다. 나무를 깎는 건 몰입도가 큰 작업이라 쉬는 것조차 곧잘 잊었으므로 늘 작업 후 후유증이 남았다. 목공예를 하고 나면 며칠 동안 손이 떨려 제대로 원고를 쓸 수가 없었다. 연재소설이 나와 내 가족들의 '밥'인바, 그 일에 방해가 되는 목공예를 지속하는 일이 쉽지 않았다.

나는 결국 "나중에…."라고 중얼거리면서 목공작업, 또는 목공예를 중단했다. 언젠가 한가해지면 온종일 내가 좋아하는 나무를 깎고 다듬으면서 지낼 수 있을 거라고 나는 꿈꾸었다. 나의 꿈 하나는 그렇게 '나중에'라는 감옥에 유폐된 채 먼 훗날로 미루어졌다.

큰 누님이 열여섯 살 때, 위로 누나만 넷이나 있는 집의 막내 외아들로 내가 태어났다. 아버지는 읍내에 나가 장사를 했고 어머니는 고향에 남아 다섯 자식을 건사하며 논농사를 맡아 했다. 어머니는 하루도 쉴 겨를이 없었다. 당연히 갓난쟁이 나를 맡아 키우는 일을 주로 한 것은 큰누님이었다.

큰누님은 불과 열일곱 살에 시집을 갔는데 그 짝이 동네 총각으로 목수였다. 그다지 실력이 도드라진 목수는 아니었다. 그래도 나무를 다루는 사람이라 어릴 때 내가 장난감으로 가지고 놀만 한 걸 가끔 나무로 깎아준 게 바로 큰 매형이었다. 어설픈 솜씨로 사람이나 배의 형상을 깎아준 일도 있었다. 그것이 아마 목재에 대해 내가 남다른 친근감을 갖게 한 계기가 됐을 것이었다.

오랜 세월 나는 좋아하는 목공예 일을 하지 못했다.

나는 계속 소설 쓰기에 매진했고, 그것이 나의 직업이자 꿈이고 나의 모든 사랑이라고 자연스럽게 생각하기에 이르렀다. '나중에'라는 감옥에 유폐시킨 나의 옛꿈은 논산에 내려가기 진까지는 거의 잊어버리고 살았다. 논산에 내려가 목인 선생의 작업실에 들러 여기저기 쌓인 여러 목재를 만났을 때 갑자기 유폐시킨 옛꿈의 한 자락이 빼꼼 얼굴을 내밀고 나왔다.

"나 여기 있어요!"

그 옛꿈이 나를 향해 말하는 것 같았다. 너무 오랜만에 만나는 옛꿈인데도 크게 생소하진 않았다. 나는 환호했고, 기쁘게 다시 찾아와준 나의 옛꿈을 마음속에 기꺼이 품었다.

네 손녀딸의 의자를 짜기 시작한 게 그 무렵이었다.

그때만 해도 내가 어떤 시간을 살고 있는지 나는 잘 모르고 있었다. 나는 막 일흔 살 고개를 넘는 중이었다. 젊은 사람에게 쉬운 작업도 일흔 고개에 선 내겐 쉽지 않은 일이라는 걸 깨닫는 데는 오랜 시간이 필요 없었다. 젊을 때는 육필로 원고를 쓰던 시절이라 팔이 문제가 됐는데 일흔 고개에선 허리가 문제였다. 목공 일은 특히 허리를 많이 써야 하는 일이니 더욱 그러했다.

손녀딸들을 위해 네 개의 의자를 완성하고 나서 다른 작업을 막 시작할 무렵, 누워있다가 일어나는데 허리에서 생살을 쩨는 것 같은 극심한 통증이 왔다. 허리를 펼 수도 없고 앉을 수도 누울 수도 없었다. 병원을 다녀오고 마사지를 해도 여러 날 거의 누워 견뎌야만 했다. 의사는 근육 다발을 둘러싼 섬유소들이 끊어져 생긴 일이라고 했다.

스무날 이상 일상생활을 할 수 없는지라 목공일만 생각하면 공포감이 들 정도가 되었다. 위의 시를 쓴 게 그 무렵이었다. 나는 미루기만 해온 나의 '옛꿈'에게 미안했고 그동안 너무 심하게 부려먹으면서 안위를 돌보지 않은 나의 '척추'에게 미안했다.

각설하고,

목공예 작업실에 들렀다가 목인 선생이 구해다 놓은 아름드리 소나무를 보고 그만 욕심이 나서 탁자를 만들겠다며 그 소나무를 찜해놓은 것이 벌써 2년여 전이다. 그 소나무에 나의 문장들을 양각으로 새겨 멋진 탁자를 만들고 싶지만, 막상 작업을 시작할 엄두는 내지 못하고 있다. 다른 누군가 그 소나무를 탐내기도 한다는 말을 들을 적도 있었으나 그것을 남에게 넘겨주라고 말하기도 싫다.

그사이 나는 허리가 두 번이나 고장 났고 급기야는 폐 일부를 떼어내는 절제 수술을 받기도 했다. 목인 선생의 작업실에 들르면, 요즘도 나는 그 소나무를 한참씩 들여다보고 그 소나무 또한 한참씩 목마른 듯이 나는 올려다본다. "뭐 시작만 하시면 제가 좀 도와드릴게요." 내 눈치를 살피면서 목인 선생이 말한 적도 있다.

"그럼요. 언젠가 꼭 시작할 거예요!"

내가 대꾸한 말이다. 혹시 끝내 시작조차 하지 못하는 게 아닐까 하고 생각한 적도 있지만, 내가 언젠가 작업을 시작할 그 소나무가 거기 있으므로 얻는 위로는 작지 않다. 그러나 그럼에도 불구하고 모든 건 때가 있다는 걸 너무 늦게 안 것은 아닐까 하고 더러 후회할 때가 많다.

돌아보면 젊은 날에도 그러했을 것이다.

소설을 한두 편쯤 줄여 쓰고 그 시간에 내가 좋아하는 목공일을 했으면 삶이 더 풍요롭지 않았을까. 소크라테스가 이르길 '행복은 자족 속에 있다.' 했거니와, 자족을 위한 소박한 행복들은 뒤로 미룰 것이 아니라 내가 원하는 바의 작은 실천을 통해, 그때그때 바구니에 담는 것이 좋다는 걸 너무 늦게 안 것이 속상할 때가 많다.

두근거리는 고요

인생

어머니 아버지, 말년엔 늘 머리를 서로 반대쪽에 두고 주무셨다. 사이가 특별히 나쁜 것도 아니었는데. 두 분 돌아가신 지 30년도 넘었지만 아직까지 그것을 해석 못 하고 있다. 작가 생활 45년째, 수십 권의 책을 쓰고 수천의 책을 읽어 나름 세계와 사람들의 감춰진 오욕칠정도 잘 집어내 무당이란 말도 더러 듣는 참에, 여전히 가장 사모하는 두 분의 그 작은 삽화 하나를 이해 못 하다니, 내가 분별력이 부족한가 인생을 모르는가, 아니면 두 분을 제대로 사랑하지 않은 건가. 누군가를 온전히 안다는 건 낙타 타고 바늘귀를 통과하는 일처럼 어렵다. 인생을 이해하는 건 더 그럴 것이다. 지금도 혼술에 취해 누워 세계의 문제를 다 버리고 골똘히, 겨우 그걸 생각하며 자문하고 있다. "어머니 아버지는 나란히, 그러나 왜 서로 머릴 반대쪽에 두고 주무셨을까."

죽집 데이트

내가 잠깐 자리를 비운 사이, 접수대 번호표를 받고도 멍~ 순서를 한참 넘긴 다음, 아내가 당황한 낯빛으로 새 번호표를 뽑는다. 정기검진을 받으려고 온 강북삼성병원 종합검진실. "무슨 생각을 그리 하느라고…?" 내가 묻고, 민망한 표정으로 "암것도…." 아내가 말끝을 흐린다.

대기실엔 사람들이 빼곡하다.

옷을 갈아입은 아내가 검진에 들어가는 걸 본 다음에야 나는 혼자 병원 뜰로 나온다. 내시경도 봐야 하니 두 시간은 기다려야 할 참이다. 병원 뜰 한편에 새로 심은 듯 가녀린 이팝나무가 흰 꽃을 피우고 서 있다. 하늘은 무거운 암회색이다. 나는 벤치에 앉아 우두망찰 하늘을 본다. 쇠락하는 존재의 심지만큼 어둔 하늘이다.

요즘은 아내의 병원 출입이 잦다.

총기가 예전 같지 않은지라 나는 웬만하면 아내의 병원행에 동반한다. 나이 드느라 겪는 자질구레한 병증이지만 일주일에 나흘이나 병원을 간 적도 있다. 긴 대기 시간도 함께 하고 미로 같은 복도들도 아내의 손을 잡고 걷는다. 얼마 전, 세브란스 본관에서 혈관센터로 이동할 때 아내가 행복한 표정으로 했던 말이 잊히지 않는다.

"늙는 게 꼭 나쁜 것만은 아니네. 당신하고 이렇게 병원데이트 하는 게 참 좋아!" 너무 바쁘게만 지내느라 아내와 오붓한 시간도 별로 갖지 못했던 지난날이 두서없이 눈앞을 스치면서, "요즘은 뭐 집에서도 둘이 함께 지내는 날 많잖아?" 내 말에, "집 하곤 달라. 병원에 함께 오면 진짜로 당신의 보호를 받는 느낌이라." 새댁처럼 입가를 가리고 아내는 웃는다. 앞뒤를 다 절제한 이런 순애의 집중이야말로 인생의 마지막에 받는 축복일 것이다.

나는 병원 밖으로 나가 아침밥 대신 카푸치노를 한잔 사 들고 돌아와 병원 뜰의 벤치에 앉는다. 내 또래 노부부가 거리 두기를 무시한 채 옆 벤치에 앉아있다. 남편이 많이 아픈 모양이다. 늙은 아내가 거즈 수건으로 남편의 눈가와 입가를 연신 닦아주는데 그 어깨너머로 이팝나무 흰 꽃잎이 슬그머니 낙하하고 있다. 표식도 없고 부서짐도 없는 홀홀한 낙화이다. 바라건대, 언젠가 맞이할 나와 아내의 낙하도 저 이팝나무의 홀홀한 흰 꽃잎 같았으면 참 좋겠다.

이윽고 아내가 전화로 나를 찾는다.

검진이 끝난 모양이다. 나는 옷매무새를 살핀 뒤 표정을 정돈하고 일어서서 아내가 나올 검진병동 쪽으로 잰걸음을 놓는다. '병원데이트'의 마지막 순서가 날 기다리고 있다. 위내시경검사도 했으니 아내와의 오늘 데이트는 '죽집'에서 끝내야 할 것 같다.

모자를 깊이 눌러쓴 허리 굽은 노파를 어깨가 떡 벌어진 청년이 싸안 듯이 하고 나보다 앞서 걷고 있다. 청년이 무슨 우스갯소리를 했는지 노파가 멈춰 서서 청년의 옆구리를 젊은 애인처럼 툭툭 친다. 중병이 든 모양으로 바싹 마른 노파는 생의 갖가지 길이 쌓인 듯 주름살투성이고 청년은 산적처럼 우락부락한데, 마주 보는 웃음은 박하사탕처럼 달고 화사하다.

아무렴, 늙고 병드는 게 꼭 나쁜 것만은 아닐 터이다. 인생의 마지막 자락에서 맺어지고 만나고 확인해갈 이런 식의 따뜻한 정이야말로 하늘이 내려주는 마지막 자비일 터, 인생의 성패가 바로 여기에 달려 있다.

"나 위염이 좀 있고, 위암은 없대!"

다가온 아내가 밝은 목소리로 와락 내 손을 잡아 온다. 요즘 소화가 좀 안 됐던 터라 속으로 위암을 의심했던 모양이다. 늙으면 매사가 다 두렵지만, 누군가 손을 잡아주면 이길 수 있다. 나는 아내의 손을 잡고 '죽집'이라고 쓰인 생의 언덕 하나를 오늘 또 넘을 예정이다. 봄은 스러지고 있지만, 여전히 맑고 좋은 아침이다.

천 개의 얼굴을 가진 그대 때문에 미치겠다

〈꽃〉이라는 제목으로 이런 시를 쓴 바 있다.

봄날 온 산천에
종환腫患들이 떼지어 솟아
터진다
피고름이 터진다
무섭다

- 시집《산이 움직이고 물은 머문다》에서

봄이 일찍 도래했기 때문일까. 올봄의 꽃들은 피어나는 게 아니라 터
져 나오는 것 같다. 울안의 매화, 산수유가 먼저 터지더니 호숫가를 따라
벚꽃들이 줄지어 터져 나오고, 앵두, 자두, 복숭아, 배꽃, 조팝나무, 싸리
꽃 등이 도미노로 줄지어 소리치고 나선다. 겨울의 혹한을 견뎌내느라 미
상불 고열이 나고 통증도 더러 느꼈을 터이다. 그러니 결과로서의 꽃이
야 애오라지 눈부시고 고울망정 그 과정의 어둠 속에서야 잔인하고 피어
린 고투苦鬪가 왜 없었겠는가. 저것은 분명 금기를 깨치고 터져 나오는 못

말릴 색정이요, 천상을 건들만한 존재의 나팔소리인 것이다. 관념이 아니다. 리얼리즘이다. 실제적인 빅뱅이다.

그런가 하면 이런 시도 나는 쓴다.

내가 만약 다시 태어난다면
저 물로 살아야지
강물 되어야지
그대 꽃으로 피면
품고 흘러야지
먼 바다 끝으로 가서
기쁘게 하늘로 오르고
외로우면 새 봄에 봄비로 내려
그대 정결한 이마
부드럽게 적셔야지
따뜻이 스며들어야지
– 시집《구시렁구시렁 일흔》에서

봄꽃들 때문에 바야흐로 내 감수성이 하늘을 찌른다. 갑옷으로 무장하지 않고선 견딜 수 없는 세상일진대 누구인들, 횡격막 아래 억눌려 있던 '시인'이 왜 없겠는가. 제 안의 욕망을 주체하지 못한 저들이 찰나조차 채 잊지 않아 삽시간에 꽃비로 내리려니와, 그러므로 당연히 나의 슬픔은

두근거리는 고요

이번엔 냉큼 초월에 이른다. 봄은 상승과 추락의 단애라 할 만하다. 활상 滑翔의 여유를 즐길 사이도 없다. 피는 것은 꽃의 활생이요 지는 것은 꽃의 죽음이라, 그 활생과 죽음 사이가 가히 면도날이다. 바르도^{Bardo}다. 속수무책, 소주잔이나 기울일 뿐 맞장뜰 전략이 없다.

삶은 말할 것도 없이 실제와 초월 사이에 있다. 연전에 쓴 소설《소금》에서 자본주의를 두고 '거대한 빨대들의 네트워크'라고 말한 바 있거니와, 세상이 아무리 우리에게 '빨대'를 하나씩 들려 저기 불안한 소비의 정글로 몰아낸다고 하더라도 인간이기 때문에 우리는 초월적인 먼 꿈을 모조리 지울 수는 없다. 이른바 본성이라고 부르는 영혼의 원자핵에 그것이 깃들어 있기 때문이다. 영원히 지속하고 싶은 것이 어찌 목숨뿐이겠는가. 사랑도 그렇고 행복도 그렇고 신의 옷깃을 잡고 싶은 갈망도 그러하다.

행복해지기 위해 소비가 지금 부족한가. 혹시 울지 못해, 화내지 못해, 사랑한다고 말하지 못해 불행한 것은 아닌가. 봄꽃의 발화와 저 정결한 낙화를 보라. 제 안에 분명히 실재하는 것들을 한사코 부정하며 가는 진군은 소비라는 이름의 화려한 재화의 감옥에 우리를 가둘 뿐이다. 아울러 자본주의적 삶의 최고 도구인 '빨대'를 하나씩 들려주며 오로지 소비를 따라가라고 말하는 사회는 행복을 지향하는 사회가 아닌 게 분명하다. 육체도 영혼도 불완전한 것이 인간이다. 사람이 사람으로서 감추기 가장 어려운 것은 '기침'과 '사랑에의 불꽃'이라고 나는 믿는다. 생산성 제고를 향한 욕망은 신명이라고 부추기며 추앙하고, 본원에 대한 갈망은 한恨이라고 이름 붙여 폐기 처분하는 것이 좋은지를 생각하면서.

친구의 결혼식과 장례식

이제 일흔 살이 막 되는 참에, '친구 결혼식'에 다녀온다. 사람들에게 '친구 결혼식'에 다녀온다고 하니까 "아직도 애들 결혼시키는 친구가 있어?" 하고 되묻는다. 아들딸 결혼식이라고 해도 사뭇 늦었다고 여기고 던지는 말이다. "아니야. 대학 때의 여자 동창생이 결혼한다고 해서!" 설명을 보태고 나자 그제야 사람들은 고개를 끄덕거린다.

신랑 각시가 동갑이다. '신랑'은 아내와 이혼했다지만 내 친구인 '각시' 최^崔는 남편과 사별한 지 17년이 넘는다. 총명한 친구이니 식이고 뭐고 할 것 없이 그냥 함께 살면 된다는 생각도 해보았겠지만, 황혼기에 접어들어 만난 귀한 인연인바 미상불 더욱더 격식을 갖추고 싶었던가 보았다.

성혼선언까지 하고 나더니 다 큰 자녀들의 하례를 받는다. 그 순서가 인상 깊다. 신부 쪽은 남매를, 신랑 쪽은 2남 1녀를 둔 모양이다. 자식들은 물론 손자 손녀들까지 차례로 나와 꽃다발로 '할머니 할아버지의 결혼'에 예를 올린다. 후손들을 안아주는 할머니 신부, 할아버지 신랑의 모습이 참 보기 좋다.

젊어서 치르는 초혼은, 아파트도 장만해야지 자식도 낳고 키워야지, 시댁 친정 두루 챙겨야지 직장에서도 몫을 다해야지, 기실 해야 할 일을 곱사등으로 짊어지고 치르는 혼례식이지만 일흔에 하는 결혼은 해야 할 일을 다 마치고 다시 시작하는 인연이니 앞으로 사랑밖에 나눌 일이 없겠다 싶다. 분위기가 그래서 더 가뿐하다. 신부와 신랑이 하객들은 물론 자신들이 맺어지는 걸 흔쾌히 이해해주고 축하해준 자식들에게 감사의 마음을 전하는 것이 식순의 마지막이다. 수줍은 듯한 신랑 신부는 물론 하객으로 온 칠십 대 내 친구들의 표정도 하나같이 환하다.

"우리가 장례식에서 만나는 게 자연스러울 나이가 됐는데 친구의 결혼식에서 만나다니 거참 묘하네." 친구1의 말에 친구2가, "저기 저 신랑 각시 좀 봐. 얼굴에 주름살이야 좀 있지만 젊은 신랑 신부보다 눈빛이 외려 더 반짝반짝하네그려. 오늘 밤 구들장을 아예 내려 앉힐 것 같으이!" 구들장에서 박장대소하고 난 친구3이 "사랑에 무슨 나이가 있겠나!" 중얼거리자 친구4가, "장례식이라 해도 그래. 제 몫을 다하고 늙어 죽는다면 그 또한 슬플 거 뭐 있겠어. 내 장례식에 혹시 자네들 모여 앉으면 우거지상 억지로 하지 말고 오늘처럼 흐뭇한 표정으로 술이나 한 잔씩 부어줘!"

마지막 추임새를 넣는다.

아무렴. 특별한 건 아무것도 없다. 만나고 사랑하고 늙고 죽는 것이 생각하면 다 하나의 자연현상일 뿐이다. 그 모든 걸 자연스럽게 맞이할 수만 있다면 무엇이 두렵겠는가. 늙어가면서 내가 닿고 싶은 생의 비전이 바로 거기 있다.

4장

함께 걷되 혼자 걷고, 혼자 걷되 함께 걷는다

- 세상 이야기

걸레와 양복 이야기

그 무렵 그는 K대 교육대학원에 다니고 있었다. 글만 써서는 입에 풀칠도 할 수 없던 가난한 서른 살 무렵, 중학교 국어교사로 재직할 때였다. 하루 평균 6시간씩 수업을 해야 했던 시절이었다. 온몸이 파김치처럼 된 상태로도 그는 더 먼 꿈을 좇아 밤이면 대학원 수업을 들으러 다녔다. 시간에 쫓겨 저녁조차 먹지 못하고 대학원에 가야 하는 날도 있었다.

초겨울이었던가. 졸다가 눈을 떴더니 버스가 낯선 변두리를 지나고 있었다. K대학을 지나친 게 확실했다. 판잣집이 끝없이 이어진 달동네였다. 대학으로 되돌아오기 위해 그는 황급히 버스를 내렸다. 비포장도로였고, 때마침 눈이 내리고 있었다. 되돌아갈 차는 쉽게 오지 않았다. 어쩌다 오가는 시내버스 외에 차가 거의 다니지 않는 변두리였다.

그는 눈이 쌓이기 시작한 달동네 안쪽을 바라보았다. 고요했다. 대부분 막일을 다니는 사람들이 사는 동네라서 아직 귀가 시간이 되지 않은 모양이었다. 마을 길 한가운데에 고압 철탑이 일렬로 뻗어있었다. 위잉, 철탑을 울리고 가는 금속성만 시리게 귓구멍을 파고들 뿐이었다.

그는 흠칫 몸을 떨고 무엇에 홀린 듯 마을 안길로 걸어 들어갔다. 루

핑을 얹은 가옥들은 벌집처럼 부엌-방, 부엌-방이 끝없이 반복되는 구조로 늘어서 있었다. 부엌은 재래식으로 길보다 낮았고 방은 현관이 따로 없이 문을 열면 바로 단칸방으로 길보다 높았다. 신발도 방 안에 들여놔야 하는 형편이었다.

인적이 드물어 마치 유령의 마을 같았다.

그가 난데없이 구정물 세례를 받은 건 골목을 따라 백여 미터쯤 들어간 다음이었다. 갑자기 열린 베니어합판 부엌문이 길 쪽으로 밀려 나와 탁, 하고 반대편 벽에 부딪힌 것과 막무가내 허공으로 내쏟아진 구정물이 그의 앞자락을 담뿍 적신 건 거의 동시였다. 속수무책이었다.

그날따라 그는 결혼식 때 장만했던 단벌 양복을 빼입고 있었다. 음식 찌꺼기를 씻어낸 물이었는지 오물 냄새 때문에 정신조차 제대로 차릴 수가 없었다. 그는 펄쩍 뛰며 비명을 질렀다. 늙수그레한 아낙이 걸레를 든 채 재래식 부엌에서 황급히 뛰쳐나온 건 그다음이었다.

"아이구우, 죄송해유. 사람 소리가 안 나서 그만!"

눈 쌓인 고압 철탑 밑 맨바닥에 무릎을 꿇듯이 하고서 아낙은 연신 머리를 조아렸고, "아, 조심성이 있어야지!" 그가 씩씩거리면서 토를 달았다. 이에 아낙이 더욱 당황해 "이를 어쩐대유! 이리 좋은 양복을 버려놔서….' 들고나온 걸레로 양복 앞자락을 싹싹 문대어 닦기 시작했다.

그리고 사나흘 뒤, 퇴근한 그에게 젊은 아내가 세탁한 양복을 보여주었다. "구정물만 뒤집어쓰고 그대로 올 일이지 왜 걸레질까지 해서" 아내가 볼멘소리로 타박했다. 세탁소 사장한테 타박을 들었던가 보았다. 세탁해온 양복엔 걸레로 문지른 자국이 그대로 남아 있었다. 조심성 없다고 그가 화를 냈을 때 무릎걸음으로 다가든 아낙이 양복을 막 문질러 닦았던 걸레가 처음 뒤집어썼던 구정물보다 훨씬 더 더러웠기 때문이었다. 구정물을 뒤집어쓴 얼룩은 세탁으로 지워졌지만, 아낙이 쫓아 나와 죄송하다면서 부득부득 걸레질한 자국은 그대로 남아있었다. 재래식 부엌 맨바닥을 오래 닦아온 걸레였는지도 몰랐다. 그런 걸레로 빡빡 문댔으니 세탁소에서 전문가가 세탁했는데도 때가 빠지지 않는 게 당연했다.

화를 내서 더 큰 화를 자초한 셈이었다.

세월이 많이 지난 다음, 어떤 치욕스런 일에 연루되어 고통스럽기 그지없을 때, 고소를 하려고 변호사와 만나 소맥으로 대취한 뒤 집으로 돌아오던 중, 골목길 어둔 전봇대 밑에 오물들을 토하는데, 불현듯 그날 일이 어제 일처럼 선연히 떠올랐다.

오해나 오류에 따른 치욕감보다, 재판과정에서 터무니없이 받아야 할지도 모를 치욕스런 일들이 더 견디기 어려울 수도 있다면서 소송을 오히려 말리던 착한 변호사의 얼굴이 곧 오버랩되었다. 그는 머릿속에서 번갯불이 번쩍 치는 느낌을 받았다. 소송을 통해 치욕을 벗을 가능성이 전혀 없지는 않겠지만 마음속 아우성을 모두 접고 대범하게 돌아앉기로 작정한 건 그 삽화가 시사하는 상징 때문이었다. '미움받을 용기'라는 것도 있다고 그는 생각했다.

그날 이후에도 그는 가끔 양복을 버려 내복 바람으로 학교까지 출근하는 꿈을 꾸었다. 견디기 힘든 치욕이었지만 꿈속에서일망정 그는 결코 화내지 않고 그것을 묵묵히 참아 견디었으며, 아내에게도 끝내 꿈 이야기조차 하지 않았다. 세상이 아무리 이상하게 돌아간다고 하더라도 아내는 물론 사랑하는 사람들과 더불어 살아갈 앞날이 여전히 많이 남아있다고 그는 믿었다. 그가 믿고 싶은 최선의 가치는 여전히 '사랑'이었다.

내 가슴속 묘지에 그-그녀들이 있다

새해 첫날 논산집 거실에서 선물 받은 풍물북 한 면에 나는 이렇게 썼다. "종심소욕 불유거從心所欲 不踰矩." 공자가 이르되 나이 칠십은 '마음대로 해도 법도를 벗어나지 않는다'라고 했다는 것이다. 나는 고개를 저었다. 어림없는 소리였다. 쉰 살의 지천명知天命, 예순의 이순耳順 경지를 우수한 성적으로 통과한 사람에겐 혹시 모를까, 천명조차 깨닫지 못하고 늙어온 대부분의 사람에겐 어림없는 꿈이라고 나는 생각했다. 나 또한 아직도 깊이 여물지 못한바 그런 말을 곧이곧대로 믿을 수도 없었다. 그래서 나는 풍물북 아래쪽에 이어서 이렇게 썼다.

  "이제 겨우 일흔이 되었구나!"

'겨우'라는 낱말에 나는 방점을 찍었다. 공자는 지금 같은 고령화 사회를 예상하지 못했을 것이다. 우리나라 노인 인구비율은 2010년 이후 두 자리 숫자로 진입해 빠르게 성장해 왔으며 2017년엔 14퍼센트를 넘길 것이라는 보도를 보았다. 2050년 세계의 노인 인구비율이 16.2 퍼센트가 되는 것과 달리 우리나라의 경우는 38.2퍼센트가 되리라는 예측 통계도 있다.

노인들을 상대로 한 앙케트 조사에서 노인을 몇 살로 봐야 하느냐는 질문에 '70세'라고 응답한 사람이 가장 많았던 것도 시사적이다. 하기야 65세부터 노인이란 것도 서구사회에서 전파된 근거 없는 기준을 따른 것이 아닌가. 노인에 대한 많은 고정관념, 이를테면 노인은 병주머니다, 노인은 우울하다, 노인은 기억력이 없다, 노인은 인자할 뿐이다, 라는 것도 일부 노인에겐 헛소리에 불과하다.

어떤 강연에서 세대 간극 문제에 대해 이야기하던 중 한 청년이 통계청을 들먹이면서 2030년이 되면 인구 3명이 노인 1명을 부양하게 되는데 그래도 사회가 무조건 노인을 먹여 살려야 하느냐고 묻는다. 약간 '싸가지' 없는 질문이라고 생각했지만, "일방적인 관계는 온당하지 않아요. 노인 자신도 자기를 스스로 돌보게 도와야지요." 나는 대답했다. "그렇게 생각하는 어르신들은 별로 없는 것 같아요." 청년은 반박했고, "앉아서 나이대접만 받기 바라는 어르신이 있다면 젊은 여러분이 당근과 채찍으로 가르치세요. 그분들이 어렸을 때의 여러분을 가르쳤듯이. 함께 살아야 하니까요." 나는 강조했다.

청년은 그러나 내 말을 얼른 수긍하지 않는 눈치였다. 노인과 젊은 자신 사이를 '국민의힘'과 '정의당'쯤 다르다고 인식하고 있는 것 같았다. 노인 정책의 대부분이 노인과 노인이 아닌 사람들의 편 가르기 강화에만 기여했다는 것을 단적으로 보여주는 삽화이다.

노인 정책에서 제 몫만큼의 대접을 수반하는 '일자리 창출'은 거의 회자되지 않는다. 일하고 싶은 '일흔 청춘'들까지도 '짐짝'으로 취급될 뿐이고, 그런 인식은 정책 입안자나 그 정책 자체에 의해 재빨리 유포된다. 노인 문제만 그런가. '생각하는 백성'이었던 우리들은 어느새 '생각'을 모조리 버리고 습관적으로 세상의 모든 걸 두 종류로 구분하는 데 익숙해졌다. 세상엔 이미 갑과 을, 흡연자와 비흡연자, 보수와 진보, 청년과 노인밖에 없다. 정책, 혹은 정책의 주관자들이 더불어 살아야 한다는 인식의 확장을 줄기차게 가로막고 저 자신의 편의만을 좇아 '꼼수'로서의 담론을 확대 재생산해 유포시킨 결과가 이렇다.

각설하고.

나는 사랑하는 사람과 이별하면 그의 묘지를 남몰래 내 가슴 속에 조성한다. 이별한다고 마음에서도 다 떠나거나 죽는 것은 아니다. 가난 때문에 나를 버린 첫사랑의 그녀, 이념적 불화로 헤어진 선후배, 불공정한 사회구조에 따른 사소한 오해로 멀어진 친구, 자본주의적 환경에 탓으로 결별한 이웃들이 여전히, 그러므로 내 가슴속 묘역에 잠들어있다.

이상한 일은 나이가 드니 묘역에 잠들어있던 그들이 때론 부스스 깨어나 묘지를 뚫고 솟아오른다는 것이다. 이를테면 부슬비 오는 아침, 어느 굽잇길을 돌아드는 저녁, 성긴 꿈자리에서 불현듯 깨어난 한밤중, 나는 자주 묘지를 뚫고 나온 그들과 마주친다. 사람만 그런 것도 아니다. 내 세대가 공유한 기억 속의 크고 작은 역사적 사건, 그 명분과 실제 사이의 가짜 논리들도 그러하다.

추억은 감미롭고 그에 따른 성찰은 힘이 된다.

내 경우, 나는 가슴속 묘지를 뚫고 나오는 그들을 내 나잇값에 맞춰 늘 정성껏 영접한다. 기억에게 억압당하지 않으려고 애쓴다. 억압은커녕, 젊을 때보다 사려 깊게 볼 수 있는 넓이를 부여받은 걸 축복이라 여길 때도 있다. 그것들은 회한, 반성, 극복 의지를 준다. 때로 자책감을 부르기도 하지만 때로 남은 생의 실천적 에너지로 재정비되어 내 안에 소중히 비축되는 일도 비일비재하다. 위로이자 힘이 된다는 것이다. 생이 남아 있는바, 당연히 그런 성찰을 소중하다고 나는 생각한다. 이제 '겨우' 일흔이니까.

달라져야 하는 것은 정책만이 아니다.

노인 자신이 변하지 않는다면 어떤 정책인들 효과는 반감될 게 뻔하다. 노인과 청년의 확실한 차이점은 기억의 총량과 그 편차이다. 이를테면 노인이 기억하는 가난은 일제, 분단, 굶주림, 추위 같은 것이고 청년이 기억하는 가난은 편의점, 라면, 원룸, 기타 주류문화에서의 소외 같은 것이다. 노인의 머릿속엔 6·25, 박정희, 새마을, 광주, 제조업, 수출 같은 게 들어있지만 청년의 머릿속엔 청바지, 원두커피, 아메리카, SNS, 고층아파트, 갑을관계, AI, 젠더, 편의점 등이 들어있다. 그들은 각자 떨어진 채 서로 다른 자기 세대의 기억에게 과도히 사로잡혀 있는 듯 보인다. 세계가 편의에 따라 그 기억 덩어리들 사이를 끊임없이 이간질시키기 때문이다.

기억의 편차를 이실 수만 있다면, 그 특권과 그 상처들을 사려 깊게 넘어설 수만 있다면 노인과 청년의 관계는 물론 심지어 갑과 을, 보수와 진보 사이에도 지금보다 더 합리적인 통로가 열릴 게 틀림없다. 성공했었거나 특수신분으로 과도하게 접대받았던 기억도, 상처와 소외로 쌓인 아픈 기억도 넘어서야 자유롭다. 가령 '항공사 땅콩 사건'도 자신이 '특권층'이라는 잘못된 기억에 사로잡혀 있지 않았다면 일어나지 않았을 사건이다.

대통령이나 대통령이 되겠다는 사람들을 움직이는 건 또 어떤 기억들이겠는가. 정파에 따른 증오심이 이제 우리 모두의 삶을 옥죄는 황폐한 처지에까지 이르렀다. 청년보다 노인이, 보통사람보다 지도자가 먼저 기억, 또는 기억 속에 축적된 달콤한 특혜나 쓰라린 상처들로부터 과감히 벗어나 자유로워져야 한다. 그래야 일방적 '불통'은 쓰러지고 수평적 '소통'은 일어서 보편화된다.

두근거리는 고요

농민도 '정치'를 해야 한다

논산으로 집필실을 옮긴 게 벌써 일 년 가깝다. 추석을 앞두고 두 개나 연달아 태풍이 휩쓸고 가 가슴이 아프다. 흙탕물에 잠겨 못쓰게 된 논도 있고 쑥대밭이 된 과일밭도 있다. 시골에 내려와 사니 서울 살 때 실감하지 못했던 농민들의 마음이 환히 짚인다. 그러잖아도 세계화라는 '폭력적인 환경' 때문에 앞날이 지난한 농촌인데 자꾸 태풍까지 불어 닥쳐 귀한 일 년 농사를 휩쓸고 가는바, 다가오는 추석조차 무겁기 그지없다.

집필실 '와초재'에 딸린 텃밭은 워낙 작아서 태풍 피해를 직접 본 건 없지만 그렇다고 수확이 실한 것도 아니다. 고구마는 우물 공사로 파헤쳐 거둘 게 없고, 콩은 제때 순을 따줘야 하는 걸 잘 몰라 열매가 거의 맺히지 않았으며, 잘 자라던 옥수수는 청설모 가족들이 내려와 밑동을 갉아 쓰러뜨려 잡숫는 바람에 남의 차지가 된 지 오래다. 그나마 나은 게 고추 농사인데, 지난번 태풍 '볼라벤' 때 서울에서 사나흘 있다 내려갔더니 모조리 떨어져 이 가을, 거둘 게 없다. 아내가 하나라도 구할 요량으로 땅에 쑤셔박혔던 상처투성이 고추를 정성껏 말리는 참에 또 비바람이 들이닥치고 만 것이다. 맨땅에 떨어져 다치고 패이고 썩은 자국투성이인 고추를 보고 있노라면 그것이 곧 농사를 망친 농민, 어민의 가슴이려니 해서 차마 바로 보기 어렵다.

그래도 우리에게 추석은 다가온다. 밤새워 차례상을 준비하던 어머니의 모습이 떠오른다. 적은 농토를 갖고 있었지만, 장꾼으로 떠돌던 아버지 대신 평생 농사를 지어야 했기 때문에 어머니야말로 정작 흙투성이 농사꾼이라고 불러야 맞다. 태풍 등으로 쌀농사를 망친 경우엔 햅쌀을 구해 와야 한다며 장장 이십 리 길, 강경 장까지 먼 걸음을 했던 어머니가 잊히지 않는다. 햇것들로 정성껏 음식을 만드는 어머니의 손길은 지금 생각하면 하늘에 닿고 있었을 것이다. 모든 걸 하늘이 내려준다는 걸 알고 있는 손이기 때문이다. 농작물을 오로지 경제적 가치로만 환산하는 버릇에 길들여진 머리로는 도저히 이해할 수 없는 경이로운 교섭이 이루어지는 손이다. 그 손엔 자연과 교접하면서 얻어내는 순정한 경이로움이 깃들어 있고, 세계는 물론 죽은 자들과도 함께 맺어지고자 하는 우주적 겸손이 깃들어 있을 뿐 아니라, 만물이 저 홀로 유아독존, 우연히 존재할 수 없다는 깊은 철학적 인식도 깃들어 있다.

몽테뉴의 이런 말이 떠오른다. "나는 농민을 사랑한다. 왜냐면 비뚤어진 판단을 내릴 만큼 학문을 가지고 있지 않기 때문이다." 그러나 몽테뉴는 오늘날과 같은 기민한 세계화의 물결을 다 내다보지 못했을 것이다. 그가 어떻게 지구의 반대편에서 잡히는 생선들 때문에 극동의 작은 나라 어민이 시름에 빠지기도 하는 세계화의 폭력적 속도를 알 것이며, 그가 어떻게 캘리포니아에서 생산되는 쌀 때문에 고요한 아침의 나라 농민들이 삶을 송두리째 위협받을 수 있는 세계화의 분별없는 욕망을 알았겠는가.

시골에 와서 내가 직접 보고 느끼는 것은, 보편적 삶에 미치는 정政, 관官의 위세가 여전히 매우 강력하며 거의 결정적이라는 사실이다. 민주화라는 이름 위에 무소불위의 자본이 보태져 더욱 정교해진 프로그램이 작동 중이라서, 그걸 전위적으로 실천하는 관의 위세는 당연히 강력해질 수밖에 없다. 서울에 있을 때 실감하지 못했던 사실이다. 국회의사당이나 청와대에서 먼 시골에 와서 오히려 '정치'의 중요함을 나날이 깨닫고 있으니 참 아이러니하다.

농민이 아무리 '비뚤어지지 않은 판단'을 내리지 않는다고 해도, 정치인 한두 사람이 '비뚤어진 판단'을 하면 태풍에 의해 그렇듯, 우리네 '일 년 농사' 하루아침 헛것이 되고 만다. 추석 차례상에 만국의 생물이 오르는 시대에 사는 건 위태롭고 불안하기 그지없다. 몽테뉴의 말은 틀린 말이다. 이제 농민도 자본주의 세계화를 배우는 '학문'은 물론이고, 눈 부릅뜨고 '정치'도 해야 한다. 그래야 내 '농사'를 지킬 수 있는 세상이다.

막 핀 봄꽃 앞에서 봄꽃이 지는 환영을 보며

봄꽃이 막 피어났는데 나는 봄꽃이 지는 환영을 본다. 나의 이런 슬픔은 아주 오래되었다. 탄생 이전에 부여받은 슬픔인지도 모른다. 단순한 허무주의를 말하는 게 아니다. 만약 당신이 오로지 지금 핀 꽃만을 볼 뿐이라면 당신이 당장 어디 있는지, 어디로 가고 있는지 어떻게 알겠는가. 축약해 보라. 인생이란 쉼 없이 크고 작은 이별을 켜켜로 쌓는 일에 불과하다. 피는 꽃과 지는 꽃 사이, 그 이별이야말로 곧 삶이고 시간의 여일한 눈금이다.

만남이 쉬운 사람 있고 이별이 쉬운 사람 있고 아예 모든 걸 한순간 싹 지워버리는 것이 오히려 쉬운 사람도 있다. 만남이 쉬운 사람은 그 온정주의에 의해 경박해지기 일쑤고, 이별이 쉬운 사람은 자기중심적인 사고에 사로잡혀 타인의 그늘에 대한 공감 능력이 떨어질 수 있으며, 모든 걸 한순간 지워버려 초기화 상태로 되돌리는 게 쉬운 사람은 도교적 허무주의에 빠져 잘못하면 자기 생을 망가뜨릴 위험성을 늘 갖고 있다. 인간주의 이데올로기가 중심을 이루고 있는지라 나는 이별을 쉽게, 단칼에 해치우는 걸 별로 지지하지 않는다. 구태여 말하자면 나는 위의 세 번째 스타일에 젤 가까울 것이다.

　이별이란 결정하는 것이 아니라 결정해가는 과정으로만 성립된다. 꽃이 피는 것이나 꽃이 지는 것도 그렇고 사람 사이의 이별도 그러하다. 이별을 완성해내는 고유한 속도는 천차만별이다. 단칼에 자르고 단단히 상처를 동여맬 수 있으면 편리하겠지만 그렇다고 그렇지 못한 사람을 일방적으로 비난만 할 수는 없다. 타고난 기질 문제를 오직 나의 기질에 맞추길 요구하는 건 폭력에 가까울 수 있기 때문이다.

　물론 야멸찬 태도가 상대편에게 죽비로 내려치는 듯한 각성의 효과를 줄 수도 있다. 그런 경우는 그러나 의외로 많지 않다. 타이밍이 중요하다. 이별을 받아들이기 어려워 우는 사람이라면 눈물을 닦을 시간을 줘야 하고 아우성을 치는 사람은 그 아우성을 가라앉힐 시간을 주어야 죽비의 효과도 나타난다. 보통의 경우, 눈물도 아우성치는 것도 상대편의 입장으로 보면 이별을 받아들이기 위한 힘든 과정이지 당신을 해치거나 불편하게 하기 위한 것이 아니기 때문이다. 그런데도 일시적 불편함을 못 참고 뺨이라도 치는 듯한 제스처로 거두는 효과가 과연 유의미하겠는가.

　관계에서 결단력은 독이 되기에 십상이다. 결단을 맹신하는 사람은 대개 인간의 내밀한 신비성과 비밀, 일테면 햄릿이나 도스토옙스키의 세계를 깊이 이해하기 어려울 거라 본다. (상대가 스토커 수준이라면 좀 다르겠지만) 똘똘한 마침표는 가급적 문장에서만 사용할 일이지 사람 관계에서,

더구나 잠시나마 사랑했던 사람 사이에서 사용할 일이 절대 아니다. 조급한 분리는 자신의 좋은 기억까지 매장해버리는 자기 모독의 결과를 낳기 쉽다.

단지 사랑의 이야기가 아니다. 이분법적 야만성에게 담보된 위험한 세상의 이야기다. 적폐 아니면 반 적폐이다. 사랑 아니면 미움이다. 오른쪽 아니면 왼쪽, 시작 아니면 끝이다. 중간이 없다. 이별, 그 먼 후에 맞이할 새로운 만남을 생각하는 마음을 우리 모두 어디에 내다 버렸는가. 기다리지 못하는 나와 기다리지 못하는 당신, 그리고 우리들의 이야기.

피어난 봄꽃을 보면서 소멸하는 봄꽃의 환영을 볼진대, 나는 늘 이별이 쉽지 않다. 남녀불문, 모든 관계에서 그렇다. 때가 왔다는 걸 알아도 그걸 내 안에 모셔 들여앉히는 데는 시간과 고통이 수반된다. 주어진 운명을 거부하려는 것이 아니다. 머리로 받은 이별에의 정보를 가슴에 수용하려면 발효를 위한 썩는 시간이 필요한 게 당연지사이다. 조금 기다리면 머릿속으로 헤아려 놓은 결과를 이타적 자세로 받아들일 게 틀림없으나 상처를 남보다 깊이 받는 체질이라 그런지 그 과정의 초기 단계에선 갈팡질팡하는 경우가 종종 있다. 다정도 병이라 하지 않던가. 물론 어떤 사람들이 보기에 나의 이런 갈팡질팡이 짜증스러울 법도 하다. '찌질이'로 매도될 수도 있고, 배려는커녕 상대편의 무례를 불러올 수 있다.

그래도 나는 묻는다. 가까이 오래 함께해온 관계에서 우유부단 갈팡질팡이 전혀 없는 이별이 과연 어떻게 존재할 수 있단 말인가. 결과는 정해져 있을지라도 누구는 단칼, 누구는 갈팡질팡하며 시간의 세례를 기다린다. 선택의지라기보다 그것은 타고나는 것이다. 상대편과 정말 친한 게아니라 줄곧 친한 척해온 관계라면 이런 차이를 배려할 필요가 없겠지만.

사람은 고통을 뚫어 넘는 각자의 비술서를 갖고 사용하기 마련이다. 이별이 쉽지는 않지만 내 경우, 분열의 어떤 꼭짓점에서, 일테면 상대편의 태도 밑바닥에 숨긴 본질 같은 걸 느끼고 나면 한순간 홀연히 모든 게싹 지워지고 마는 이상한 초기화를 경험한다. 이별의 과정이 일시에 생략되고 곧장 이별의 죽음을 만나는 형국이다. 모든 것이 작고 단단한 가시같은 것, '이별의 주검'으로 갑자기 갈무리되어 내장되고 마는 것이다.

이별의 감정이 흐르는 물이라면 이별의 주검은 고체의 광물에 가깝다. 상처까지 포함해 이별을 죽은 가시로 만들어 쟁이면 무엇에 의해서든나는 더 이상 좌지우지되지 않는다. 내가 사는 비밀스런 길이 그렇다. 이별 없는 인생이 없을진대, 나 같은 타입에게 이런 비술마저 없었다면 아마 오래전 나는 이별의 생 가시에 온몸이 찔려 피 흘리고 죽었을 것이다.

어젠 낮술을 마시고 맨발로 뜰을 걸어 다니면서 봄꽃에 취해 울었다. 제 딴엔 뽐내면서 피어 있으나 그 뽐냄 뒤의 어두운 옹이들과 두려움, 소멸을 알면서도 영원성을 놓지 않으려는 야멸찬 욕망, 허세로서의 희망을나는 봄꽃들에서 낱낱이 보고 느낀다. 거짓말 생세 거짓말 사랑 같은 것.

내 청춘이 그러했고, 본디 모든 청춘의 본체가 그러하다. 이 봄꽃들이 얼마나 오래가겠는가. 피할 수 없는 존재의 낭떠러지를 곧 만날 봄꽃들 하나하나, 내 눈엔 모두 철없고 또 애처로울 뿐이다.

어찌 봄꽃들 운명만 그렇겠는가. 잘 모르는 모든 당신들이 겪는 아픈 이별까지 지금 환히 보인다. 그래서 자꾸 눈물이 나는 모양이다. 빌어먹을, 나는 왜 이리 눈물이 많단 말인가. 왜 이리 찌질이, 쪼다로 태어났는가. 왜 이리 여전히, 떠나온 그 자리 그 요람 속에 있을 뿐인가.

하지만 뭐, 크게 염려할 건 없다. 깊이 들여다보면 8할이 엄살이다. 아니 '엄살'이라고 나는 생각하려 애쓴다. 당신들이 보지 못하는 나의 어느 한쪽 키는 이미 거의 하늘에 닿고 있는 걸 나는 안다. 나는 약한 사람이 아니다. 이별의 연속적 단애를 통과하는 일이 삶이거니와, 아주 큰, 세상과의 마지막 이별은 의외로 담담히 만날 준비가 되어 있다고 믿는다. 효용성의 전략에 빠져 사는 사람들이 내다 버린 존재의 비의적 상징들을 나는 알고 있으며 그 슬픔도 이해하고 있다. 한없이 약하면서 한없이 강한 것이 사람이라면 나야말로 '사람'이다.

가슴을 횡으로 절단하고 들여다보면, 내 안에 쟁여진 화석화된 이별의 가시들을 여럿 볼 것이다. 낙엽 지는 가을 저녁, 지천으로 꽃 핀 봄날, 젖은 강과 바람 부는 숲, 꾸부정 걷는 노인의 등과 전깃줄 같은 청년의 피돌기 따위를 볼 때마다, 그것들이 시도 때도 없이 솟아 나의 내장들을 사방에서 찌르고 지쳐오는 건 사실이다. 아프고 아프다. 그리고, 그러므로 당신들에게 이렇게 엄살을 떤다고 이해하기 바란다. 당신들은 지나치게 참고 있으니까, 참아서 병이 될지도 모르니까, 나라도 나서서 치기 어린 엄살과 다감한 손짓으로 당신의 영혼 속에 깃들면 좋은 일이 아닌가.

문화적 소외에 대한 관심은 없는가

요즘 '페북'에 일기형식의 짧은 글을 가끔 올리는데 얼마 전엔 이런 내용의 글을 올린 적 있다. 요컨대 우리에겐 '중간 지대의 발언'이 별로 없다는 것이다. 소셜미디어든 종이 매체든, 좌나 우, 혹은 적과 아군의 목소리만 요란하게 들릴 뿐이다. 그 글의 일부를 요약해 올리자면 이렇다.

"간단히 말해 풍속과 제도가 충돌할 때, 풍속이 타락했다면서 더 엄격히 제재하려 하면 이른바 보수가 되고, 풍속이 변했으니 풍속에 따라 제도 자체를 바꾸자고 하면 진보가 된다. 가령 조선 사회에서 과부가 애를 낳는 일이 많아졌을 때, 애 낳는 과부를 더 엄히 다스리자면 보수이고, 애 낳는 과부도 허용하고 존중하게 법을 바꾸자고 하면 진보일 것이다. 따라서 다양하기 이를 데 없는 현대 민주사회에서 100퍼센트 보수, 100퍼센트 진보가 있다면 불순한 목적을 가진 정파주의자거나 광신도일 것이다. 광신도 곁에 신이 머물겠는가. 진보적 보수나 보수적 진보, 나아가 경계인, 회색인 등이 많은 게 오히려 자연스럽다. 그런데도 우리 사회는 '중간 지대에서의 발언'이 없거나, 존중받지 못하고 있다. 정파주의로 무장한 '전사'들만이 발언권을 독점하고 있는 듯 보인다. 미디어들이 이를 부추기는 것도 사실이다."

정파적 발언만 그런 게 아니다. 요즘이야 많이 달라지긴 했지만, 몇 해 전까지만 해도 지방에 가면 '서울 수준'의 안락하고 문화적인 분위기에서 '서울 수준'의 커피 맛을 보는 게 쉽지 않았다. 그럴 만한 커피숍, 카페가 별로 없었으므로. 지방의 도시에서 어쩌다 만나는 연주나 콘서트에서도 서울에서의 그 감동적인 가치를 누리긴 쉽지 않다. 같은 연주가인데도 돈을 적게 받아서 그런지, 최선을 다하지 않는 연주가도 있다. 그러니 지역에 있으면, 의식주는 물론 모든 문화에서 자본에 따른 몰인정한 서열을 매일 느끼며 살아야 한다. 서울에서 사는 거보다 '뒤떨어졌다'라고 느끼기 쉽고, 심한 경우에는 실패한 것 같은 '패배주의'에 사로잡힐 수도 있다.

중심과 변방은 무엇인가. 힘으로 치면 서열 높은 이들이 많이 모여 있는 곳이 중심이고, 문화적으로 치면 우수한 문화예술 생산능력을 가진 자들이 많이 모여 있는 곳이 중심일 것이다. 그러나 그것은 순진한 생각에 불과하다. 요즘은 자본독재에 대부분의 사람들이 기대 살 수밖에 없는 구조이기 때문에 생산과 소비능력의 서열에 따라 세계가 재빨리 편재된다. 문화예술의 우수한 생산자도 자본을 좇아 '서울행'을 선택할 수밖에 없는 구조이다. 중심은 날이 갈수록 밀도가 높아지고 변방은 점점 더 소외의 나락으로 추락한다.

분배는 '경제'의 문제만이 아니다. 복지도 마찬가지다. 어리석은 정치가늘 일부는 경제적 환경만 나아지면 사람들의 불만이 가라앉을 것이라고 착각하지만, 지금이 어디 절대빈곤의 시대인가. 우리가 원하는 것은 모든 사람들이 인간답게 살 수 있는 수평으로서의 '문화적 환경'이다. 문화적 환경의 개선 없인 '중간 지대'에서의 발언 또한 계속 실종 상태일 것이다. 한때는 의식주 문제 때문에 경제적 환경 개선에 대한 갈망을 가졌던 사람들이 지금은 문화적 격차에 대한 소외 때문에 말로는 '경제'를 외치고 있다는 것을 알아야 한다. 돈 없는 지방자치단체들이 한때 다투어 문화예술공간을 근사하게 지었는데, 많은 그것들은 지금 공소하게 비어 있다. 콘텐츠가 없다. 우수한 문화예술의 배달 시스템에 자본가 정치가 관료들이 투자하지 않기 때문이다.

경제적인 격차를 정책만으로 덮을 수는 없다. 좌우의 갈등 역시 돈의 분배만으로 덮는 건 불가능하다. 계급 갈등이나 이념의 편차에 따른 증오심을 덮을 수 있는 것은, 오스카 와일드의 말처럼 문화밖에 없다. 그런데 선거를 앞두고 여러 정치집단에서 '쇄신'의 허장성세와 함께 다투어 보편적 복지의 공약들을 쏟아내고 있는데, 중심과 변방의 문화적 격차에서 느끼는 근원적인 소외를 줄이려는 공약들은 거의 없어 보이니, 한심하다. 저들은 멍청해서 우리의 근원적 갈증을 읽어내지 못하거나, 아니면 자본의 눈치를 보면서 자신들의 '파이'만을 키우기 위해 짐짓 모른 체하거나, 둘 중 하나일 가능성이 크다. 어느 쪽이 됐든, 문화적 격차를 간과한다면 누가 정권을 잡든, 우리의 실망과 좌절은 반복될 것이다.

삶의 두 가지 길

눈이 내린다. 계룡산 밑에서 산을 올려다본다. 연접되고 중첩된 산의 실루엣이 아득하게 소실점에서 지워지고 있다. 그 소실점으로 가고 싶다. 한 걸음 한 걸음마다 욕망으로 쌓은 생의 기억들 하나씩 하나씩 지우면서 가면 좋을 것이다. 욕망에의 기억들은 얼마나 무거운가. 하나씩 기억들을 지우면서 걷다 보면 나의 온몸이 나뭇잎처럼 가벼워질 게 틀림없다.

사람에겐 두 가지 층위의 욕망이 있다.

하나의 욕망은 더 큰 아파트 더 빨리 달리는 자동차 등을 갖고 싶은 세속의 욕망일 것이고 다른 하나의 욕망은 불멸, 완전한 사랑, 신과 가까워지려는 초월적 욕망일 것이다. 모든 예술가의 최종적인 욕망이야 죽은 다음에도 살아남기, 이른바 불멸에의 욕망이다. 그러나 그게 어디 쉬운가. 사랑도 마찬가지. 평생 완전한 사랑을 찾아 헤매었으나 다시 보면 늘 이렇게 빈손이다.

그래도 그렇다. 오직 한 가시, 사본수의석 소비의 욕망만 따라서 살

수는 없다. 이루지 못할지라도 초월적인 욕망을 품고 살아야 참된 삶의 품격을 얻을 수 있다고 믿는다. 삶은 그런 관점에서 두 종류가 있다. 소비 생활의 만족을 위해 오로지 헌신하지만, 결코 충만한 경지에 이르지 못하는 삶이 있고, 소비가 주는 안락을 조금 유예하거나 희생해서라도 영혼의 안락을 얻어 삶을 보다 높은 성지로 끌고 가려는 삶이 있다.

원숭이에겐 두통이 없다. 오직 사람만이 효용성이 없는 추상의 가치를 이해하고 속 깊이 품는다. 영원성이 그러하고 사랑이, 신이, 행복이 그러하다. 우리 모두가 그리워하지만 기실 이것들은 손으로 만져본 적도 없고 눈으로 본 적도 없는 가치이다. 영원이든 신이든 행복이든, 따져보면 모든 게 사랑이라는 이름의 길로 통합된다. 그래서 나는 요즘 늘 이렇게 말하고 다닌다.

"사랑만이 가장 큰 권력이다!"

생명을 살리는 연장

새해란 전인미답^{前人未踏}의 대지이다. 우리는 점령군처럼 물밀듯 '신년' '새해'라는 대지로 들어왔다. 어떤 이는 새 삽을, 새 낫을 들고, 또 어떤 이는 새 호미를 들었다. 신기종 트랙터를 앞세우고 무리 지어 들어오는 사람들도 있다. 호랑이해, 라고 목청껏 외쳐대는 것이 옳거니, 모두 한바탕 '백수의 제왕'처럼 용감하게 뛰어볼 심산이다.

하지만 유의할 필요가 있다.

새해는 하늘에서 뚝 떨어져 내려온 신대륙이 아니라 어제라는 대지의 연장선상에 놓여있다는 것이다. 지난날로부터 남겨진 문제들을 무책임하게 덮어버리고 얻어낼 수 있는 새날의 수확이란 없다. 연장만을 새것으로 바꿔 든다고 해서 대지를 옥토로 바꿀 수 있는 것은 아니기 때문이다.

참된 농사꾼의 영혼을 알고 있었던 생텍쥐페리는 일찍이 "대지는 우리에게 책보다 더 많은 것을 가르쳐 준다'고 말하면서 "왜냐하면 대지는 우리에게 저항하니까"라고 단서를 붙인 바 있다. 희망을 좇아 설레면서 새해라는 이름의 전인미답, 그 대지로 진군해 들어갈 때 우리가 고려해야 할 짐이 있다면 바로 이것이다.

일 년여가 다 되도록 장례조차 치르지 못했던 '용산 참사' 문제가 해를 넘기지 않고 '합의'에 이른 것은 그나마 천만다행이다. 문제를 해결해야 할 당국자들이 묵묵부답이어서 내내 명치끝에 가시가 걸린 듯했던 바로 그 사건이다. 주검이 냉동실에 갇혀 있었던 게 무려 345일이나 된다. 빠른 성장과 민주화를 이룬 우리의 자부심이 누리는 사회 시스템이라는 게 겨우 그 수준이었다. 늦게나마 장례를 치르게 되었다지만, 문제가 다 해결된 것은 아니다. 또 다른 용산 참사를 불러올 구조적 모순은 여전히 변화된 것이 없기 때문이다.

18년 동안이나 이 땅에서 살아온 네팔 청년 가수 '미누'가 불법체류자로 붙잡혀 많은 사람들의 호소에도 불구하고 재빨리 송환된 사건 역시 잊히지 않는다. '미누'의 문제가 어디 미누만의 문제인가. 새해는 왔지만 인종, 신분, 학벌, 재력에 따라 모든 생명 값을 서열화해 버리고 마는 야만적인 사회 관행을 진실로 반성하고 개선하자는 말은 별로 들리지 않는다. 스위스 국제경영개발원의 발표를 보면 우리 사회의 개방도는 조사 대상 57개 나라 중 56위다. "한국이 슬퍼요!"라고 외쳤던 '미누'의 울부짖음이 상기도 생생하다.

지난해 우리는 민주주의에 대한 신념이 남달랐던 두 분의 전직 대통령을 잃었으나, 거칠게 말하자면, 날이 갈수록 그분들의 인간주의적 열망조차 우리들 손으로 땅에 파묻는 느낌이다. 문제는 정치, 경제, 사회, 문화 구조 속에도 산적해 있고, 우리들 각자의 마음속에도 더께를 이루고 있다. 자본주의 욕망이 만들어낸 가증스런 편견들과 독재의 그늘이 조작해 낸 정파에 따른 온갖 고정관념들이 우리를 쫓아 새해라는 시간 속으로 함께 진군해 들어오고 있을진대, 어찌 희망만을 말하며 새해를 맞이하겠는가.

호랑이해라고들 한다.

하지만 '호랑이해'라는 말이 행여 우리 모두를 옥죄는 어떤 속임수의 이데올로기로 이용될까 솔직히 지레 겁이 나는 요즘이다. 5천만 민족이 모두 다 '백수의 제왕'이 되려 한다면… 상상만 해도 모골이 송연해지는 느낌이다.

알다시피 먹잇감을 보면 놀랄 만큼 빠르게 접근해 먹잇감의 숨통을 단번에 끊어놓는 게 호랑이다. 그러나 호랑이는 우리의 고정관념과 달리 절대로 도망가는 적을 쫓지는 않는다. 그는 치밀하게 준비하고 순간적으로 최선을 다하지만, 욕망의 분수를 알고 지킨다. 그는 곳간을 만들지 않기 때문에 먹잇감을 과도하게 쌓아두는 법도 없으며, 식사가 끝나면 깨끗이 입을 씻고 숲 그늘에 은신해 고요한 은둔의 잠을 잔다. 사냥할 때도 그는 높은 데로 올라가 전체의 '구조'를 섬세히 살펴 살상을 최소화하는 지혜를 발휘한다.

그는 불필요하게 뛰지 않고, 다른 이와 소모적으로 경쟁하지 않으며, 죽은 고기에 입을 대지 않는 꼿꼿한 신사이다. 그래서 산군자^{山君子}라고 불리는 것일 게다. 오직 힘이 센 '제왕'이어서 우리 민족이 그를 신앙의 대상으로까지 삼은 것은 아니다. 고조선에 대해 기록한 《후한서^{後漢書}》의 《동이전^{東夷傳}》을 보면, '그 풍속은 산천을 존중한다. 산천은 각 부계^{部界}가 있어 서로 간섭할 수 없다…. 호랑이에게 제사를 지내고'라고 쓰고 있다.

새해를 맞이하며, 삽이든 낫이든 호미든, 새로운 연장으로 무장하는 것은 나쁠 게 없다. 그러나 훌륭한 농사꾼은 대지로 나갈 때 단지 연장만 다듬는 것이 아니다. 그는 대지가 그의 뜻에 '저항'할 것을 미리 알기 때문에 헌신과 인내, 그리고 관용이라는 마음의 연장도 함께 다듬는다. 그는 먼저 지난해의 묵은 돌을 주워내고, 땅을 북돋우고, 묵은 그루터기를 헤쳐 알맞게 고른 뒤 하늘의 뜻을 살피고 나서, 새 연장을 사용한다. 새 마음으로 갈고 닦아야 땅을 죽이는 연장에서 땅을 살리는 연장으로 만들 수가 있다.

일찍이 선조들이 우리나라를 조선^{朝鮮}이라 칭한 것은 '해 뜨는 동쪽^日으로부터 달 지는 서쪽^月까지 두루 밝혀^明사람을 새롭게 한다^鮮'라는 웅숭깊은 뜻을 품었기 때문이다. 땅이 동쪽 끝에 있어 해가 가장 먼저 밝히니 세상에서 가장 '환한 나라'라는 뜻이기도 하다. 우리 모두 남을 이기고, 생명을 죽이면서까지 '일등'이라는 '백수의 제왕'이 될 일이 아니라, 나 스스로 삶의 참다운 주인이 돼서 비록 많은 게 부족해도 아침 해처럼 늘 마음 환한 올해가 되기를 진심으로 바란다. 생명을 살리는 연장을 들어야 한다.

수유리 4·19 묘지에서

햇빛 좋은 날, 수유리 4·19 묘지에 들르면 4·19의 참 지향을 느낄 수 있다. 이를테면 모나거나 시끄럽지 않으며 상하나 서열로 구분되지 않는 고요하고 따뜻한 민주주의, 착한 민주주의, 아직도 다 실현되지 않은.

오늘은 진영숙 열사의 묘비 옆에서 4·19가 남긴 꿈을 생각한다. 그녀는 그때 중학교 2학년으로 불과 14살이었다. 60년 4월 19일, 그녀는 미아리 고개에서 시위 중 총상을 입고 병원으로 옮겨진 뒤 곧 사망했다. 나는 그해 강경중학교 2학년이었다. 46년생 동갑이니 같은 학교에 다녔다면 그녀와 나는 친구였을 것이다. 선배들의 선도에 따라 구호를 외치며 경찰서로 몰려갔을 때 경찰서는 텅 비어 있었다. 몇몇 학생들이 경찰서를 향해 돌을 던졌으나 나는 가만히 있었다. 앞서 스쳐 간 시위대에 의해 경찰서 유리창은 이미 모두 깨진 상태였다. 나는 인적 없는 경찰서에 돌을 던지는 게 비겁한 행동이라고 생각했다.

4·19 묘지 근처 식당에서 갈비탕 한 그릇을 먹는데 갑자기 엄마와 동행한 흰 아이가 플라스틱 호루라기를 휘리릿, 불었다. 사람들이 일제

히 아이 쪽을 보았고 젊은 엄마는 당황해 아이의 손에서 호루라기를 얼른 빼앗았다. 음식점 안은 곧 아무 일도 없었던 듯 도란거리는 말소리, 지지직 하고 불판에서 고기 구워지는 소리, 숟가락들이 그릇 등에 부딪히는 소리들로 다시 채워졌다.

그러나 내 귀에서는 그 후에도 계속 호루라기 소리가 고동치고 있었다. 한성여중 2학년 진영숙 학생이 스크럼을 짜고 달리던 그 날의 미아리 고개에도 아마 누군가의 호루라기 소리가 고동쳤을 것이다. 나는 1960년 4월의 그녀 곁으로 돌아가 그녀와 대열을 이루면서 호루라기를 불고 싶었다.

그해 4월에 죽은 내 동갑 소녀 진영숙과 그해 4월에 돌멩이 하나 던지지 않고 아직껏 살아남아 있는 나의 차이는 무엇일까. 무엇 때문에 나는 그녀보다 이렇게 오래 살아있는 걸까. 나는 여태껏 어둔 세상을 향해 단 한 번이라도 한껏, 호루라기를 분 적이 있었던가. 앞으로는?

아주 오래된 고독

70년대 초반, 나는 고향의 K여자 중고등학교 국어과 전임강사 신분이었다. 월급은 정규직 교사의 반 정도에 불과했지만, 담임도 맡고 직원 조회에도 참석하는 등 하는 일은 정규직 교사와 별반 다를 게 없었다. 박정희 대통령이 유신헌법을 반포하기 한해 전쯤이었다. 권위적인 흐름이 정치, 사회, 문화 전반을 장악하고 있던 시절이었다. 특히 그 학교 교장은 교육감 후보로 오르내린다는 소문이 자자한 사람으로서 권위가 자못 하늘을 찌를 듯했다.

그때의 중등학교에선 정규수업 전 한 시간 동안 자율학습이 있었다. 말이 자율학습이지 누구나 강제로 해야 하는 자율학습이었다. 자율학습비 또한 강제로 징수했다. 교육청의 방침대로 한다면 학생들이 '울며 겨자 먹기'로 내는 자율학습비는 한 시간 먼저 출근해 자율학습을 감독하는 담임들에게 전액을 분배, 수당으로 지급하게 되어 있었다. 그러나 여러 달이 지났는데도 자율학습비 수당이 영 지급되질 않으니 문제였다.

"도대체 자율학습비는 어찌 된 거야!"

사석에 둘러앉을 때마다 교사들 사이엔 그게 늘 화제였다. 가끔 선술집에 들러 막걸리 한 잔씩 기울이고 가는 몇몇 중년 교사들 그룹에 나도 끼어있었다. 박봉인지라 아이들 학비조차 제때 대지 못하는 교사도 있었다. "교무주임한테 물어봤는데 그 양반은 그것에 대해 더 깜깜하더라고!" "조회 때라도 교장에게 따져 물어야 할 일인데" "교장 선생님, 교육감 되려고 로비하는데 그 돈을 다 쓰는 건 설마 아닐 테지만."

매번 얼굴까지 붉히면서 격렬히 성토하곤 했지만, 학교에 출근하면 모두 유구무언이었다. 워낙 힘이 센 교장인바, 그이에게 찍히면 먼 섬이나 버스조차 닿지 않는 산골 오지로 당장에 쫓겨 날 터, 중년 교사들로서는 우선 당장 학교 다니는 애들부터 걱정하지 않을 수가 없기 때문에 입을 다물 수밖에 없었다.

거의 날마다 '자율학습비'에 대해 동료 교사들의 불평불만을 듣다 보니, 내 안에 차곡차곡 울분이 쌓이기 시작한 것이 문제였다. 개인적인 욕망에 따른 울분이 아니었다. 정의감이랄까, 아이들을 키우는 아버지이면서 앞으로 진급도 해야 하는 처지의 친한 선배 교사들의 고충을 생각해 딸린 식구가 없는 내가 차라리 총대를 메는 게 옳지 않을까 하고 생각하기에 이른 것이었다. 동료 교사의 어려움을 내 것처럼 짊어지고 싶은 뜨거운 순정과 불의를 보면 참지 못하는 젊은 정의감이 그 무렵 나를 사로잡고 있었다.

직원 조회 시간이 되었다.

교감이 위에서 내려온 교육방침 등을 설명하고 교장이 일장 훈시를 할 뿐 토론이나 대화라곤 전혀 없는 게 늘 해온 직원 조회였다. 내가 손을 번쩍 들고 일어난 것은 교장의 훈시가 막 끝났을 때였다. "질문 있습니다, 교장 선생님!" 주임급 교사도 감히 발언하는 일이 전무한 직원 조회에서

두근거리는 고요

정식교사도 아닌 데다가 나이도 가장 어린 '전임강사'인 내가 손을 들고 일어섰으니 경천동지할 일이 아닐 수 없었다. 그러나 이미 일은 벌어지고 만 뒤, 나로서는 그저 앞으로 나아갈 수밖에 없었다.

"자율학습비에 대해 여쭙고자 합니다!"

수없이 동료 교사들과 불만을 나눠 가진 뒤끝이므로 나의 문제 제기는 앞뒤 논리가 서늘했다. 자율학습비는 다른 어느 곳에도 전용하지 않고 오로지 자율학습을 감독하는 교사들에게 지급하라는 교육부의 지침도 있었다. 나의 논리 정연한 발언은 그러나 마무리를 채 할 수가 없었다. 교장이 발작적으로 잉크 스탬프를 집어 던졌기 때문이었다. 볼펜도 만년필도 없던 시절이라 펜으로 찍어 쓸 붉은 잉크와 푸른 잉크를 담아두는 유리로 된 용기가 책상마다 놓여 있었는데, 분기탱천한 교장이 그만, 내 쪽을 향해 그걸 내던진 것이었다.

"저런 고연 놈! 어린놈이 감히!"

교장이 삿대질하며 그렇게 소리 질렀다. 강사에 불과한 내가 발언한 것 이상으로 충격적인 반응이 아닐 수 없었다. 교무주임과 체육 교사가 함께 달려와 내 팔을 양쪽에서 잡고 반강제로 정원까지 끌고 나왔다. 곧이어 수업을 시작하는 종이 울렸고, 동료 교사들은 소나무 그늘에 앉은 나를 애써 외면하면서 교실로 들어갔다.

한참 후 나를 데리러 온 건 서무주임이었다. 수업은 바꿔 놓았으니 걱정 말라면서, 교장이 부르니 교장실로 가자고 했다. 수업이 시작되어 학교 안팎은 어느덧 아주 조용했다. 그때까지만 해도 내가 실수를 했다고 느끼며 자책하는 모드로 있었기 때문에, 교장을 만나면 나는 사뭇 무릎이라도 꿇을 마음의 태세를 하고 있던 참이었다.

그러나 교장실로 들어선 내게 다짜고짜 던진 교장 선생의 한마디 말이 내 속을 확 뒤집었다. '버르장머리가 없다'는 나무람까지야 받아들일 수 있었지만, '아비' 같은 자신에게 불손하게 대든 건 전적으로 '상놈 집안' 자식으로 '가정교육'을 못 받아 그렇다는 호통은 도저히 받아들일 수 없었다. '상놈 집안'과 '가정교육'이라는 말이 내 가슴에 비수처럼 꽂혀 들어왔다. 늦둥이로 얻은 외아들 하나 잘 가르치겠다고 온갖 고생을 마다하지 않아 온 부모님 얼굴이 떠올랐었는지도 모르겠다.

나는 한순간 너무 흥분해 복도에 세워둔 대걸레 자루를 집어 들었는데, 머리꼭지가 돌긴 했어도 감히 '아비' 같은 교장을 칠 수는 없어서 그것으로 그만 교장실 유리창을 깨뜨리기 시작한 것이었다. 주먹으로도 유리창을 깨뜨렸던 모양인지 손은 금방 피투성이가 됐다.

곧 경찰이 와서 나를 학교 옆 파출소로 연행했다. 폭행죄도 적용할 수 있다 했고, 공공기물을 파손한 죄는 더 큰 죄라고 했다. 교장이 직접 파출소로 전화를 해 나를 연행하라 신고를 했다고 했다. 직장을 잃게 된 것은 물론이려니와 공공기물을 파손한 죄로 구속될 처지가 되고 만 것이었다. 후회막심이었지만 이미 엎질러진 물이었다.

교장이 파출소에 나타난 건 두어 시간이 지난 다음이었다. 구속될 수도 있다고 생각해 나는 그때 잔뜩 기가 죽어 있었다. 파출소를 직접 찾아온 교장은 그러나 뜻밖에도 아주 친절했다. 소장과 인사를 나눈 다음 교장은 안쓰러운 눈빛으로 다가와 피 묻은 내 손을 잡고 친절히 살피면서 말했다. "아이고, 우리 박 선생!" '우리'라는 말이 다정하게 들렸다.

교장의 뜻에 따라 내가 곧 훈방 조치된 건 물론이었다.

소동이 자율학습비의 부정한 사용 문제에서 비롯된바, 그 문제가 커지면 교육감을 하고 싶은 당신의 앞날에도 결정적 장애가 될 수 있다는 걸 뒤늦게 깨닫고 혼비백산, 나를 회유하려고 교장이 달려왔다는 걸 깨달은 것은 나중의 일이었다.

교장은 그길로 중국집 뒷방에 나를 데려다 앉혀놓고 요리까지 시켜주면서 새 학기에 내가 '정식교사'로 발령 날 수 있도록 적극 돕겠다고 여러 번 다짐까지 해 보였다. 내 또래 아들도 있다고 교장은 덧붙였다. 전임강사 자리나마 곧 잘리게 되는 건 물론 구속될지도 모른다고 겁을 먹고 있던 내겐 참으로 놀라운 반전이 아닐 수 없었다. 아, 이렇게 속이 깊고 따뜻한 어른이셨구나, 하면서 나는 '아비' 같은 교장 선생의 관용에 눈물을 글썽거렸을 정도로 크게 감동했다.

뜻밖의 일이 벌어진 것은 그 이후였다.

다음날부터 동료 교사들이 일제히 나를 피했기 때문이었다. 퇴근하고 나서 단골로 모여앉아 막걸릿잔을 기울이곤 하던 친한 그룹의 모든 동료 교사들이 다 그랬다. 어리석게도 나는 그들이 가장 먼저 나에게 달려와 뜨겁게 위로해줄 줄 알았다. 친하기도 했으려니와 그들의 입장을 오직 가슴에 새겨 위험을 무릅쓰고 교상에게 문제를 제기했으므로 내가 그늘에게 위로받는 건 당연한 거라고 여기기까지 했다.

교장이 파출소로 달려와 나를 풀어주게 하고 중국요리에 '정교사 발령'까지 얹어 베푼 친절을 그저 '관용'이라고만 생각했던 것보다 더 어리석은 상상이었다. 내가 자율학습비에 대해 문제 제기한 것이 나와 어울리던 그들, 가까운 동료 교사들이 부추긴 결과라고 오해받을까 봐 그들이 두려웠다는 걸 깨달은 것은 한참 후였다. 아니 나와 함께 어울리는 것만으로도 교장에게 불이익을 받을지 모른다고도 생각했을 터였다. 그러나 젊은 순정과 정의감으로 무장한 스물여섯 살의 나는 나를 갑자기 외면했던 동료 교사들의 소심하고 오욕스런 심리를 당시엔 전혀 이해하지 못했다.

그들이 칭찬하고 위로해야 할 나를 오히려 '왕따'시키는 사실에 대해 나는 가슴이 찢어지는 고통을 느낄 뿐이었다. '왕따'의 배경을 이해하지 못하면서 그러나 나는 아주 오욕스런 기분을 느꼈다.

다음 달부터 자율학습비 수당은 원칙대로 지급됐다. 나의 문제 제기로 동료 교사들은 현실적인 혜택을 받았지만, 교장과 맞선 나를 따돌리는 행위는 계속됐다. 갑자기 '왕따'가 된 내 처지를 이해하기 어려웠으므로 나는 더욱더 고통스러울 수밖에 없었다. 엊그제까지 함께 막걸리를 나누면서 서로의 어려움을 토로하던 동료들이 퇴근길에 마주쳐도 고개를 꼬고 그냥 비껴갈 때, 나는 정말 뼈저린 고독을 느꼈다.

그것은 인류의 아주 오래된 고독이고, 그런 고독이 쌓여 역사의 오랜 그늘을 지속적으로 만들어왔으며, 오늘날까지 그 그늘이 세상 도처에서 강력히 이어지고 있다는 걸 안 것은, 그런 고독을 교묘히 장려하고 퍼뜨리면서 그것의 과실로 제 배를 불리는 자들이 여전히 우리 곁에 아주 많다는 걸 명확히 깨달은 것은 먼 훗날이었다.

　이듬해 봄에 나는 '정식교사'로 발령을 받았다.
　내가 살던 읍내에서 강 건너로 출근해야 하는 중학교였다. 교장 선생은 나를 중국음식점에 데려다 놓고 약속한 걸 어쨌든 지킨 셈이었다. 꿈에 그리던 정식교사 자리였다. 강경포에서 금강을 건너 불과 2킬로밖에 안 되는 세도중학교로 발령을 받았으니, 출퇴근도 할 수 있었다.
　그러나 동료 교사들로부터 '왕따' 당한 상처는 여전히 내 가슴에 격렬히 남아 있었다. 아니 정식교사가 되어 출퇴근하면서 오히려 상처는 더욱 깊어지는 기분이었다. 교장이 내게 베푼 건 '관용'으로서의 친절이 아니라 '보신'을 위한 전략적 친절이라는 생각 또한 나를 심리적으로 괴롭혔다.
　종로에서 뺨 맞고 한강에 와서 눈 흘기는 격으로, 나는 시간이 지날수록 정정당당하지 못하게 짜인 세상의 음습한 이면에 대해 더 큰 오욕과 분노를 느꼈다. 마치 나의 '정식교사' 자리가 정정당당하지 못한 추악한 세상의 이면과 야합해서 얻어낸 결과물처럼 느껴지는 것이었다. 어린 제자들 앞에 서는 것이 부끄럽기까지 했다.
　세상의 음습한 이면에 내가 무릎 꿇은 것 같았으며, 그 야합의 보상으로 얻은 '정식교사'의 자리를 계속 지키고 있는 한 자존감을 끝내 회복할 수 없을 것 같았다. 자존감이 없는 인생을 살 바에야 차라리 굶는 게 낫지 않겠는가.

나는 결국 정식교사 자리를 박차고 나왔다.

사직서를 제출한 건 3월 말, 정식교사로 발령을 받고 불과 한 달 만이었다. 보신을 위해 나를 회유했던 교장과 그가 무서워 오히려 나를 '왕따' 시켰던 동료 교사들에 대한 좌절과 분노가 여전히 나를 사로잡고 있었다.

부여 군내 중학교에서 강경읍으로 가는 나룻배를 타려면 2킬로 이상 모랫길을 걸어야 했다. 해가 지고 있었다. 나는 해를 등지고 씩씩하게 걸었다. 자나 깨나 간절히 소망하던 정식교사 자리를 스스로 박차고 나왔지만 후회는 전혀 없었다. 후회는커녕 비로소 내가 오욕의 '야합'으로부터 당당해졌을 뿐만 아니라 자존감으로서의 참 자유를 얻었다고 여겼다. "나는 너희와 달라. 나는 자유로운, 귀한 존재야!"

나는 모랫길을 걸으면서 허공에 대고 혼잣말로 중얼거렸다. 불과 스물여섯의 젊은 나이였다. 수천의 물비늘이 황홀하게 반짝거리는 금강이 내 앞에 놓여 있었다. 달려가면 그 강을 단숨에 건너뛸 수도 있을 것 같았다.

두근거리는 고요

아주 오래된 힘

이른바 '연세대 사태' 때의 이야기다. '연세대 사태'는 1996년 '한국대학 생총연합회(한총련)'이 연세대학교에서 주최한 범민족대회를 정부가 강제로 해산하는 과정에서 운동권 학생들이 연세대학교 건물을 점거, 격렬한 농성을 벌이면서 여러 날 경찰과 대치했던 사건이다.

연세대 사태의 절정은 강력한 경찰 진압에 밀린 극렬시위 학생들이 과학관 건물 안에 갇혀있던 농성 후반부일 것이다. 안전귀가를 보장하라는 한총련의 요구는 경찰에 의해 거부됐다. 완전무장한 1만 2천여 명의 무장경찰이 학생들이 밀려 들어간 과학관을 철통같이 에워싸고 있었다.

전시상황이나 다름없었다.

경찰 쪽은 무장한 '백골단'이 최전방에서 대기했고, 학생들 쪽은 쇠파이프와 화염병으로 무장한 '사수대'가 앞을 지키고 있었다. 흉흉한 소문이 무성했다. 위험천만한 실험기구와 화학약품들이 꽉 차 있어 경찰이 강제진압을 시도할 경우 과학관 전체가 폭발해 수천의 학생들이 한꺼번에 희생될지도 모른다는 소문이 공공연히 떠돌았고, 경찰청장이 직접 시위대에 대해 총기 사용을 검토하고 있다는 것까지 언급했다. 과학관은 그야말로 고립무원의 지경에 빠져 있었다. 먹을 것조차 없었다. 항복하지 않는 한 전국에서 모여든 수천의 학생들은 폭발로 죽거나 굶어 죽거나 해야 할 참이었다.

사태가 일어난 초기에 나는 멀고 먼 바이칼 호수를 여행하고 있었다.

남북으로 600킬로가 넘는 이 호수를 찾아갈 때 나는 우리의 고서 중 하나인 《삼성기三聖記》를 읽고 있었다. 그에 따르면 역사 이전 우리 민족의 원조로 알려진 천제한님이 '천해天海 동방 파나류산 밑에 한님桓因의 나라를 세운' 바 있는데, '땅이 넓어 남북이 5만 리, 동서가 2만 리'나 된다고 했다.

중종 때의 선비 이맥李陌도 《환국본기桓國本紀》 서두에서, 그 나라를 가리켜, '순리대로 잘 조화되어… 어려운 자를 일으키고 약자를 구제하여… 어긋나는 자 하나도 없었다'라고 썼다. 천해란 북해를 말하고 북해란 바이칼호를 이를진 대, 이를테면 나는 우리 민족이 최초로 이상적인 나라를 세웠던 그곳, 바이칼 동쪽 땅에 오십 대 중반 처음 발을 디딘 것이었다. 이르쿠츠크를 거쳐 나는 바이칼 한가운데 올혼섬까지 들어갔다.

세상에 대한 전망이 암울한데 작가로서의 내 삶이라고 충만할 수는 없었다. '절필 사건'이라고 회자했던바, 용인 외딴집에서 3년여 동안 글을 쓰지 않고 혼자 엎드려 지내다가 《흰 소가 끄는 수레》 연작소설로 다시 문학판에 돌아오긴 했으나 여전히 나는 누구인지, 문학은 무엇인지, 어느 제단에 그것을 바쳐야만 하는 것인지, 갈팡질팡, 온갖 근원적 번뇌에 싸여있었다. 시베리아 한가운데 외진 바이칼 호수로 떠난 것은 그 번뇌 때문이었다.

어찌어찌 아내에게 전화를 한 것은 한총련 학생들이 연세대 과학관에 갇힌 지 거의 일주일이 다 돼가는 시점이었다. "자칫하면 과학관 전체가 폭발할지 모른다니 어떡해!" 아내가 울먹거리면서 말했다. 딸이 과학관에 들어가 있다고 했다. 딸은 그때 대학교 1학년 학생이었다. 자랄 때부터 정의감이 남달랐던 딸애라서 대학에 들어간 뒤 운동권에 이끌린 것은 매우 자연스러운 행로였을 것이다. 나는 급히 귀국 비행기를 탔다.

'이적으로 규정' '발본색원' '엄단의 칼' 귀국 비행기에서 접한 신문엔 주먹 같은 활자로 그런 말들이 쓰여있었다. 단전 단수 조치된 과학관에선 탈진해 쓰러지는 학생들이 속출하고 있다고도 했으며, 경찰의 강경 진압에 맞설 '학생 분신조'가 조직돼있다고도 했다. "자유의 길 해방의 길" "엄마 배고파요!" 이런 글귀가 쓰인 과학관 창문에 내걸린 현수막 피켓 등의 사진도 나는 신문에서 보았다.

딸애의 책상에는 김남주 시인의 유고시집과 김수정 만화 《아기공룡 둘리》가 나란히 놓여 있었다. 집으로 돌아왔으나 나는 아무것도 할 수 없었다. 이제 겨우 대학 1학년 딸은 물론 수천의 학생들이 생사기로에 처해있는데 아비로서 하는 일이 겨우 딸애의 방에 우두커니 앉아있을 뿐이라니, 나는 뼈저리게 무력감을 느꼈다.

세수를 꼼꼼히 하고 난 아내가 앞가르마 타서 머리를 꼼꼼히 빗어 깡

똥하게 동여맨 것은 막 해가 저문 다음이었다. 텔레비전 뉴스는 페퍼포그와 여러 대의 헬기까지 띄운 삼엄한 경찰포위망, 쇠파이프로 무장한 사수대와 복면을 한 과학관 옥상 시위대 따위를 반복적으로 보여주고 있었다.

"이대로는 나, 못 있어요!"

아내의 눈에서 섬광이 번쩍했다. 아이를 해산할 기미가 올 때마다 아내가 병원으로 가기 전 먼저 머리부터 꼼꼼히 빗어 묶었던 사실을 나는 상기했다. 그럴 때의 아내는 늘 말릴 수가 없었다. 과연 말릴 틈도 없이 아내가 대문 밖으로 내달았고, 내가 황망하게 아내의 뒤를 따랐다. 아내가 간 곳은 바로 연세대 과학관 부근이었다.

밤이라 그런지 과학관 주변은 의외로 조용했다.

경찰의 삼엄한 포위망은 그대로였다. 아내는 쭈뼛거리지도 망설이지도 않는 걸음새로 곧장 과학관 정문을 행해 걸어갔다. 경찰을 향해 진격하는 걸음새였고, 또한 놀라울 정도로 당당한 걸음새였다. 시종처럼 아내의 뒤를 따라가는 나만 두려움에 가득 차 있었다.

"비켜요!"

가로막는 경찰에게 아내는 또박또박 말했다.

"내 딸이 저 안에 있어서 데리러 왔어요!"

무전기를 통해 위에 상황을 보고하고 난 경찰이 바리케이드를 열어 아내와 나를 통과시킨 건 잠시 후였다. 뜻밖의 결과였다. '어머니'의 힘이라고 나는 느꼈다. 마치 DMZ 같은 고요한 완충지대를 지난 다음에 맞닥뜨린 건 학생 사수대였는데, 과학관 정문을 지키는 사수대학생들도 학부형이라는 걸 확인하고 곧 길을 열어주었다.

두근거리는 고요

과학관은 ㄱ자로 된 큰 건물이었다.

현관을 지나자 좌우로 나뉜 복도부터 학생들이 꽉 차 있었다. 더러 둘러앉아 토론하는 학생들도 있었고 더러 맨바닥에 쓰러져 잠든 학생들도 있었고 또 더러 책을 읽는 학생들도 있었다. 5층 건물이었는지 어쨌는지 오래되어 잘 기억나지 않지만, 암튼 과학관은 복도든 어디든 시위 학생들이 꽉 차 있는 상태였다. 전국에서 모여든 학생들이라 대학별로 모여 있었겠지만, 학교를 구분하는 표시는 없었다. 아래층을 둘러볼 생각도 안 하고 아내가 무조건 2층으로 올라가기 시작했다. 내가 아내의 옷깃을 잡았다.

"무조건 가면 어떡해? 연세대 애들이 어디 있는지 먼저 알아보고….'

"놔요!"

아내가 내 손을 단호하게 뿌리쳤다. 아내의 눈빛이 그 순간 또 번쩍했다. 나는 유구무언, 아내의 꽁무니를 따라갈 수밖에 없었다. 아내는 조금도 망설이지 않고 2층을 곧장 통과한 뒤 3층 어귀에 와서야 잠시 호흡을 골랐다. 3층 역시 좌우로 갈라진 복도에 학생들이 꽉 차 있었다. 아내는 곧 동쪽 복도로 방향을 잡았다. 학생들을 살펴보려 하지도 않고 오로지 확신을 따라 앞으로 나아가는 단호한 직진보행이었다. 신의 음성에 불려가는 것 같기도 했다. 아내는 그렇게 무조건 앞으로 걸었으며 그러다가 어느 지점에서 딱 멈춰 섰다.

"어, 엄마!"

놀랍게도 딸애가 바로 그곳에 있었다. 찢어진 신문지 한 장을 깔고 누워있던 딸애는 엄마의 삽삽스런 줄현에 놀랐는지 벌떡 일어서며 비명처럼 엄마를 불렀다. 아내가 딸애를 와락 껴안았다. "이렇게 차가운데 신문지 하나 달랑 깔고…." 아내는 울먹이며 말했고, 대학교 1학년 딸애는 순하게 웃고 대꾸했다. "참 엄마도. 신문지 한 장이 어딘데. 돈 주고 팔라고 조르는 선배도 있어, 이 신문지!"

내가 지금도 잘 이해할 수 없는 것은, 과학관으로 들어선 뒤 아내가 보여준 행보였다. 대체 그 너른 과학관의 수천 학생들 속에서 아내는 무슨 수로 직진보행, 단번에 딸애를 찾을 수 있었단 말인가. 족집게 무당이란 말인가.

나중에 아내에게 물은 적이 있었다. "그때, 연세대 과학관에서 말이야, 딸 있는 데를 대체 어떻게 찾아간 거야? 누구한테 묻지도 않고 머뭇거리지도 않고 무조건 3층까지 올라갔었잖아?" "몰라!" "몰라?" "정말 몰라. 그냥 딸애가 부르는 것 같았어! 딸애가 부르는 목소리 같은 걸 그냥 따라간 것 같아." 세상의 어머니들은 자식이 위기에 처하면 모두 족집게 무당이 된다는 걸 나는 그날 알았다.

나이를 먹는 건지, 요즘은 자주 지금보다 더 고통받던 지난 시절을 생각한다. 못 먹어서 배고팠던 어릴 때, 절대빈곤의 사슬을 끊으라는 사회적 명령을 늘 받았던 젊은 시절, 그리고 정치 문화적 억압을 향한 저항의 불길 같은 대오를 갈팡질팡 지나쳐 온 중년, 혹은 장년의 나날들. 우리처럼 한 세대에 걸쳐 질풍노도의 변화를 온몸으로 겪어온 세대는 세계적으로 많지 않을 것이다.

두근거리는 고요

반어법적으로 말하자면, 그 고통, 그 변화, 그 굴곡들이 우리의 유일한 자원, 자기갱신을 위한 에너지의 원천이었다. 굴곡진 고비에서마다 정파와 세대와 지역을 넘어서서 최소한 '화염병'을 어디에 던져야 할는지 우리들은 그때 알고 있었고, 그래서 뜨겁게 공유했다. 대의를 믿는다면 '신문지 한 장'을 축복이라 여기던 사람들이 살았던 전설 같은 시대였다.

그래서 나는 또 묻는다.

그 시절에 비해 무엇이 지금, 우리에게 남아있는가. 자본주의가 만들어내는 오늘의 구조적 억압은 그 프로그램이 너무도 정교해져서 어디에 대고 무엇을 외칠는지 우리는 알지 못하고, 예전보다 더 부자가 되었다 하지만 독식의 체제가 더 깊어졌으니 우리의 이웃은 여전히 가난할 뿐이며, 나누며 잘 살자고 말은 하지만 온갖 정파적 갈라치기에 따라 우리는 더욱더 뿔뿔이 흩어져 날로 지리멸렬, 고독해질 뿐이지 않은가.

내가 정말 그리운 건 갱신을 향한 욕망들이 합쳐져 만드는 불길, 혹은 그것을 이끌어내는 마중 봉홧불 같은 것이다. 빌딩을 높이는 것, 인터넷 접속 시간을 앞당기는 것, 자율주행 자동차나 드론의 생활화, 갖가지 경제지표의 상승만을 발전이라고 예찬할 수는 없다. 본원적인 삶의 갱신에 대한 확고한 신념에 불을 붙이지 않고 얻는 발전은 믿을 수 없기 때문이다.

이맥李陌은 앞서 인용한 《환국본기》에서 이르되, 우리 조상들이 바이칼 동쪽에 세웠던 '전세한님'의 나라는, '친하고 멀다 하여 차별을 두지 않았고, 윗사람 아랫사람이라 하여 층하를 두지 않았으며, 남자와 여자의 권리를 따로 하지 않았다'라면서, '원망하거나 어긋나는 자가 하나도 없었다'라고 했다. 올 한 해, 경제지표의 상승만이 아니라, '원망하거나 어긋나는 자가 하나도 없는' 나라에 대한 올곧은 지향과 이상의 속 뜨거운 복원을 사회 곳곳에서 보고 싶다. 아내가 보여준 것 같은, 근원적인 힘의 복원이 절실한 것도 그 때문이다.

두근거리는 고요

정치판에 드리는 인간적 하소

평생 '두통'에 시달렸다. 젊을 때는 두통에 좋다는 온갖 것을 찾아 먹었고, 원고 쓸 때마다 진통제를 상용했다. 무엇을 먹어 해결할 수 없는 게 두통이라는 걸 아는데, 거의 수십 년이 걸렸다. 두통은 아직도 진행형이다. 이런 지속적인 두통 속에서 그 많은 소설을 써온 나 자신에게 때로는 대견스러운 생각이 들 때도 있다.

살아계실 때 어머니는 자주 아버지의 대님으로 이마를 묶고 다니다가 나와 눈이 마주치면 "골이 쏟아지려고 하는구나"라고 말했다. 그러고 보면 나의 두통은 어머니로부터 대물림된 것인지도 모른다.

생각건대 어머니의 두통은, 해방 직후의 고단했던 세계사적 흐름에 둘러싸여 있으면서, 집을 비울 때가 많았던 아버지의 부재 속에서 어린 것들을 당신 혼자 건사하며 견뎌내야 했던 생의 무게로부터 비롯된 것일 테다. 그런데 어머니만큼 가난하지도 않은 나의 두통은 대체 어디에서 오는 것일까.

인간은 누구나 가슴 속에 '시인'이 들어있다. 일찍이 내가 쓴 시 중에서 〈시인〉이라는 제목의 산문시가 있는데 그 전반부를 옮겨 놓으면 이렇다.

나는 시를 쓸 줄 모르지만 가령 이렇게 시작하고 싶다 평생 아침이 젤 쓸쓸하
다 죽음으로부터 삶으로 빠져나가는 게 그렇게 힘들다 시를 쓸 줄 모르기 때문
에 나는 한낮으로 가려고 오늘 아침에도 갑옷을 찾아 입는다 하얀 모시식탁보
가 깔린 식탁 위 등 푸른 생선이 되고 싶다 시인다운 아침을 맞는 건 내 평생의
꿈이었다 삭은 관절들과 굽은 어깨뼈가 쇠단추 많이 달린 갑옷에 눌려 내려앉
는 소리가 난다 창 너머 창날 같은 햇빛 속에 유성이 가뭇없이 지고 우리 집 젊
은 개는 여전히 짖지 않는다 어린 왕자가 산다는 혹성 612호에 가고 싶은 날에
도 습관처럼 갑옷을 입고 쇠단추를 채우고 쇠 지퍼 착착 올리고 그리고 시인을
갑옷 속에 숨겨놓는다. 참을성 많은 나의 시인은 횡격막에 눌려 죽을 듯 비지땀
을 흘리지만 비명을 지르진 않는다 한낮의 시간은 철저히 산문적이다
- 시집《산은 움직이고 물은 머문다》에서

산문은 논리를 따라가야 완성되지만 시는 논리의 해방을 좇아간다.
산문은 철저히 지상에 있고 시는 때로 우주 너머에까지 제 목소리의 춤
으로 채울 수 있다. 내 평생의 두통은 어쩌면 나의 '시인'을 계속 어두운
횡격막 아래 가두어놓아야 했던 강박에서 시작된 것일지도 모르고, 가슴
속의 '시인'을 해방시키면 현실에서 실패하고 말 것이라는 본원적인 두려
움에서 비롯된 것인지도 모르겠다. 개발 중심의 지난 반세기, 우리는 철
저히 리얼한 산문의 방법으로만 살도록 명령받고 있었으며, 세상으로부
터 우리의 '시인'을 버리라고 줄곧 요구받고 있었으니까.

고백하거니와, 70~80년대는 시대와의 불화가 나의 두통을 가중시켰

고, 요즘은 시간과의 불화가 나의 두통을 가중시킨다. 생로병사로 가는 존재론적인 사이클에 순응하는 게 왜 이처럼 힘들까 싶을 때가 많다. 머리엔 서리가 쌓여가는데 가슴은 날로 더 붉어지니 문제다. 세상에 대한 마음도 때론 요령부득이다.

어떤 사람들은 나보고 왜 좀 더 직설적으로 세상에 대해 '발언'하지 않느냐고 묻는다. 더러 직접적인 발언의 마당으로 나오라는 구체적인 손짓을 받기도 한다. 바야흐로 정치가 창궐하는 시절이라서 더욱 그렇다. 고백하거니와 정치판으로 오라는 유력 정치인 또는 정치 그룹의 러브콜을 받은 적도 많다.

그러나 오해하지 말라.

단도직입적으로 말해 나는 '소설'을 통해 이미 충분히 세상에 대해 '발언'하고 있다고 느끼고 있으며, 그러므로 더 이상 '소음'을 보태고 싶진 않다. 내게 더 직설적인 발언을 주문하는 사람들의 머릿속엔 일반적으로 '내 편'과 '네 편'이 잠복해 있다는 걸 알고 있고, 그러므로 그 '발언'은 타인에 대한 공세적인 비판을 앞세운 배타성에 의지해야 할 경우가 많기 때문에, 작가로서 나의 상상력엔 별로 유용하지 않다고 믿는다.

나는 되도록 단독자로서의 작가라는 얼굴로 생을 시종하고 싶다. 어떤 트렌드에도 편입되고 싶지 않다. 예전에도 그랬고 지금도 그러하며 앞으로도 아마 그럴 것이다. 집단 속에 있으면 당연히 안정감을 느낄 수 있겠지만, 안정감은 상상력에게 그리 바람직한 처방이 아니라는 걸 나는 믿는다. 떼를 짓지 않고 홀로 견디어내는 고독 속에서 듣는 내 안의 목소리야말로 문학의 알집이다. 단독자로 살면 물 밑에서 구르는 돌처럼 이끼낄 새가 없다.

그러니, 나는 늘 문학을 나의 방부제라고 여긴다.

문장이 내게 있으니 정신이 한곳에 좌초해 지속적으로 머물거나 고정관념, 기타 세속적 안일함에 나를 맡겨놓을 새가 없다. 아무리 긴 소설을 써도 작가는 이미 쓴 문장을 또 쓰지 않는다. 나는 언제나 새 문장, 미지의 전인미답을 향해 걷는다. 작가들만 가질 수 있는 놀라운 축복이라고 나는 생각한다.

하지만 그렇다고 해서 고질적인 '두통'이 사라지는 건 아니다. 87년, '양 김'이 분열되어 함께 대통령에 출마했을 때, 나는 가까운 작가 친구와 지지자를 놓고 언짢은 언쟁을 벌인 바 있다. 후유증은 생각보다 오래갔다. 선거철인 요즘 나의 두통은 그런 국면이 재현될까 봐 더 깊어지고 있다. 세상이 시끄러우니 나의 '시인'도 덩달아 목을 움츠린다. '복지'를 외치는 이른바 '지도자 동지'들에게 말하고 싶은 것은 나 같은 사람의 두통을 씻어주는 것이야말로 참된 '복지'일는지도 모른다는 것이다.

파괴-죽음의 본능을 이기지 못하면 민주사회가 아니다

세계인권의 날 즈음에 공개된 미국 CIA의 고문 실태에 대한 보고서는 충격적이다. 그들은 유용한 정보를 별로 얻어내지도 못하면서 혐의자들을 감금했고, 잠 안 재우기, 물고문 등 온갖 고문을 자행했다. 민주주의 선진국이라 칭송되는 미국의 국가조직이 저지른 일이다.

들도 보도 못한 고문 용어도 나왔다. 이를테면 '직장^{直腸} 급식' 같은 말. 항문으로 물이나 음식을 강제 주입해 조직이 찢어지거나 만성출혈, 탈장을 유도하는 고문 방법이다. 고문으로 숨진 사람도 있었다. 피고문자 일부는 아무런 혐의조차 없는 민간인들이었다. 고문이 자행되던 당시의 미 대통령과 정보국 간부들은 '인간적인 심문 방법'을 통해 '효과적'으로 정보를 얻고 있었다면서 고문을 공식적으로 승인한 사실을 인정했다. 놀랍고 또 끔찍하다.

우리에게 이런 폭력이 낯선 것만은 아니다.

이른바 중앙정보부 시절 국가의 이름으로 자행된 고문의 실태는 CIA의 실태를 훨씬 능가했을 정도였다. CIA가 적성 국가의 국민을 상대로 자행한 것에 비해 우리의 중앙정보부는 정적이라는 이유로 자국민에게 고문을 일삼았다는 게 다르다면 다르다. 하기야 그것이 뭐, 단지 미국이나 우리만의 문제겠는가. 나치의 유태인 학살은 이성주의 철학적 전통이 가장 깊었던 독일인들이 선거로 만들어준 국가조직에 의해 저질러진 범죄였다. 일본이 명백한 역사적 범죄를 국가 차원에서 전면적으로 부정하는 걸 매일 보고 확인하는 것도 끔찍하긴 마찬가지다. 이 순간에도 세계 도처에서 광범위한 폭력이 국가의 이름으로 버젓이 자행되고 있다.

폭력이 줄지 않는 게 국가의 경우에만 해당하는 건 물론 아니다. 개인과 개인 사이, 집단과 집단 사이의 폭력도 그렇다. 돈을 앞세운, 자본주의적 폭력의 창궐은 이미 도를 훨씬 넘었다. 문명의 외형적 발달과 상관없이 폭력적인 충동은 어찌 된 노릇인지 개선될 기미를 거의 보이지 않고 있다.

일찍이 프로이트가 '파괴의 정열-죽음의 본능'이라고 명명한 바로 그것이다. 수단 방법을 가리지 않고 제 욕망에 따라 상대편을 무조건 굴복시키고 싶은 그것. 아니 욕망이 있든 없든 약한 자를 무조건 해치고 싶은 사디스트적 공격 충동인 그것. 오랜 이성 중심주의 역사 발전에도 불구하고 이 죽음의 본능은 왜 완화되지 않는가. 더 약한 자를 습관적으로 가해하려는 본능을 일관되게 보여주는 것은 포유동물 중 인간뿐이다.

이를테면 단지 '땅콩 회항' 사건이나 아파트 경비원 폭행 사건 등에서 보이는 '갑질'로서의 잔인성, 의견과 지향이 다르다는 이유로 폭력, 폭력적 비난을 일삼는 무절제한 공격성, 나와 얼굴색만 달라도 무조건 미워하는 더러운 배타성, 층간소음 등 하찮은 이유조차 참지 못하고 살인도 불사하는 극단의 분열성, '소수의견'이라 확인되면 무조건 짓밟고 내쫓아도 된다는 식의 파시즘적 편협성 등이 다 폭력 충동에 따른 가해의 원형이다. 문제는 경제의 발전, 민주화의 성장에도 불구하고 이런 파괴적 충동이 줄기는커녕 더 내면화하거나 일상화하며 우리를 옥죄고 있다는 것이다.

이는 말할 것도 없이 굴절된 현대사가 드리워준 어두운 심리적 배경과 그것을 조절하지 못하는, 조절은 고사하고 오히려 약육강식을 더 조장하는 세계사적인 사회-정치적 구조와 깊은 상관관계가 있다. 지금의 구조가 개선되지 않는다면 아래위 할 것 없이, 좌우할 것 없이 우리 모두는 계속 폭력적인 '파괴의 정열'에 삶을 더욱 깊이 내맡길 가능성이 크다.

이런 충동은 지도층에 의해 날로 확대 재생산되는 형국이고, 가해자와 피해자의 경계 또한 점점 더 모호해지고 있다. 이 구조에서 살아 견디려면 우리 모두 선천적으로 부여받은 선근善根조차 무참히 버리고 공격적 파괴의 충동을 숙주로 삼아야 하기 때문이다.

그러나 우리는 인간이며, 인간이기 때문에 내던져지는 주사위의 숫자에 따라 운명을 내맡길 수는 없다. 단지 생산성 제고를 통해 더 성능 좋은 몇몇 도구들을 얻는다고 해서 그걸 감히 발전이라고 믿을 정도로 인간이 본래 저급하다고 믿고 싶지도 않다.

프로이트는 인간에겐 '파괴의 정열-죽음의 본능' 이외에 또 하나의 정열이 있는바, '삶의 정열-사랑의 본능'을 갖고 있다고 지적했다. 힘센 사람들의 '쌈박질'을 벤치마킹할 필요는 없다. 우리들에게 공격적인 충동을 강화시키려는 전략, 바꿔 말해 '폭력의 컨설팅'을 통해 제 몫을 챙기거나 기득권을 수성하려는 자들, 혹은 그 구조를 믿고 의지해서도 안 된다.

폭력의 조직적 컨설팅을 도모하는 온갖 명분에 속아 그 들러리가 되는 것은 더욱더 곤란하다.

거의 매일 눈이 내리고 있다.

사랑하는 사람과 눈발 속을 어린 송아지처럼 내달리고 싶은 유순한 삶의 정열이 폭력적 뉴스들 때문에 매일매일 참담하게 중절되는 2014년 연말이다. 예컨대 노동자 '차광호' 씨는 부당한 해고에 항의하여 공장 굴뚝에 오른 지 벌써 200일이 넘는다. 도심의 전광판 위에도, 쌍용자동차 굴뚝 위에도 사람들이 올라가 있다.

노동자 몇 사람조차 지상으로 데려오지 못하는 세상인데 신문방송은 여전히 국회나 청와대 권력의 그림자놀이 생중계에만 바쁘다. 그사이에도 사람들은 자꾸 허공으로 올라가거나 주검이 되어 지하에, 바다 밑에 가라앉는다. 허공에서, 캄캄한 바다 밑에서 성탄을 맞는 사람들에게, 세계의 구조적 폭력에 의해 고통받는 모든 사람들에게 '삶의 정열-사랑의 본능'을 나누는데 인색한 사회를 민주-복지사회라고 부를 수 없다.

지도그룹이든 개인이든 간에, 2015년에 우리가 온 힘을 기울여 성취해야 할 것은 죽음의 정열-폭력적 충동의 완화라고 난 생각한다. 경제가 백번 좋아져도 파괴적인 본능에 기대고 살면 황막한 사막으로서의 역사가 계속될 뿐이다.

국가주의-정파주의-자본주의적 폭력의 구조를 똑바로 인식하는 데서 새해가 시작되었으면 좋겠다. 생명 값을 증진시키려는 관용과 통합의 실제적 체험을 통해 반인간-반문화-반민주적 세계구조의 개종을 가슴에 새기는 2015년이기를 바란다. 삶의 정열-사랑의 본능에 오로지 복무해야만 불안으로부터 근본적으로 자유를 얻을 수 있다. 그런 지향이야말로 민주사회의 마지막 꿈일 것이다.

품 넓은 지도력이 그립다

논산 집필실 '와초재'에서 서울 본가까지는 차가 밀리지 않을 때 승용차로 보통 두 시간 조금 넘게 걸린다. 전장이 180킬로미터쯤 된다. 지난가을엔 도지사의 초대를 받고 태안반도 천리포수목원에 갈 일이 있었는데 차가 밀리지 않았으나 그곳까지 대략 두 시간하고도 30여 분이 소요되었다. 같은 충남이고 거리도 가까운데 서울보다 오히려 더 오래 걸린 셈이다. 당진-대전 간 고속도로가 없었으면 아마 네 시간 이상 걸렸을 것이다.

지역 안에서도 형편은 다르지 않다. 모든 도로는 한결같이 행정소재지를 향해 뚫려 있다. 대도시와 대도시를 연결하는 고속도로가 최우선이다. 도로만 그런 게 아니다. 지역의 고유성-다양성은 모조리 뿌리 뽑힌 게 오래전이다. 이는 내 집 앞-이웃 마을을 잇는 도로포장 사업부터 시행했다고 알려진 대만과 비교된다. 이웃에게 가는 것보다 소재지에 가는 게 훨씬 더 빠른 것이 전혀 이상하지 않은 게 우리의 일반적 풍경이다.

'박정희표' 빠른 성장을 성취한 개발 이데올로기의 본색이 그렇다. 모든 문화-존재에게 무차별로 서열을 매겨 '중심'이라 부르는 것들 앞에 종從으로 줄 세우는 한편, 횡橫으로 이웃 공동체의 연대는 낱낱이 부수고 갈라서 팽개침으로써 계속 '중심-중앙'에 복종하도록 가르친 과정에서 생긴 부산물이 바로 우리의 '성장'이라는 것이다.

반인간적 반문화적 성장의 결과는 공동체의 완전한 해체-결절이며, 또 결과는 당연히 행복지수의 답보-추락이다. 90년대 초반보다 GDP가 여러 배 성장했는데 국민 행복지수 GNH는 전혀 늘어나지 않은 통계가 그것을 증명해준다. 그러므로 우리는 오늘 이런 질문과 마주친다.

행복해질 수 없다면 왜 돈은 벌어야 하는가.

아무리 일해도 부자가 될 뿐 행복해지지 않는다면 일을 당장 그만두어야 옳다. 국가가 우리에게 열심히 일하라고 권면하는 건 단지 GDP를 올려 세계에서 몇 번째 '경제 대국'이라는 허세와 권위를 위한 속임수일는지 모른다. 앞으로도 '경제 대국'의 덕은 몇몇 권력자나 몇몇 재벌가에 대부분 편입될 게 뻔하고, 그렇다면 일하더라도 계속 행복해지지 않을 가능성이 크다. 세계화-글로벌 경제의 최종지향이 이것이다. '복지'라는 말이 있지만, 그 역시 속임수에 불과하다고 말해도 과언이 아니다.

가령, 돌보는 사람이 없는 독거노인에겐 평균적으로 3~4명의 장성한 자식이 있다는 통계를 본 적이 있다. 늙은 부모를 팽개친 그 자식들에게 일찍이 부모보다 돈이 더 소중한 가치를 갖고 있다고 결사적으로 가르친 것도 글로벌 경제체제와 그 추종자들이다. 이른바 국가가 앞장서서 부모보다 돈이 더 중하다고 가르쳐오지 않았던가. 야수적인 노동력으로 기적의 경제성장을 이루어낸 그들 앞에서 정부가 나서서 20만 원을 준다는 둥, 10만 원을 준다는 둥 갈팡질팡하는 것 자체가 낯부끄럽다.

노인복지 문제는 앞으로 더 악화할 것이고 국가는 그로 인해 고통받을 게 확실하다. 3~4명이나 되는 자식들의 반만이라도 부모를 돌보는 사람으로 길러냈다면 국가가 훨씬 평안했을 것이다. '돈=행복'의 등식으로 유혹해 자식들을 부모로부터 떼어놓은 국가가 받아야 하는 당연한 앙갚음이다.

노인 문제만 그렇겠는가.

머지않아 국가적 '참화'가 될지도 모르는 '복지문제'야말로 중심-지역, 부자-빈자, 보수-진보 등으로 한사코 나누면서 공동체를 깡그리 부수어온 글로벌 경제체제, 그 추종자들이 스스로 불러온 것이다. 높은 곳에 자리 잡은 그들은 오늘도 생산성의 무한추구밖에는 관심이 없다. 생산성의 제고만이 그들에게 '떡고물'이 떨어지기 때문이다. 이른바 '관피아' '철피아' '해피아'라고 말해지는 것들의 실체이기도 하다.

'세월호' 책임을 지고 그만두기로 기정사실화된 총리를 유임시킨다는 발표를 접했을 때 국민의 한 사람으로 나는 심한 모욕감을 느꼈다. 이것이야말로 세월호 참사의 가장 참담한 절정이었다. 계속 시비를 걸다간 어딘가 다른 곳의 다른 '세월호'도 침몰하게 될지 모른다는 터무니없는 공포감까지 잠깐 들었을 정도였다. 언론과 정적들은 물론 국민에 대한 몽리요 협박이라고 느꼈다. 여전히 11명이나 되는 사람이 바다 밑에 남아있지만, 여전히 수많은 어버이의 마음이 저들을 따라 폭풍우 속의 바다 밑에 내려가지만, 정부의 '책임'은 완전히 실종되고 전선의 제압을 위한 전략적인 '밀당'만 남았다고 생각했다.

제자들은 청출어람하고 모든 자식들은 부모의 도량과 전략을 넘어서야 발전이 담보된다. 국민 행복지수는 글로벌 경제체제의 폭압적 독식주의에 여전히 저당 잡혀 있다. 그러므로 지금 필요한 것은 지도자의 일시적 눈물이 아니라 우리가 이마를 기대고 울어야 할 너그러운 품이다. 굳센 신념에 따른 넓은 품이야말로 민주사회의 참된 지도력일 터이다.

모든 제자-자식들이 압축성장의 신화를 써온 아버지 세대의 전략을 극복하기는커녕 더 옹졸하게 그 전술 전략에 사로잡혀 있다면, 오로지 '적'들을 쓰러뜨리고 나가 나 홀로 정상에서 있고자 한다면, 우리는 계속 고단하게 살수밖에 없다.

GDP로 집약되는 가치에 온 국민이 열광한다고 생각하는 것은 정치 집단들의 자의식이 부른 호가호위狐假虎威에 불과하다. 그 호가호위가 오늘도 긍정적인 삶의 자리에서 부정적이며 자학적인 삶의 자리로 내려가도록 우리에게 강요하고 있다.

생명은 다양성을 존중하는 수평적 유대의 에너지를 먹고 자란다. 진도 앞바다에서, 밀양에서, 제주에서, 평택에서, 또 어디 어디에서 나는 오늘도 수평적 유대를 죽이는 국가적인 '폭력'을 매일 본다. 가슴이 찢어진다. 단지 당하는 자들에게 대한 인간주의적 연민 때문만이 아니라, 나와 내 이웃들, 그리고 다음 세대를 이어갈 그 자식들에게 그만큼 희망의 싹이 잘리는 것을 매일 보고 느끼기 때문이다.

글로벌 경제체제의 명령에 순응적으로 살아오다가 우리 모두는 어느덧 돈 때문에 우리 자신의 영혼과 노동력을 스스로 착취하는 자학적인 삶의 방식에까지 이르렀다. 생산성으로 포장된, 우리에 의한 우리 자신에의 착취를 그만둬야 한다고 가르치는 품 넓은 지도자-지도력이 진정 그립다.

행복의 전제조건

대한민국의 르네상스적 전환이 지금 왜 필요한가. GDP의 빠른 성장? 아니면 선진국으로의 도약을 위해서? 아니다. 우리에게 당장 필요한 건 행복감이다. 삶의 충만함을 통해 얻는 안도와 품격과 너그러움이다. 나는 단언할 수 있다. 우리의 오늘이 불안하고 지리멸렬하고 빈곤하다고 느끼는 것은 결단코 가난해서가 아니다.

연전에 부탄에 다녀온 일이 있다.

부탄은 히말라야 기슭에 자리 잡은 작은 나라로서 1인당 GNP가 2천여 달러에 불과하다. 대부분의 생필품을 인도에서 수입하는 대신 히말라야 만년설이 녹아내리는 풍부한 수자원을 이용, 전기를 생산해 인도에 수출하는 게 국가의 주 수입원이다. 그들은 강대국, 또는 GDP를 지향하지 않는다고 세계에 이미 선언한 바 있다.

'지속 가능한 경제 모델'이 그들의 지향이다. 수자원을 최우선 보호하고 그를 위해 삼림과 생태계를 국가가 합리적으로 조절하고 있다. 개발 중심의 빠른 성장은 공동체와 생태문화를 해체하여 얻는 것보다 잃는 것이 훨씬 많다는 것에 대한 확신을 정부, 지식인, 국민이 공유하고 있기 때문에 가능한 일이다.

그들은 국민총행복지수^{GNH}를 지향한다.

몇 년 전 조사한 부탄의 국민 행복지수가 무려 97퍼센트여서 세계가 놀란 바 있다. 지나다가 산비탈 밭에서 일하는 농민 부부에게 물은 적이 있다. "농토를 더 늘리고 싶지 않으세요?" 상투적인 나의 질문에 그는 질문의 의중을 모르겠다는 듯 고개를 갸웃하고 대답했다. "아뇨, 만약 내가 농토를 더 늘리면 그만큼 일을 더 해야 하고, 그렇게 되면 우리 아이들은 물론 신과 가까이 지내는 시간도 더 줄여야 하는데, 내가 왜 그렇게 살아야 하나요?" 밤낮으로 일해 가족들 얼굴 보기가 힘들어도 돈만 많이 벌면 '좋은 부모'가 되는 우리 사회의 모습과 뚜렷이 대비된다.

1인당 GNP가 3만여 달러로 그들보다 10배 이상 부자인 우리의 행복지수는 조사에 따라 편차가 좀 있지만 대략 50퍼센트 남짓이다. 90년대 초반의 통계도 대동소이하다. 바꿔 말하자면 지난 20년 동안 열심히 일해 모든 국민이 그동안 평균적으로 4배쯤 부자가 되었는데 더 행복해진 사람이 한 명도 늘어나지 않았다는 것이다.

행복해지려고 죽어라 돈을 벌었는데 행복한 사람은 한 명도 더 늘지 않았다는 건 무엇을 말하는가. 결과는 자명하다. 행복지수를 높이는데 GNP는 필요충분조건이 아니라는 것, 지난 시대의 가치관이나 전략으로 계속 살아간다면 앞으로도 행복해질 가능성은 거의 없다는 것, 그러므로 행복해지려면 가치관이나 삶의 전략을 담대하게 바꾸어야 한다는 것.

단언컨대 국가는 우리의 행복지수를 높이는 일을 본질적으로 돕지 않을 것이다. 국가의 메커니즘은 당연히 글로벌 체제 속에서의 국가 경쟁력으로부터 자유로울 수 없다. 선진국이라는 허울 좋은 포장지에 담긴 '강대국'에의 지향에 국가가 계속 힘을 바칠 수밖에 없는 것은 그 때문이다. 우리에게 물질주의를 장려하면서 효도, 형제애, 이웃, 보편적 우의보다 더 중요한 가치가 '생산성 제고'라는 걸 앞장서 강조해온 것도 바로 국가 체제가 아니던가.

행복을 위한 다양한 가치를 자본이 주는 알량한 몇몇 편의성과 맞바꾸도록 획책하고 사주한 것도 국가이다. 그 결과로 얻은 건 '한강의 기적'이라는 세계의 일시적인 칭송인바, 그 '기적'의 부가적인 과실이 우리 모두에게 고루 배달돼 생활 속으로 스며들었다는 보장은 전혀 없다. 반도의 작은 나라 우리에게도 세계적 글로벌 기업이 있다는 식의 자랑은 이제 우리를 행복하게 하지 않는다.

행복해지고 싶은가

그렇다면 먼저 국가와 국가 시스템에 오염된 사회문화체계, 곧 글로벌 경제체제로부터 내 삶의 일정 부분을 분리시켜야 한다. 쉬운 일은 아니다. 세계로부터 나를 일부분이나마 분리해야 한다는 건 혼자만 뒤떨어질지 모른다는 불안을 감수해야 하기 때문이다.

그러나 소비제일주의 욕망을 경쟁적으로 따르는 길에서 만나야 하는 불안에 비해선 작은 불안, 일시적인 불안이다. 이를테면 나는 내 차를 갖기 전까진 세상에 그토록 더 비싸고 더 좋은 자동차가 있는지 잘 알지 못했다. 내 차를 가졌더니 비로소 내 차보다 더 비싸고 좋은 수많은 차들이 교환가치의 서열에 따라 줄지어 내게 다가왔던 것이다. 이후 더 좋은 차를 가질 수 없는 스트레스 때문에 나는 자주 우울하고 화나고 불안했다.

세계로부터 자유로워진다면 이런 불안은 당연히 거세된다.

소비주의 욕망으로 무장한 삶은 거대한 '싱크홀' 위에 그려진 트랙이다. 언제 발밑이 허물어질지 모른다. 행복해지기 위해서가 아니라 '싱크홀'의 공포 때문에 달리고 있는 게 혹 아닌가. "물질주의에서 벗어나라!"라고 강력히 권고하던 교황의 말이 잊히지 않는다.

오로지 소비를 지향하면서 죽기 살기로 내닫게 만들고 그 아래 삶의 황폐함이라는 싱크홀을 배치해둔 글로벌 경제체제의 메커니즘에 함몰되면 돈을 아무리 벌어도 행복해질 방법이 없다. 그것으로부터 삶의 일부를 과감히 분리시켜 고유한 내 가치 중심으로 삶의 전략을 바꾸려는 에너지를 내부에서 끌어내는 사람만이 행복의 지평을 연다.

문제는 '인컴^{income}'이 아니다.

행복한 대통령은 어디에 있는가

어떤 철학자는 "행복은 자족 속에 있다"고 했다. 동감이다. 흔히 지금보다 환경이 나아지면 행복해질 거라 생각하지만, '물질적 환경'이란 자본에 의한 것이므로 계속해서 더, 더 많은 '물질적 환경'에의 욕망을 불러오기 마련이니 그것만으로 '자족'을 얻기는 쉽지 않다. 그렇다면 자기 위로가 아닌 진정한 '자족'이란 어디서 얻는 것인가. "남을 행복하게 할 수 있는 자만이 행복을 얻는다"라는 플라톤의 말도 음미해볼 만하고, "인간의 최대 행복은 날마다 덕에 대해 말을 주고받는 것"이라는 소크라테스의 잠언도 가슴에 닿는다.

무망지복^{毋望之福}이란 말이 있다. 바라지 않았으나 홀연히 찾아오는 복을 말하는데, 그렇다고 로또 당첨이나 뭐, 그런 것만을 가리키는 말은 아닐 것이다. 요컨대, 자족으로 얻는 행복이란 덕성이 뒷받침돼야 얻을 수 있는 게 아닐까. 불경에도 이르기를 덕은 '큰 산'과 같다 했으니 덕이란 일종의 부동심^{不動心}인 바. 누구나 성공을 할 수는 있지만 덕이 없는 자가 성공을 통해 '자족'을 얻는 낙타를 타고 바늘구멍으로 들어가는 격이 될 터이다. 당연지사, '성공'보다 '자족'을 얻는 게 더 어렵다.

그런 의미에서 '행복한 사람'은 거의 행복하게 태어난다는 게 나의 생각이다. 태산 같은 부동심인 덕은 닦아서 얼른 얻을 수 있는 가치가 아니다. 돈이 많거나 힘센 자리에 올라도 여전히 어떤 사람은 행복하고 어떤 사람은 불행하다. 마찬가지로 돈도 별로 없고 남이 알아주는 지위를 얻지 않은 보통사람도 늘 충만하고 행복한 삶을 사는 사람들이 있다. 이를테면 행복을 지속적으로 느끼려면 타고난 덕성이 뒷받침돼야 가능하다는 것이다.

그래서일까, 소수의 뛰어난 사람들은 자신이 일상의 안락으로 행복해지기 어렵다는 걸 일찍 인지하고 차라리 '위대한 길'을 얻는다. 예컨대, 간디, 테레사 수녀, 링컨, 이순신 같은 사람들이다. 테레사 수녀가 말년에 쓴 편지글 모음집을 보았는데, 스스로 고백하기를 "내 안엔 어둠이 가득하다"라면서 "도대체 신께선 어디에 계시느냐"라고 피맺힌 목소리로 묻고 있다. 성인으로 추앙받는 위대한 그이도 개인적으론 행복하지 못했다는 것의 반증이다.

그런 사람들은 개인적 삶의 전폭적인 희생으로 수많은 다른 이의 등불과 지도가 된다. 남이 가지 않은 길을 갈 수 있는 용기가 절대적으로 필요한 삶이다. 그들은 행복하진 않았지만 위대하게 살았다고 할 수 있겠다.

옳거니. 만약 우리가 어떡하든 지속적으로 행복할 수 없다면 '위대한 길'을 가면 된다. 그러나 이런 논리는 수많은 보통사람인 우리에게 너무도 힘들고 가혹한 길이다. 위대한 길을 가는 건 지속적 행복을 얻는 것보다 더 어렵다. 놀라운 헌신에의 결단, 그리고 남다른 신념과 실천력이 전제돼야 하기 때문이다.

그럼 보통사람들은 어떻게 살아야 하겠는가.

지속적으로 행복하거나 위대한 인생을 살지 못하는 사람들에겐 제3의 길이 있다. 그것은 공동체 룰을 존중하면서 성실히 일하고 소박하게 사랑하며 세상 속의 '모범생'으로 사는 길이다. 그러다 보면 때로 '자족'도 느낄 것이고 때로 찰나적인 위대성도 자기 안에서 발견할 것이다. 문제는 완전한 행복, 완전한 위대성을 지속적으로는 얻을 수 없다는 것. 그러므로 그런 이는 사회 안에서 '혼자 가되 함께 가고 함께 걷되 혼자 걷는'다는 보편적 시민으로서의 모범을 선택한다.

그들은 그들의 삶이 사회공동체와 긴밀히 연계되어 있다는 걸 알고 있기 때문에 성공한 만큼 세상 혹은 이웃들과 그 과실을 나누려고 하는 마음을 갖는다. 이른바 '모범시민'이다. 그들은 모범적 개인이므로 흩어져 있으면 미미하다고 할지라도 연대하면 위대한 힘을 발휘한다. 역사 속에서 바람직한 의미로서 성공을 거둔 혁명의 주역들이 바로 그들이다.

물론 위대하지도 모범적이지도 않은 사람들이 더 많다. 자기 정체성을 찾지 못해서 세상의 목소리에 오로지 내둘리는 사람들이다. 그들은 자본주의 논리가 갖는 소비적 소문에 귀가 밝아 그것만을 행복에의 전략으로 삼는다. 세속에서 정해놓은 출세의 길로 오직 매진하는 길에 서 있는 그들은 자본주의적 욕망의 하수인이기 때문에 근본적으로는 자유롭지 않다고 할 수 있다. 그들은 심지어 자기 생각조차 잘 알지 못한다. 이윤 창출만을 지향하는 자본의 체제가 만들어내는 소문을 자기 생각 자기 욕 망이라 굳세게 믿는 부류가 그들이다.

요즘 차기 대통령선거 전초전을 뉴스를 통해 시시각각 중계 받으면 서 느끼는 내 관전 포인트의 하나는 후보자가 각각 1. 행복한 사람, 2. 위 대한 사람, 3. 모범시민, 4. 자본의 노예 중 어디에 속하느냐 하는 것이다. 행복하지도 위대하지도 않으며, 더구나 '모범시민'조차 되지 않는 언필칭 지도자가 너무 많기 때문이다. 그런 자는 '지도자'라는 이름을 전략적으 로 팔면서 보통사람들보다 훨씬 더 이기적으로 자기 욕망에만 복무한다.

내가 그동안 겪은 대통령이나 그 후보자들은 대부분 그냥 '센 자'들이 었다. '센 자'란 덕은 부족하지만 갖가지 정파 논리를 잘 활용하여 아군은 단단히 결집시키고 적은 강력히 제어해가는 세속적인 내공이 단단한 사 람을 내 나름으로 소박하게 이르는 말이다.

수많은 정책이 나열되어 있지만, 어찌 된 노릇인지 실제 정치는 대부 분 아군과 적군의 전선에 따른 지배력 경쟁에 모든 역량이 집중돼 있다. 주인인 국민은 그로써 주인 노릇을 못 하고 구경꾼으로 내몰린다. 아니 우리가 오로지 세속적 욕망에 몸과 마음을 내맡긴 자본주의의 하수인으 로 살면, 구경꾼에 멈추기는커녕 자신도 모르게 그들의 전략 전술을 낱낱 이 벤치마킹해 따라가게 되고 마는데, 이것이야말로 가장 강력히 경계해 야 할 지점이 아닐 수 없다. 가면을 쓴 지도자, 이른바 나쁜 '센 자'들이 노 리는 게 그것이기 때문이다.

두근거리는 고요

개인적 고백이지만 난 더 이상 '센' 대통령 싫다. 비가 오면 당신의 한 쪽 어깨는 빗속으로 자연스럽게 내놓고 우산의 3분의 2를 우리에게로 슬쩍 밀어주는 '덕성 많은 행복한 대통령'을 만나면 참 좋겠다. '덕성 많은 행복한 대통령'을 만나면 나도 자연 그를 닮고 싶어질 것이므로.

혼자 걷되 함께 걷는 길

지난 한글날 아침, 논산시 건강관리센터 마당에 5백여 명이 모여들었다. 아이를 데리고 나온 논산시민들도 있었고 대전, 서울, 부산 등에서 온 독자들도 많았다. 논산의 아름다운 곳곳을 '작가와 독자'가 함께 걷는 행사 '소풍'의 첫날이었다. 내가 제안해서 시작한 행사다. 작년엔 5일을 함께 걸었는데 올해는 4일로 줄었다. 연두색 들녘은 정결하기 이를 데 없었고 계룡산 연봉들은 잡힐 듯 가까웠다. 인사말에서 나는 '함께 걷되 혼자 걷고 혼자 걷되 함께 걷자'고 제안했다.

반야산 솔숲을 종단해 '은진미륵'의 관촉사에서 미륵 세상의 의미를 되새기고, 성덕리 너른 들을 지나 계백의 혼이 숨 쉬는 탑정호에 도착하자 점심시간이었다. 제공된 도시락을 먹고 나면 호숫가를 따라 나의 집필실 '와초재' 마당까지 내처 걸을 터였다.

산과 들과 호수가 절묘하게 배합된 어여쁜 우리 땅이다. 사람들은 모인 듯 흩어진 듯 걸었다. 낯선 사람끼리 손잡고 노래하는 사람도 있었다. 함께 걷는 어린이들조차 걸을수록 오히려 표정이 더 환해지는 게 참 보기 좋았다.

몇백 미터 떨어진 학교로 등교할 때에도 부모들이 자동차로 데려다 주는 세상이 아닌가. 애향심은 기실 고향 땅을 걸었던 발바닥에서 나온다는 걸 확인한 것은 논산에 내려가 터를 잡은 후의 일이었다. 관념으로서의 그것보다 발바닥 감각에 축적된 애향심이 훨씬 더 힘 있다는 것을 오늘 여기에서 함께 걷는 어린이들도 오랜 세월 뒤에 선연히 느낄 터였다.

나는 거의 매년 히말라야 트레킹을 다녀온다. 그때마다 내가 걷는 원칙은 그것, '함께 걷되 혼자 걷고 혼자 걷되 함께 걷는다'이다.

등산엔 보통 수단 방법을 가리지 않고 더 높이 오르는데 가치의 방점을 찍는 '등정登頂주의' 방법이 있고, (힐러리경이 에베레스트를 오른 뒤 세계 산악계에선 거의 사라진 이 전근대적 등반법은 수단 방법을 가리지 않고 나 홀로 높이 오르면 그만이라는 우리 사회의 전반적인 출세지상주의적 삶의 가장 핵심적인 전략으로 남아 있다) 고유한 나만의 길을 선택해 타인과 장비의 도움을 최소화, 오로지 자신의 감각과 에너지에 의지해 올라가는 '등로登路주의' 방법이 있다. 젊은 산악인 박정헌-최강식의 촐라체봉 등반 과정을 모티브로 삼아 쓴 내 소설《촐라체》는 바로 등로주의 등반을 지향하는 산악인들에게 바치는 나의 오마주와 같은 것이다.

그러나 나 같은 사람은 기술 등반을 할 수 없기 때문에 히말라야에 가면 빙하가 없는 곳을 따라 그냥 조용히 걸을 뿐이다. 지나간 삶을 가만히 뒤돌아보고 일찍이 내가 꿈꾸던 지향을 다시 다져보는 걸음이기도 하다. 이런 범부의 트레킹을 보통 '존재 등반'이라 부르기도 한다. 존재 등반은 조용히 걸으면서 존재의 근원을 성찰해 삶의 품격을 한 단계 높이는 데 도움이 되는 등반이라 할 수 있다. 그와 달리 오직 건강만을 위서 아무런 성찰도 곁들이지 않고 떠들썩 여럿과 희희낙락 걷는 식의 등반을 나는 종종 '러닝머신 등반'이라 부른다. 그들은 산을 러닝머신처럼 활용하기 때문이다.

히말라야에서 트레킹을 시작하면, 사나흘까지 사람들은 일반적으로 씩씩하다. 기분이 고양되어 낯선 사람들에게도 "나마스테!" "나마스테!" 네팔말로 소리쳐 인사하기를 마다하지 않는다. 이때까진 무리 지어 있으므로 낯선 이들과 구분되는 '집단'의 이미지를 물씬 풍기기도 한다. 단체 트레킹이 주를 이루는 우리나라 트레커들의 경우가 특히 그렇다.

그러나 4~5일쯤 지나고 나서 해발 3~4천을 넘어가면 큰소리는 더 이상 나오지 않는다. "나마스테!"도 거의 속삭이는 수준이 된다. 동행자들도 때로 자연스럽게 어느 정도 떨어지게 되고, 그래서 혼자 침묵으로 걷는 시간이 길어진다. 문명사회에서 가졌던 욕망들이 사실은 하찮은 것에 불과하다는 걸 깨닫거나, 사소한 일들에 대한 통절한 후회를 난데없이 만나기도 하며, 오래전 어느 길섶에 버린 첫 꿈, 첫사랑 등이 현실감을 갖고 눈앞에 닥치는 경우도 있다. 성찰의 시간이 자연스럽게 도래는 단계이다.

그러다가 가끔은 너무 외로워 앞뒤 떨어져 걷고 있는 동행들을 눈으로 확인하기도 한다. 동행자를 확인하면 이상한 안도감과 찾아온다. 아, 나는 지금 누군가와 함께 걷고 있구나! 하고 중얼거리면서, 때로 눈시울을 붉힐 때도 있다. 내가 쓰러지거나 하면 저이가 금방 달려와 줄 거라는 식은 상상은 놀라운 위로를 준다. 이런 순간은 '집단'이라는 느낌이 아니라 진실로 '함께' 있다는 위로를 만난다. 누군가와 함께 있다는 사실에 한

편으로 깊이 안도하면서, 그러나 또 다른 한편으로 그 순간 오직 고유한 자신의 걸음새에서 주체로서의 자기 존재를 확인하는 경험을 할 수 있다.

우리에겐 본래 등반 개념이 없었다.

우리는 산을 의지하는 존재로 보았고 서양에선 산을 극복해야 하는 존재로 인식했다. 그것이 이른바 등산이다. 높은 산을 오로지 정복해야 한다면 '집단'을 이루어 효율 중심으로 전략을 짜는 것이 미상불 나쁘지 않을 것이지만, 정복하려 하지 않는다면 개별성을 존중하고 그러면서 만일의 경우 서로 도울 수 있는 거리에 함께 있는 것만으로도 충분하다. 트레킹이 거기 해당한다.

집단은 정치적이고 전략적인 이미지를 물씬 풍긴다. 우리는 얼마나 많은 경우, 집단에 속해 있으면서 함께 있지 못하는가. 생산성 중심의 이데올로기로 온 나라 사람들이 무장해온 지난 60여 년, 우리가 체험해 이제 거의 내면화 과정에까지 도달한 것이 이를테면 '집단' 혹은 집단주의일 터이지만, 사실은 그 집단주의를 통해 아이러니하게도 우리는 정작 '함께'라는 공동체를 다 잃어버린 것은 아닐까.

날로 깊어지는 정파주의 저 편가름을 보라.

세월호의 경우만 해도 그렇다. 온당한 권리가 없는데도 눈 맞추고 배 맞추어 과적을 하도록 세월호에 '빨대'를 박은 기득권자들의 집단, 종교라는 이름으로 뭉쳐진 배타적인 집단, 종교단체 수장에게 모든 책임을 전가해 책임을 모면하려는 관리들의 집단, 집단, 집단들뿐이다. 집단이 아니라 '함께'를 앞세우는 세상이었다면 세월호에 탄 수많은 우리의 아들과

딸들을 왜 살려내지 못했겠는가.

집단은 이익에 따라 끝없이 패를 나누며 수단 방법을 가리지 않고 다만 정상에 오르려고만 한다. '함께'와는 달리 집단주의는 개별성을 존중하지 않는다. 개별성을 존중하지 않으므로 진실한 '함께'에 따른 어떤 위로도 얻을 수 없다.

이익을 좇아 사람들을 집단화하는 바이러스를 퍼뜨리는 그룹이 지금 나라를 망치는 중이다. 국가주의를 떠받드는 정치 그룹이 그 첫째이고 정치 그룹과 시시때때로 배를 맞추는 권력 주변의 엘리트 그룹이 그 둘째이다. 재벌 그룹도 검찰 그룹도 있고 언론 그룹도 있고 심지어 문화 그룹도 있다.

오래 '함께' 걷다 보면 동행자들로부터 내 존재가 얼마만큼 떨어져 있으며 동시에 어떻게 함께 있는지 그 거리를 재는 게 가능하다. 히말라야 트래킹에서 느낄 수 있는 은혜도 그런 것이다. 진실로 함께 있다고 느끼면 떨어져 있더라도 두려움은 당연히 희석된다.

집단이나 집단 이데올로기에 편입돼 있으면 일시적인 안정감을 얻을지 몰라도 지속적인 안정을 얻지는 못한다. 집단주의 메커니즘을 교묘히 활용해 더 높이 오르는 것만이 '장땡'인 세상이 아니라, 경쟁적 관계에 따른 높이는 상관없이 내 삶의 봉우리를 성실히 가꾸어 그 고유성을 통해 이웃과 함께하고자 하는 사람이 많아지는 세상이라야 행복하고 충만한 살림터가 된다.

이제 등정주의적 삶의 전략은 가라. 혼자 걷지만 함께 가고 함께 걷지만 혼자 가야 고독하지 않으면서 동시에 의미도 낚는 인생을 얻을 수가 있다. 진실한 행복이 거기 있지 않겠는가.

흡연자는 죄인이 아니다

음식점, 카페 등 밀폐된 공간에서의 흡연을 강력히 규제하는 것은 적극 찬성이다. 시내버스정류장, 터미널에서의 금연도 규제해야 옳고, 번잡한 거리에서의 보행흡연도 제한하는 게 옳다. 흡연의 규제를 확대 시행하는 방안이 최근 다투어 마련되고 있는 것 또한 대체로 마땅하다.

그러나 여전히 국민의 5분의 1이 상시적 흡연자인데도 그들을 위한 대책이 금연의 일방적인 압박뿐이라는 것은 유감이다. 때론 폭력적으로 느껴질 정도다. 광활한 들 한가운데에서 혼자 담배를 피울 때도 죄짓는 기분이 든다. 나는 '죄'를 피운다고 생각한다. 국가 재정을 뒷받침하기 위해 국가가 앞장서서 담배를 만들고, 폐해는 되도록 숨기면서 흡연을 '권장'해온 지난 역사에 대한 고려나 성찰은 전혀 없다. 담배인삼공사는 성업 중인데 담배에 따른 모든 죄업은 흡연자들에게 오로지 돌아갈 뿐이다.

그들은 '죄인' 또는 '기형'이다.

지하철이나 하수도 환풍구를 들여다보면 담배꽁초가 수북하다. 고층빌딩 앞 화단 귀퉁이도 그렇다. 버릴 데 없으므로, 행여 누가 볼세라 '죄의식'을 느끼면서 꽁초를 버리는 불쌍한 기형의 손, 손, 손들이 떠오른다. 그들은 이중의 고통을 받는다. 휴대용 재떨이 같은 걸 가지고 다니면 좋겠는데 금연에 힘을 쏟느라 그런 것을 만드는 일에 마음을 기울이는 정책은 거의 전무하니, 간편하게 휴대할 모양 좋고 값싼 재떨이 하나 구할 길 막연하다. 흡연자는 '잡아서' 벌금만 물리면 다 된다는 식이다. 그러면서도 여전히 담뱃세는 지방정부의 중요한 재원으로 놔둔다.

시가를 물고 있는 처칠과 굴뚝처럼 담배 연기를 뿜어내던 아이젠하워가 떠오른다. 독설가 오스카 와일드는 언제나 호주머니에 불룩하게 담뱃갑을 넣고 다녔으며 시인 오상순이나 영화감독 유현목은 살아생전 하루 3갑 이상의 담배를 피웠다고 한다.

몰리에르는 담배를 가리켜 '신사의 정열'이라고 예찬했고, 임어당은 "파이프 담배를 피우는 사람은 절대 아내와 다투지 않는다"고 설파했으며, 작가 김동인은 "근심이 있을 때 한 모금의 연초는 그 근심을 반감하고, 권태로울 때 그것은 능률을 올리게 하며, 피곤할 때 그것은 피곤을 사라지게 한다"고 말한 바 있다. 젊을 때 늘 보아왔던 청춘 영화에서 주연 배우들이 너나없이 멋진 포즈로 담배를 피우던 모습이 눈에 선하다.

그래서 나는 묻고 싶다.

고된 노동이 끝났을 때, 창조적인 작업의 고통스런 단애와 직면했을 때, 인생을 실패했다고 여길 때, 나 혼자뿐이라는 절상의 고독과 마주쳤을 때, 죽고 싶을 때, 담배 한 개비가 주는 위로와 치유, 재활에의 신비한 발화, 미래를 향한 향기로운 성찰 등을 정책 입안자들이 한 번이라도 고려해본 적이 있는가.

노무현 전 대통령도 부엉이바위에서 뛰어내리기 직전 경호원에게 "담배 있나"라고 물었다는 속설도 들은 적이 있다. 혹시 경호원이 다급해

두근거리는 고요

꾸며낸 말일지도 모르겠으나 노무현 전 대통령이 죽음을 향해 걸어가던 바로 그때, 금연을 오랫동안 시도했으나 완전히 성공하지 못했던 그의 호주머니에 정말 담배가 있었다면, 그리하여 그 바위 위에서 한 개비의 담배를 피울 만큼 시간을 벌었다면, 어쩌면 그는 죽음으로 가지 않았을지 모른다.

누군가에게 담배는 그런 것이다.

천만 흡연자들이 몸에 안 좋은 것을 알면서도 여전히 담배에 불을 붙이고 있는 것은 나름대로 자신만 알고 있는 내적 개연성을 갖고 있기 때문이다. 흡연을 권장하자는 것은 아니다. 흡연자를 위한 정책적 배려도 있어야 옳다는 것. 담뱃값을 오로지 올리거나 온 세상을 금연구역으로 정하는 방법만으로는 흡연의 문제가 해결되지 않는다.

자살을 시도했다고 벌금을 물릴 수는 없다. 과음했다는 것만으로 '국민건강'을 고려해 거리에서 추방할 수도 없는 노릇이다. 오로지 '금지'하는 것만으로 성공한 정책은 본 적이 없다. 인간은 불가사의한 영혼을 지닌 문화적인 동물이다. 담배는 비의적인 영혼과 다양한 문화, 팍팍한 삶의 언저리에 두루 놓여있다. 금연운동이 나쁘다는 것도 아니다. 피우려는 자의 욕망과 권리에도 세심한 배려가 있어야 한다는 것. 단언컨대 두루두루 행복해지면 금연운동의 효과는 배가될 것이다.